Black Night

Das Experiment

Roman von Anna Castronovo

Bibliografische Information der Deutschen
Nationalbibliothek: Die Deutsche Nationalbibliothek
verzeichnet diese Publikation in der Deutschen
Nationalbibliografie. Detaillierte bibliografische Daten
sind im Internet über dnb.dnb.de abrufbar.

Überarbeitete Neuauflage
© 2023 Anna Castronovo
www.anna-castronovo.de
Covergestaltung: IrisEberle
Titelfoto:Franz Riegel
Verlag: BoD • Books on Demand GmbH, In de Tarpen 42,
22848 Norderstedt
Druck: Libri Plureos GmbH, Friedensallee 273,
22763 Hamburg
ISBN: 978-3-7386-4685-6

»Die Größe einer Nation und ihren moralischen Fortschritt kann man danach beurteilen, wie sie ihre Tiere behandelt.«
(Mahatma Gandhi)

1. Kapitel

Anne

Applaus brandete auf und eine blecherne Lautsprecherstimme hallte über den Turnierplatz. Die Zuschauer in der ersten Reihe standen auf und klatschten mit erhobenen Armen. Nur Kriminalhauptkommissarin Anne Moll sah nicht zum Dressurviereck hin. Sie interessierte sich null Komma null für Pferdesport und war nur hier, um ihrer Tochter Charlie einen Gefallen zu tun. Aber jetzt hatte sie den Mann eine Bank hinter sich entdeckt. Er war alleine und sie schätzte ihn auf Mitte vierzig. Südländischer Typ. Unter seinem weißen T-Shirt zeichneten sich Muskeln ab. Vielleicht war dieser Turnierbesuch doch nicht so langweilig.

Anne schlug ihre Beine übereinander, fuhr sich durch die stufig geschnittenen, dunkelbraunen Locken und schüttelte sie leicht, fast so wie eines dieser nervösen Pferde da unten. Aus den Lautsprechern tönte eine Klassikversion von *Neunundneunzig Luftballons*. Wie konnte man einen Song nur so verhunzen? Nena war ihr Idol, der Star ihrer Jugend, und sie hatte immer versucht, ein bisschen so auszusehen wie die Sängerin. Nenas Songs hatten sie durch ihre ersten Disco-Besuche begleitet, die ersten Partys, die ersten Küsse. Das Leben genießen, wild und frei sein. Einmal war sie sogar abgehauen und nach Berlin getrampt, um Nena live zu sehen. Das hatte zwei Wochen Hausarrest gegeben, aber das war es wert gewesen. Sie seufzte. Jetzt war sie genauso spießig wie ihre Eltern damals, machte ihrer Tochter Vorschriften und sorgte sich ständig um sie. Sie war genau so, wie sie nie hatte werden wollen.

Na ja, nicht ganz. Zumindest äußerlich war sie jung geblieben. Anne trug enge Jeans, hatte ein fein geschnittenes Gesicht und dunkle Augen. Normalerweise kam sie gut bei Männern an. Aber der Südländer starrte nur stur auf den Platz.

»Geh doch einfach nach Hause, wenn dich das hier so langweilt.« Charlie presste die Lippen über ihrer Zahnspange zusammen.

Anne fuhr herum. »Wie bitte?«

»Hier gibt es Standing Ovations, und du interessierst dich für nichts anderes als für diesen Typen da. Du bist so peinlich. Echt.«

Ertappt. Anne wurde rot.

»Glaubst du, ich merke das nicht?« Charlie sah ihrer Mutter mitten ins Gesicht.

»Ist ja gut jetzt«, zischte Anne.

»Ich dachte, du willst den Tag mal mit mir verbringen. Ausnahmsweise.«

»Will ich ja auch.«

»Klar.« Charlie verschränkte die Arme vor der Brust und starrte aufs Dressurviereck. »Das merke ich.«

Anne seufzte. Na toll. Sie hatte es mal wieder versaut. Ihre Tochter entglitt ihr. Sie entfernte sich immer weiter von ihr, schien auf einem anderen Planeten zu leben, zu dem ihre Mutter keinen Zutritt hatte. Dabei hatte Anne sich geschworen, alles besser zu machen als ihre eigenen Eltern. Sie hätte nicht gedacht, wie schwierig das war.

Fünfzehn. Ein schreckliches Alter. Charlie zog sich weiter und weiter zurück in ihre raue Schale, die immer mehr Stacheln bekam und jeder Versuch, den Anne unternahm, ihr wieder näher zu kommen, endete in Geschrei oder Tränen oder beidem.

Heute war Anne mit ihrer Tochter extra auf dieses Dressur-Derby gefahren, in der Hoffnung, dass Charlie sich ein bisschen öffnen und sie einen schönen Tag zusammen verbringen würden. Natürlich hätte sie lieber ausgeschlafen und würde es vorziehen, jetzt mit einer Zeitung und einem Kaffee im Garten zu sitzen, anstatt von einer harten Tribünenbank aus Dressurpferde anzuschauen. Ihr tat schon der Hintern weh. Aber sie hatte gedacht, es würde Charlie zeigen, dass sie sich sehr wohl für ihr Leben interessierte, wenn sie sogar zu diesem Turnier mitkam. Das war ja mal wieder gründlich schiefgegangen. Anne seufzte.

Es war erst früher Vormittag, aber es stank schon nach Frittierfett und Bratwürsten. Und ... Was war das für ein Geruch? Sie schnupperte. »Was riecht denn hier so nach Zitrone?«, fragte sie ihre Tochter.

»Fliegenspray.«

Seit ihrer Schwangerschaft litt Anne unter Geruchsempfindlichkeit und dieser Mix hier war echt eine Herausforderung. Sie

9

ließ ihren Blick über die akkurat platzierten Blumentöpfe streifen. Der Zaun des Reitplatzes leuchtete weiß und Buchsbäumchen standen in Reih und Glied. Überall liefen Männer in hautengen, weißen Höschen herum und die Frauen trugen Glitzerhelme. Wie affig.

»Ist das nicht eine tolle Atmosphäre?«, fragte Charlie.

»Total«, sagte Anne. Ehrlich gesagt hatte sie Angst vor Pferden. Von hier oben aus ging es, da waren sie weit genug weg. Aber sie wollte ihnen nicht zu nah kommen.

»Nur noch ein Starter, dann ist Black Night dran.« Charlie rutschte auf der hölzernen Sitzbank hin und her. »Den wollte ich immer schon mal live erleben.«

»Wen?«

»Von dem hab ich dir doch auf der Herfahrt erzählt.« Charlie verdrehte die Augen. »Black Night ist eines der besten Dressurpferde Deutschlands. Vielleicht sogar der ganzen Welt. Er ist heute zum ersten Mal nach seiner Verletzungspause wieder zu sehen.«

»Toll.« Anne schielte unauffällig nach rechts hinten. Wirklich ein heißer Typ. An den Schläfen hatte er schon ein paar graue Haare, genau das richtige Alter. Und einen Dreitagebart hatte er auch. Anne liebte Dreitagebärte. Unwillkürlich fuhr sie sich durch ihre Locken. Aber leider interessierte er sich nach wie vor nur für das Geschehen auf dem Platz. Jetzt zückte er sogar sein Handy, um zu filmen. Der war ja genau so besessen wie ihre Tochter.

Die Musik war zu Ende und es ertönte wieder Applaus.

10

»Da ist er. Black Night«, flüsterte Charlie. »Ist er nicht wunderschön?«

Zwei Helfer wickelten dem schwarzen Pferd, das vor dem Einlass zum Dressurviereck herumstampfte, in einem unheimlichen Tempo die weißen Bandagen von den Beinen. Hoffentlich kommt da keiner unter die Hufe, dachte Anne. Sie polierten das Fell mit Tüchern, wischten über die Stiefel des Reiters und richteten ihm seinen Kragen.

Der Rappe betrat die Außenbahn, die um das Viereck herum führte, und tänzelte nervös. Schließlich hielt der Reiter an und hob die Hand. Die ersten Takte von Lady Gagas *Born this way* tönten aus den Lautsprechern, Black Night trabte los und riss dabei im Takt des Disco-Hits seine Vorderbeine hoch. Dann galoppierte das Pferd mit mächtigen Sätzen ins Viereck hinein.

Charlie beugte sich vor. »Es geht los.«

Wenigstens war die Musik diesmal etwas peppiger, nicht ständig dieses langweilige Klassik-Zeugs, dachte Anne.

Mitten auf dem Platz blieb der Rappe aus vollem Galopp stehen. Das Publikum war jetzt mucksmäuschenstill, so dass man das Pferd bis hier oben schnaufen hörte. Charlie griff nach Annes Ärmel. Der Wallach trabte wieder an.

Was war daran nur so besonders? Irgendein schwarzes Pferd macht das, was alle anderen vor ihm auch schon gemacht haben. Dieser Black Night kringelte nach links, dann nach rechts, das hatte sie jetzt wirklich oft genug gesehen. Sie wollte schon wieder nach hinten schielen, doch da blieb der Rappe abrupt stehen und hob die Vorderbeine.

»Er steigt!« Charlie krallte ihre Hand fester in Annes Ärmel. »Dabei sind die Piaffen eigentlich seine Stärke. Der ist total komisch.«

»Vielleicht hat er einen schlechten Tag?«

»Die Einerwechsel verspringt er auch, schau doch.«

Was waren bloß Einerwechsel? Anne seufzte. »Warum sind es eigentlich immer schwarze Pferde, die wild sind?«, fragte sie. »Das ist doch das totale Klischee.«

Charlie verdrehte die Augen. »Du hast echt keine Ahnung.« Dann zog sie ihre Mutter am Ärmel. »Da stimmt was nicht. Schau, da, auf der Stirn, siehst du den kleinen weißen Fleck?« Anne verstand nicht, wovon ihre Tochter redete. Und sie erkannte auch nichts auf der Stirn. Sie sah nur, dass der Rappe mit den Hinterbeinen ausschlug und dann bockte wie ein Rodeopferd. Sein Reiter versuchte, sich im Sattel zu halten und zog an den Zügeln. Der Schaum, der aus dem Maul des Pferdes flockte, färbte sich rosa.

»Er blutet!«, rief Charlie.

»Und will offensichtlich seinen Reiter loswerden. Ich sehe jedenfalls nichts Weißes an deinem Ostwind-Verschnitt.«

»Doch! Schau halt hin.«

Anne konnte immer noch nichts Ungewöhnliches erkennen, aber die Unruhe, die sich im Publikum ausbreitete, ließ sie aufhorchen, noch bevor sie wirklich greifbar wurde. Diese Sensibilität war wohl berufsbedingt. Sie spürte, dass etwas kam, ohne sagen zu können, was genau es war. Sie blickte sich um. Die Zuschauer sahen sich gegenseitig an und tuschelten mit ihren

Nachbarn. Das Gemurmel wurde lauter. Da schienen wohl mehr Leute die Meinung ihrer Tochter zu teilen.

»Das ist nicht Black Night, Mama. Da ist was faul«, flüsterte Charlie.

»Was soll da sein?«

»Black Night hat keine Abzeichen.«

»Keine was?«

»Keine weißen Stellen am Kopf. Stern, Blesse, Flocke ...«

Der Rappe bockte immer noch. Jemand rief etwas über den Platz hinweg, der Reiter sprang ab und zog das Pferd im Dauerlauf hinter sich am Zügel aus dem Viereck. Die Helfer am Einlass rannten mit.

»Was ist denn jetzt los?«, fragte Anne.

»Los, komm!« Charlie stand auf und packte ihre Mutter am Arm.

»Wo willst du hin?«

»Komm einfach mit!«

Anne stand auf. Na gut. Sie wollte ihrer Tochter schließlich beweisen, dass sie sich für sie interessierte und eine coole Mutter war. »Okay, let´s go«, sagte sie.

 Charlie zog Anne hinter sich her. Manche Zuschauer saßen noch und versperrten die Gänge mit ihren Knien, andere drängelten sich schon wie sie in Richtung Ausgang. Sie quetschten sich vorbei und rannten eine Treppe hinunter. Überall Pferde und hastende Menschen.

»Da hinten. Er wird schon verladen«, rief Charlie. Sie zeigte auf einen LKW, ein protziges Ding, das eine seitliche Rampe hatte. Ein Pfleger rannte gerade mit dem Sattel weg, der andere versuchte, das Pferd in den Transporter zu zerren und ein dritter fuchtelte mit einer langen Peitsche hinter dem Rappen herum.

»Die haben es aber eilig«, sagte Anne.

»Schnell«, rief Charlie.

Sie schoben sich durch das Getümmel hindurch und Anne versuchte, die riesigen Tiere um sich herum zu ignorieren. Warum mussten die alle so nervös herumtänzeln? Wenn sich da eines losriss und sie plattmachte?

»Komm, Mama!«

Anne fixierte Charlies Rücken und rannte weiter. Als sie nur noch ein paar hundert Meter von dem Transporter entfernt waren, stellte sich ihnen ein bulliger Mann in den Weg. Anne sah sich um. Sie waren nicht die Einzigen, die versuchten, an Black Night heranzukommen. Presseleute mit Kameras über der Schulter erhoben sich auf die Zehenspitzen und stellten Fragen. Hier war wirklich etwas faul.

Charlie wollte sich an dem Kerl vorbeischieben, aber er breitete die Arme aus. Ohne nachzudenken, zückte Anne ihren Dienstausweis. »Polizei!«

Der Mann wollte protestieren, doch immer mehr Leute drängten sich auf dem Hof. Er klappte den Mund wieder zu, blickte hin und her und wedelte unentschlossen mit den Armen. Er würde gleich alle Hände voll zu tun haben, um die Menge zurückzuhalten.

»Die verladen ihn schon!«, rief Charlie.

»Ich bin Kriminalhauptkommissarin Anne Moll. Sie lassen mich jetzt sofort durch!«

Er trat zurück und nickte.

Anne nahm Charlie am Arm und ging an ihm vorbei.

»He, die Kleine nicht«, rief er.

Anne rannte los und zog diesmal Charlie hinter sich her.

»Halt«, rief er und ging einen Schritt in ihre Richtung, doch er konnte ihnen nicht nachlaufen, weil er die Leute hinter ihnen unter Kontrolle behalten musste. Er drehte wieder ab. Sie hatten es geschafft.

Sie rannten über den Parkplatz, doch es war zu spät. Das Pferd war schon im LKW und zwei Männer schlossen die Klappe hinter ihm. Anne und Charlie sahen nur noch die Rücklichter des Transporters.

2. Kapitel

Paul

5 Jahre vor dem Dressur-Derby

Als Paul Becker das Fohlen im Stroh liegen sah, pochte das Blut in seinen Schläfen. Der kleine Hengst war noch ganz verklebt. Mühsam versuchte er, seine viel zu langen Beine zu sortieren, und seine Ohren zuckten. Hilda stupste ihn mit der Nase an und leckte ihn ab. Sie war eine gute Mutterstute.

Das Fohlen war schwarz. Völlig schwarz. Auf Pauls Gesicht breitete sich ein Lächeln aus – und zerfiel wieder, als er die kleine Flocke auf seiner Stirn sah. Sie war winzig, aber sie war da. Verdammt nochmal. Es waren immer die Abzeichen, die nicht stimmten.

Die Stute stupste den Kleinen an und er rappelte sich auf, kam schwankend auf die Beine. Er suchte das Euter seiner Mutter, stieß mit der Nase unter ihrem Bauch herum. Endlich hatte er die Zitzen gefunden und begann zu saugen. Sehr gut, das Fohlen trank. Jetzt konnte er die beiden alleine lassen.

Paul seufzte. Mit hängenden Schultern verließ er den Stall und ging über den Hof. Seine Gummistiefel hinterließen Abdrücke im Schlamm. Er müsste den Hof dringend neu aufkiesen. Wenn sein Großvater sehen könnte, wie heruntergewirtschaftet der Hof war, würde er sich im Grab umdrehen. Früher war das hier eine einfache, aber gepflegte Anlage mit ungefähr zwanzig Pferden gewesen, jetzt war es ein renovierungsbedürftiger Bauernhof mit fünf Stuten. Doch Paul hatte keinen Cent übrig, um das Familienanwesen wieder in Schuss zu bringen. Alles, was er verdiente, ging direkt an die Bank.

Er öffnete die grobe Holztür zu seinem versteckten Labor und sank auf einen Stuhl. Der Regen prasselte gegen die Scheiben und es roch nach Desinfektionsmittel. So viel Mühe. Er schloss die Augen und stützte sein Gesicht in die Hände. So viel Zeit.

Und jetzt musste er seiner Auftraggeberin erklären, dass er es wieder nicht auf die Reihe bekommen hatte. Das gab bestimmt Ärger. Seit Jahren pumpte sie Geld in das Experiment und er versagte immer wieder. Am liebsten würde er aussteigen. Aber um aus der Sache rauszukommen, musste er ihr ein völlig schwarzes Pferd liefern. Und bis er das schaffte, brauchte er dringend ihre Schecks, sonst würde die Bank seinen Hof zwangsversteigern. Und die Käuferin wäre sie, die skrupellose Schlange.

Die Hilflosigkeit war das Schlimmste. Paul strich sich die zu langen, braunen Haare zurück. Er musste mal wieder zum Friseur. Früher hatte ihn seine Frau immer daran erinnert, aber seit sie weg war, ließ er sich gehen. Er betrachtete die schwarzen Ränder unter seinen Fingernägeln. Eigentlich war er ein attraktiver Mann, markantes Kinn, breite Schultern, das volle Programm. Aber mittlerweile war es ihm völlig egal, wie er aussah. Er hatte wirklich andere Sorgen.

Besser, er brachte es gleich hinter sich. Paul straffte die Schultern, griff zum Telefon und tippte die Nummer ein.

»Hallo!« Ihre Begrüßung klang jedes Mal wie zwei Pistolenschüsse, die sich kurz hintereinander lösten.

Paul hätte am liebsten sofort wieder aufgelegt, aber er schloss die Augen und zwang sich, ruhig zu bleiben. »Er ist gerade auf die Welt gekommen. Auf den ersten Blick sieht er gesund aus. Er trinkt schon.«

»Ah, sehr gut. BN2 ist da.« Sie gab den Klonen nie Namen, sondern immer nur Codes aus Buchstaben und Zahlen, so als wären sie keine Tiere. Diese Frau war gefühllos wie ein Stück Beton. »Ich komme gleich vorbei und bringe den Tierarzt mit, damit er ihn untersucht. Bereite alles vor.«

Wie er diesen Kommandoton hasste. Er musste es ihr jetzt sagen. Besser am Telefon, als wenn sie direkt vor ihm stand. Er holte tief Luft. »Es gibt da ein Problem.«

»Was?« Wieder so ein Pistolenschuss.

»Er hat eine Flocke.«

Stille.

Der Regen, der an der Scheibe herunterrann, fand sich zu Bächen zusammen und teilte sich wieder, ließ immer neue Muster entstehen.

»Du hast gesagt, dass du das hinbekommst«, sagte sie, jetzt etwas leiser.

»Ich habe gesagt, ich versuche es.«

»Du weißt ja: Entweder du schaffst das, oder dein Hof gehört mir.«

»Aber ...« Paul wollte gerade beginnen sich zu rechtfertigen, da hörte er ein *Klick*. Sie hatte einfach aufgelegt. Das war wieder mal typisch. Er schüttelte den Kopf. Aber immer noch besser, als dass sie ihre Laune an ihm ausließ. Wahrscheinlich hob sie sich das für später auf.

Er stand auf und ging zurück in den Stall. Der kleine Hengst saugte gierig mit geschlossenen Augen und Paul konnte die Milch an seinem Maulwinkel sehen. Ihm wurde warm im Bauch. Er stützte sich mit den Unterarmen auf die halbhohe Boxenwand und seufzte. Der Anblick der neugeborenen Fohlen rührte ihn jedes Mal. Er lächelte. Der Kleine konnte schließlich nichts dafür. Wenn er sich vorstellte, was das Pferd für ein Schicksal erwartete, zog sich sein Magen zusammen. Besser, er dachte gar nicht darüber nach. Er konnte ja ohnehin nichts daran ändern.

Er holte den Schubkarren und begann mit der Stallarbeit. Mistgabel nach Mistgabel. Der monotone Ablauf beruhigte ihn. Erst das Knirschen von Autoreifen im Kies schreckte ihn auf. Er presste die Zähne aufeinander. Sie war da.

3. Kapitel

Anne

»So ein Mist!« Anne trat mit dem linken Fuß gegen den Zaun. »Unser Auto ist viel zu weit weg. Bis wir beim Parkplatz ankommen, sind sie über alle Berge.«

Charlie grinste. »Ich weiß aber, wohin das Pferd gebracht wird.«

»Ach mein Küken, woher willst du das schon wissen?«

»Nenn mich nicht Küken!« Charlie drehte sich um und marschierte los.

»Jetzt warte doch mal«, rief ihr Anne hinterher, aber ihre Tochter stapfte mit zornig nach vorne gerecktem Kinn davon und Anne hatte Mühe, sie in dem Trubel nicht aus den Augen zu verlieren. Was hatte sie jetzt schon wieder falsch gemacht? »Charlie, es tut mir leid«, rief sie prophylaktisch und joggte ihr hinterher.

Das Mädchen blieb so plötzlich stehen, dass Anne fast in sie hineingelaufen wäre. Sie bremste ab, fasste Charlie an der Schulter und drehte sie zu sich um. Ein paar Tränen glitzerten in den Augen ihrer Tochter.

»Das machst du immer!« Charlies Stimme klang schrill. »Immer denkst du, dass ich gar nichts kann und gar nichts weiß. Hältst du mich wirklich für so dumm?«

Oh nein, schon wieder alles falsch gemacht. »Natürlich nicht. Du bist doch nicht dumm«, beeilte sich Anne zu sagen.

»Ich habe es nicht so gemeint. Komm mal her.« Sie versuchte, Charlie in den Arm zu nehmen, aber die wand sich aus der unfertigen Umarmung ihrer Mutter. Jetzt war es besser, das Thema zu wechseln. »Also, wohin wird das Pferd deiner Meinung nach gebracht?«

»Interessiert dich doch eh nicht.«

»Doch, klar. Warum hätte ich denn sonst meinen Polizeiausweis gezückt?«

Charlies Gesicht wurde wieder etwas weicher. »Stimmt, das war cool.«

Sie und cool? Das waren ja ganz neue Anwandlungen. Anne ließ sich nicht anmerken, wie sehr sie das freute. »Also, sag schon. Wo fahren sie hin?«

»Auf das Gestüt Ackermann, das ist ganz in der Nähe. Da steht Black Night. Wer auch immer das hier war, kommt bestimmt ebenfalls von dort.«

Anne blickte ihre Tochter überrascht an. »Woher kennst du dieses Gestüt?«

»Ich war da mal mit Klara.«

»Aha.« Mehr fiel Anne dazu nicht ein, denn weder irgendein Gestüt Ackermann noch eine Klara sagten ihr etwas. Wo trieb sich Charlie bloß herum? Und mit wem? Doch jetzt war nicht der richtige Moment für Vorwürfe. Vielleicht hatte sie auch bei einer der endlosen Pferdegeschichten nicht so genau zugehört.

»Also?«

»Na gut, wenn du meinst, dann fahren wir da jetzt hin.«

Charlie zog die Augenbrauen hoch. »Dein Ernst?«

Anne nickte.

»Du fährst echt mit mir da hin?«

»Ja-ha. Und jetzt komm, bevor ich es mir anders überlege.« Anne lächelte und Charlie grinste zurück.

Sie gingen zum Parkplatz, stiegen in den weinroten Saab und Anne fuhr los. Dann schaltete sie das Autoradio an und drückte eine alte Kassette in den Schlitz. »Carbonaaara ...«, leierte es aus den Boxen. Sie kurbelte das Fenster herunter. Dann beugte sie sich zu ihrer Tochter hinüber und sang ihr ins Ohr: »... e una Coooca Cooola!«

»Mama, hör auf.« Charlie wurde rot und verdeckte ihr Gesicht, als würde sie ihre Mutter nicht kennen.

»Hier sieht uns doch keiner.«

»Aber das Fenster ist auf. Man hört dich.« Dann sah sie ihre Mutter von der Seite an. »Schnall dich lieber mal an, Frau Kommissarin.«

Anne lachte und angelte nach dem Gurt. Ihre Musik ließ sie sich nicht vermiesen. Das waren ihre Songs, ihre Zeit. Neue Deutsche Welle. Und die musste man von ausgeleierten Kassetten hören.

Während der Fahrt betrachtete Anne ihre Tochter aus dem Augenwinkel. Wie erwachsen sie schon wirkte. Seit etwa einem halben Jahr hatte Charlie sie, was die Körpergröße anging, eingeholt. Auch sonst sah sie ihr sehr ähnlich. Die gleiche schlanke Figur, die gleichen lockigen, dunkelbraunen Haare. Doch noch war sie in dieser seltsamen Phase, in der nichts so recht zusammenpasste. Die Nase war ein wenig zu groß und ständig versuchte sie, ihre Zahnspange mit den Lippen zu überdecken.

Anne schämte sich fast ein bisschen, dass sie ihr so wenig zutraute, doch es war furchtbar schwer, dieses bockige Wesen ernst zu nehmen. Innerhalb von Sekunden konnte sich Charlie von einem eben geschlüpften Schmetterling wieder zurück in eine stachelige Raupe verwandeln. Nun zog sie ihr Handy aus der Tasche und fing an zu tippen. Nie würde Anne es schaffen, in einem derartigen Tempo Nachrichten zu schreiben.

»Erzähl bitte niemandem, dass wir zu diesem Gestüt fahren«, sagte Anne. Nicht dass ihr Vorhaben gleich live auf Social Media gepostet wurde. Das wusste man bei Charlie nie. »Ich möchte keinen Ärger in der Arbeit bekommen. Ich bin privat unterwegs und hätte das mit dem Ausweis gar nicht machen dürfen. Und irgendwo ohne Auftrag rumschnüffeln darf ich erst recht nicht.«

»Ja ja.« Charlie sah nicht einmal auf.

Anne schüttelte den Kopf, verbiss sich aber einen Kommentar. Sie genoss lieber die Aussicht aus der Windschutzscheibe. Obwohl sie schon ein Jahr in Mecklenburg lebte, haute sie die Landschaft hier im wilden Osten immer wieder um. Ihre Augen schweiften über knackgelbe Rapsfelder und saftig grüne Wiesen, in denen dunkelrote Mohninseln leuchteten. Die Weite beruhigte sie. Vor allem erinnerte sie Anne immer wieder daran, wie weit weg Charlies Vater war.

Jede Jahreszeit produzierte ihren eigenen Farbenrausch. Am liebsten mochte sie die Urwälder, die riesigen Bäume, deren

Kronen im Himmel schwankten, so dass ihr schwindelig wurde, wenn sie hinauf sah, und die Kletterpflanzen, die sich um die bemoosten Stämme schlangen. Riesenhafte Farne tauchten die Wälder in ein magisches Licht und Anne rechnete immer wieder damit, dass gleich ein kleiner Gnom aus dem Unterholz stapfen und fragen würde »Wiesu denn bluß?« Ronja Räubertochter war Charlies Lieblingsbuch gewesen und sie hatte es ihr bestimmt fünf Mal vorgelesen. Immer wenn die Rumpelwichte vorkamen, hatte Charlie gekichert wie ein kleiner Lachsack. Anne lächelte bei der Erinnerung. Und jetzt starrte dieser Teenager ins Handy, als wäre sie gar nicht da.

»Wie weit ist es noch?«, fragte Anne.

Charlie sah kurz auf. »Bei der Allee da vorne musst du rechts abbiegen.« Dann versank sie wieder in ihrem Bildschirm.

Anne pfiff durch die Zähne. »Tolle Lage.«

Schon eine Weile trug sie den Gedanken mit sich herum, ein kleines Häuschen mitten in der Natur zu kaufen. Vielleicht genau hier draußen. Aber da würde Charlie auf keinen Fall mitspielen. Nicht noch einmal. Vor einem Jahr war Anne mit ihrer Tochter von München nach Mecklenburg gezogen. Sie hatte das Gespräch mit ihr zu lange vor sich her geschoben. Bis heute hatte ihr Charlie nicht verziehen, dass sie sie einfach übergangen und vor vollendete Tatsachen gestellt hatte.

»Ich muss mit dir reden«, hatte sie damals ohne große Umschweife zu ihrer Tochter gesagt. »Wir ziehen um. Ohne Papa. Ans andere Ende von Deutschland.«

Bei jedem ihrer Sätze waren Charlies Augen größer geworden und Anne konnte regelrecht dabei zusehen, wie sie ihre Bedeutung langsam im Kopf hin und her bewegte, bis sie nur ein einziges Wort sagte, aber das aus tiefster Seele: »Nein!«

»Doch«, hatte Anne erwidert. »Nächste Woche.«

»Und warum?« Charlie war völlig irritiert.

»Ich hab dort eine Stelle als Kriminalhauptkommissarin bekommen«, erklärte Anne. »Das ist eine einmalige Chance für mich. Das schaffe ich in München nie.«

»Spinnst du?« Charlies Augen hatten sich mit Tränen gefüllt. »Ich verliere alle meine Freundinnen, ich muss von Papa weg und dann soll ich ausgerechnet in die Pampa?« Sie schrie: »Ich will da nicht hin!«

Charlie war erst stinksauer gewesen, aber dann kam die Verzweiflung. Das Mädchen aß kaum und schloss sich stundenlang in ihrem Zimmer ein. »Papa, ich will bei dir bleiben«, bat sie ihren Vater immer wieder. Vor lauter Heulen lief ihr der Rotz aus der Nase, den sie an sein T-Shirt schmierte, während sie ihn umklammerte. Er stand nur schlaff da und erwiderte nicht einmal ihre Umarmung.

»Du weißt doch, dass das nicht geht«, sagte er lahm. »Ich muss so viel arbeiten und habe gar keine Zeit für dich. Ich kann mich nicht um dich kümmern.«

Anne wusste natürlich, dass er bloß keine Lust hatte, sich um seine halbwüchsige Tochter zu kümmern. Für ihn war nur sein Job wichtig. Und Charlies Mathelehrerin, die er auf dem einzigen Elternsprechtag kennengelernt hatte, zu dem er je ge-

25

gangen war. Doch das wusste Charlie nicht. Es gab so viel, was sie nicht wusste.

Ihre Tochter so leiden zu sehen, war für Anne viel schlimmer gewesen, als ihren Mann zu verlassen. Ihre Ehe war schon lange leer und verstaubt gewesen wie ein Pappkarton, den jemand im Keller vergessen hatte. Sie waren zum Schluss eher WG-Mitbewohner gewesen als Mann und Frau.

Irgendwann war Anne sogar froh darüber gewesen, wenn ihr Mann nicht zuhause war. Wenn sie nicht die Klobrille herunterklappen musste, bevor sie auf die Toilette ging. Und wenn sie nicht mit anhören brauchte, wie er beim Essen mit dem Messer auf dem Teller quietschte, sodass es ihr in den Zähnen zog. Und sie musste auch nicht seine leeren Kaffeetassen in die Spülmaschine räumen.

Einmal hatte sie einen gelben Post-it-Zettel an den Küchenschrank geklebt: *Bitte gebrauchte Tasse in die Spülmaschine stellen.* Solange der Zettel dort hing, räumte er seine Tasse tatsächlich auf. Aber sobald sie ihn entfernte, ließ er sie wieder stehen. Wie konnte man nur so gedankenlos sein?

Dass er sie betrog, hatte sie weniger gestört, als sie gedacht hätte. Natürlich hatte sie lange überlegt, ob es nicht doch bequemer war, im gemachten Nest wohnen zu bleiben, ohne finanzielle Sorgen, in ihrer gewohnten Umgebung. Und ob es nicht besser für Charlie wäre, in einer heilen Familie aufzuwachsen. Aber heil war ihre Ehe schon lange nicht mehr.

Was würde sie gewinnen, wenn sie ginge? Nichts. Bernd schränkte sie nicht ein, er machte ihr keine Vorschriften, er nervte sie nur manchmal. Ja, gelegentlich ärgerte sich Anne auch über ihren Mann, doch sie stritten eigentlich nie. Stattdessen herrschte Stille und Leere in ihrer Ehe. Sie ließen sich gegenseitig in Ruhe.

Was würde sie verlieren, wenn sie ginge? Klar. Ein sorgenfreies Leben. Einen ruhigen Hafen für ihr Kind. Es war viel vernünftiger so weiterzumachen. Doch manchmal fragte sich Anne trotzdem, ob das schon alles gewesen sein sollte?

Und dann wusste sie plötzlich, dass der richtige Zeitpunkt gekommen war, um zu gehen. Sie hatte in der Arbeit eine interne Stellenausschreibung gesehen, und zwar als Kriminalhauptkommissarin in Lüdow, Mecklenburg-Vorpommern, am Arsch der Welt. Weiter weg ging gar nicht. Irgendwie fühlte sich das an wie Schicksal.

Auf dem Heimweg war sie ganz ruhig. Glasklar im Kopf. Ein Teil von ihr ging zügig und wie ferngesteuert nach Hause, um sich zu trennen. Der andere Teil sah fassungslos zu, wie sie ihrem Leben gleich einen unwiderruflichen Wendepunkt geben würde. Sie fühlte sich wie in einem Film. Aber sie spürte, dass es die richtige Entscheidung war.

»Ich gehe«, hatte sie einfach nur zu Bernd gesagt.

»Wohin?« Er sah nicht von seiner Marketingzeitschrift auf.

»Ans andere Ende von Deutschland.«, hatte Anne bestimmt gesagt. »Für immer.«

Da hatte er doch den Kopf gehoben, aber er war nicht wirklich überrascht gewesen. Und schon gar nicht bestürzt. Oder traurig. Er wirkte eher genervt, weil er jetzt sein Leben umorganisieren musste. So ein Vollidiot. In diesem Moment hatte Anne gewusst, dass sie das Richtige tat.

Von da an konnte sie ihn kaum noch ertragen. Es war, als würde mit einem Mal alles in ihr aufploppen, worüber sie sich in den letzten fünfzehn Jahren geärgert hatte. Anne fragte sich, wie sie dieses leere Leben so lange hatte aushalten können.

Und dann begann der Rosenkrieg, vor dem ihr immer so gegraut hatte und den sie nie hatte führen wollen. Sie hatte sich über dieses Niveau erhaben gefühlt. Ich werde nie so werden, hatte sie immer gedacht, doch da steckte sie schon mittendrin, in einem Kreislauf aus Verletzungen und Rache.

Charlie stand klar auf der Seite ihres Vaters. »Du bist so egoistisch!«, warf sie ihr gefühlte zweitausend Mal vor. Anne hatte immer wieder geantwortet: »Ich tue zum ersten Mal in meinem Leben etwas für mich!«, fast wie ein Mantra. »Ich tue endlich etwas für mich, ich tue endlich etwas für mich, ich tue endlich etwas für mich.«

Jetzt war Anne also Kriminalhauptkommissarin in einem Städtchen mit rund fünftausend Einwohnern. Überschaubar, manchmal unaufregend, aber für Anne genau richtig. Der Druck war nicht so groß wie in München. Sie leitete das Kriminalkommissariat in Lüdow und hatte sogar einen eigenen Kriminalkommissaranwärter im Vorbereitungsdienst.

Mario hatte gerade sein Studium an der Polizeihochschule abgeschlossen und Anne durfte ihn ausbilden. Einen solchen Karrieresprung hätte sie in München nie geschafft. Außerdem machte das kleine Wörtchen *haupt* im Titel eine ordentliche

Summe auf ihrem Lohnzettel aus. Genug, um mit Charlie in Ruhe zu leben.

An die grauen Plattenbauten, die Maschendrahtzäune und die Gartenhäuschen mit Schneewittchen und den sieben Zwergen, die beim Spazierengehen unvermittelt in den wilden Wäldern auftauchten, würde sie sich auch noch gewöhnen. Irgendwann. »Irgendwie, irgendwo, irgendwann«, summte Anne den Song von Nena.

Charlie hatte durch die Pferde schnell Anschluss gefunden. Zum Glück gab es direkt in Lüdow einen Stall, in dem lauter junge Mädchen ritten und sich um ein paar Ponys kümmerten. So konnte sie sich zumindest einen Traum erfüllen, der in der Großstadt nicht möglich gewesen war.

Vielleicht sollte sie der Reiterei doch nicht so negativ gegenüberstehen, dachte Anne. Aber manchmal stellte sie sich ihre Tochter zerquetscht unter einem dieser monströsen Tiere vor oder sah sie nach einem schweren Sturz im Rollstuhl sitzen. Dann wurde ihr ganz schlecht vor Angst und sie wünschte sich, das Kind würde in seiner Freizeit Aquarellbilder malen.

»Hier rechts rein, Mama«, sagte Charlie.

Sie passierten eine Kastanien-Allee, an deren Ende zwei große Bäume ein weißes Eisentor bewachten. Es hatte ein Muster aus Vierecken und Kreisen und in der Mitte prangte ein Pferdekopf. Auf einem Schild stand in schnörkeliger Schrift *Gestüt Ackermann.* Der mit weißem Kies aufgefüllte Weg führte in einer sanften Schleife auf einen Gutshof.

»Wow«, machte Anne.

Um Charlies Mund spielte ein Lächeln. »Toll, oder?«

Mehrere Fachwerk-Häuser kamen in Sicht, alle elfenbein-farben verputzt, die Fensterläden waren dunkelgrün gestrichen. Auf der rechten Seite befand sich das große Wohnhaus und links erkannte Anne drei Stallungen. Der weitläufige Innenhof lag im Schatten mächtiger Kastanien. Dahinter konnte man ei-ne Halle und einen Reitplatz erkennen.

»Bieg ab, da drüben ist ein Waldstück, in dem wir das Auto verstecken können«, sagte Charlie, kurz bevor sie das Tor er-reicht hatten.

Anne starrte sie irritiert von der Seite an. »Und woher weißt du das?«

»Schnell, hier rein Mama, da kommt jemand!«

4. Kapitel

Paul

5 Jahre vor dem Dressur-Derby

Als Paul die Stalltür öffnete, marschierte seine Auftraggeberin schon über den Hof und näherte sich ihm mit langen Schritten. Alles an dieser Frau war knochig, kantig, spitz. Ihr straff zurückgebundener Pferdeschwanz wippte angriffslustig. Sie sah auf die Uhr. Rinco schlug an. Braver Hund. Der wusste genau, wer gut und wer böse war.

»Ruf deinen Köter zurück«, schnarrte sie über den Hof.

Der Tierarzt mit seinem Köfferchen hastete ihr hinterher. Dieser Viehdoktor hatte ihm gerade noch gefehlt. Doktor Antoine Petit, den Paul nur den kleinen Toni nannte. Ihr persönlicher Handlanger, der alles, was er von dieser kaltherzigen Schlange abbekam, am liebsten an ihm ausließ. Er war wirklich klein und hatte ein Gesicht wie ein Marder.

»Rinco!« Paul pfiff, der Golden Retriever lief zu ihm hin und legte sich neben ihn. Paul blieb im Türrahmen stehen und verschränkte die Arme vor der Brust. Am meisten ärgerte ihn an diesen Leuten, dass sie so selbstverständlich in seinen Hof eindrangen, als würde das alles schon ihnen gehören. Noch war das *sein* Anwesen. Er war auf diesem Hof aufgewachsen, sein Großvater hatte die Linde gepflanzt, die das Haus mittlerweile überragte. Er liebte die Weite und den Blick über die Weiden,

31

wenn vom Fluss her der Nebel aufstieg und die Pferde wie Schemen verschwanden und mit feuchten Mähnen wieder auftauchten.

Das war seine Heimat.

Die Frau marschierte an Paul vorbei als wäre er gar nicht da. Der Tierarzt folgte ihr auf dem Fuß, drückte Paul aber im Vorbeigehen den Griff eines Metallbehälters in die Hand. »Das muss sofort in den Kühler. Neues Material.« Rinco knurrte und der Tierarzt eilte der Frau hinterher.

Stiefellecker, dachte Paul, doch er gehorchte. Ehrlich gesagt war er froh, dass er nicht mit den beiden im Stall bleiben musste. Er trug den Metallkübel ins Labor, stellte ihn auf den Tisch und öffnete ihn. Nebel stieg von dem flüssigen Stickstoff auf. Er stellte die Röhrchen in ihre Halterungen.

Neues Material. Paul schüttelte den Kopf. Damit meinte der Tierarzt Eizellen, die die Frau aus dem Schlachthaus besorgt hatte. In einem Plastikbeutel war außerdem ein fingernagelgroßes Stück Haut von Black Night, das der kleine Toni ihm aus der Brust gestanzt hatte. Daraus sollte Paul die Zellen entnehmen, die seine Erbinformationen enthielten.

Paul schloss den Deckel des Stickstoffbehälters, dann ging er wieder hinaus, steckte die Hände in die Hosentaschen und lief über den Hof. Als er im Stall ankam, standen die Frau und der Tierarzt schon in der Box und begutachteten den schwarzen Hengst, der sich hinter seiner Mutter versteckte. Hilda legte die Ohren an, schüttelte unwillig den Kopf und zwickte nach den Besuchern.

Die Frau schlug ihr auf die Nase. »Blöde Kuh!«

»Sie beschützt doch nur ihr Fohlen.« Paul trat in die Box und sofort stellte Hilda die Ohren wieder nach vorne und brummelte ihn an.

»Halt sie gefälligst fest!«

Paul nahm Hilda am Halfter und tätschelte ihr den Hals, während der Tierarzt das Fohlen untersuchte. Immer wieder lugte der kleine Hengst unter dem Schweif seiner Mutter hervor und streckte den Menschen neugierig seine kleine Nase entgegen. Eine Strähne Schweifhaare hing dabei über seinen Nasenrücken. Am liebsten hätte Paul ihn gestreichelt, aber das sah die Frau nicht gern. Für sie war der Kleine nur ein Mittel zum Zweck. Ein Tierversuch. BN2 eben.

»Er ist gesund und topfit«, sagte der Tierarzt.

»Und er sieht aus wie Black Night.« Die Frau warf Paul einen Seitenblick zu. »Fast zumindest. Du hast es wieder versaut.« Sie seufzte. »Egal. Die Flocke kann man färben. Wir nehmen ihn trotzdem. Aber du versuchst es noch mal. Irgendwann wirst du es ja wohl hinbekommen. Ich dachte, du bist der Beste auf diesem Gebiet.« Sie betrachtete ihre rot lackierten Fingernägel. »Na ja.«

Am liebsten würde Paul sie in den Misthaufen schubsen. »Als wäre das so einfach«, sagte er. »Du weißt genau, dass die Ähnlichkeit zwischen einem Klon und seinem Original von Faktoren abhängt, auf die ich keinen Einfluss habe.« Er hatte es ihr schon tausendmal erklärt. »Ein Embryo, der im Reagenzglas erzeugt wird, ist ganz anderen Bedingungen ausgesetzt als einer, der in einer Gebärmutter heranwächst. Er kann größer oder kleiner werden ...«

Sie winkte ab. »Ja ja, ich weiß. Oder, wie im Fall von diesem Ding hier eine Flocke haben, die Black Night nicht hat.«

Paul blähte die Nasenflügel. Sie hatte wirklich *Ding* gesagt.

»Aber irgendwie muss es doch möglich sein, das zu steuern«, redete sie weiter. »Dafür habe ich dich schließlich engagiert.« Ihre kalten Augen ruhten auf Paul. »Du weißt ja: Entweder du bekommst das hin, oder dein Hof ist weg.«

Der kleine Toni fuchtelte mit seinem Zeigefinger herum. »Diese optischen Veränderungen kommen übrigens auch beim Embryotransfer vor, aber beim Klonen fällt es mehr auf, weil man ein bestimmtes Aussehen erwartetet.«

So ein Besserwisser. Paul schnaufte genervt.

»Ich brauche einen Klon von Black Night, der genauso aussieht wie er, egal wie«, sagte die Frau.

Natürlich, dachte Paul. Sonst würde ihr ganzes beschissenes Experiment nicht funktionieren.

»Los, an die Arbeit.« Sie klatschte in die Hände und das Fohlen erschrak. »Wenn du so weit bist, ruf an. Dann beginnen wir mit der Zykluskontrolle, um Marie den nächsten Embryo einzusetzen.« Sie drückte ihm einen Scheck in die Hand. »Letzte Chance.«

Paul presste die Zähne aufeinander, aber er nickte. Was sollte er sonst auch tun?

5. Kapitel

Anne

Anne riss das Lenkrad nach rechts und der Saab legte sich in die Kurve. Sie bremste, dann tauchten sie zwischen den Bäumen ein und der Wagen wurde vom Waldboden durchgeschüttelt. Abgebrochene Äste knackten unter den Rädern. Charlie fasste nach dem Haltegriff über der Tür. »Weiter!«

»Spinnst du? Das ist doch kein Jeep.«

»Nur noch ein bisschen, damit das Auto von der Straße aus nicht zu sehen ist.«

Anne schüttelte den Kopf, fuhr den Wagen aber noch ein Stück in den Wald hinein. Er holperte über Wurzeln und etwas schlug gegen den Unterboden. Sie trat auf die Bremse. »Das muss reichen.«

Charlie sah sich um. »Hier ist es gut.« Sie steckte ihr Handy in die Jackentasche, stieg aus und schmiss die Tür hinter sich zu. »Komm, Mama, hier geht's lang.« Sie stiefelte los.

Die beiden gingen schweigend durch dichtes Unterholz. Woher kannte Charlie diesen Wald? Was trieb sie hier? Anne nahm sich vor, ihre Tochter heute Abend danach zu fragen. Schließlich konnte sie durch die lichter werdenden Bäume erkennen, dass sie den Gutshof umrundet hatten und sich nun auf die Rückseite der Stallungen zubewegten. Anne schaute sich um. »Wow, das ist ja eine riesige Anlage. Und so schick.«

»Toll, oder?«

»Wie viele Pferde gibt es hier?«

»Mindestens fünfzig. Alles Turnierpferde.«

Der Hof war menschenleer.

Charlie bemerkte ihren Blick. »Keine Sorge, die sind alle noch auf dem Turnier.«

»Bis auf die Leute, die das Pferd hergebracht haben.« Anne zeigte auf den Transporter, der im Hof stand.

»Das ist der Stall, in dem Black Night steht.« Charlie ging auf eine Tür zu.

»Und was machen wir, wenn wir ihn gefunden haben?«

Charlie zuckte die Schultern. »Keine Ahnung. Lass uns doch erst mal nachsehen, ob er da ist.«

»Und dann?«

»Vielleicht finden wir auch seinen Doppelgänger.«

Anne sah ihre Tochter an. »Glaubst du diese Geschichte wirklich? Jedes Pferd hat doch mal einen schlechten Tag.«

»Aber nicht so. Außerdem habe ich die Flocke gesehen.« Charlie verschränkte die Arme vor der Brust. »Ist ja klar, dass du mir mal wieder nicht glaubst. Warum bist du dann überhaupt mit mir hierher gefahren? Ich dachte ...«

»Ist ja gut.« Anne legte ihrer Tochter die Hand auf den Arm. »Aber wenn es irgendwie brenzlig wird, hauen wir sofort ab. Ist dir klar, was für mich auf dem Spiel steht, wenn ich hier beim Schnüffeln erwischt werde? Hausfriedensbruch und so.« Eigentlich war es idiotisch, was sie da tat. Aber sie wollte ihrer Tochter nun mal beweisen, dass sie eine coole Mutter war. »Ist das klar?«

»Ja ja.«

Anne schüttelte den Kopf und presste die Lippen zusammen. Wie ihr diese Ist-mir-doch-egal-Ausstrahlung auf die Nerven ging. Sie riskierte hier einen riesen Ärger und ihre Tochter, für die sie das alles tat, hatte nicht mehr beizutragen als *ja ja*. Egal. Sie atmete tief durch. »Also dann, los.«

Charlie sah ihre Mutter einen Moment lang aus zusammengekniffenen Augen an, als könnte sie nicht glauben, dass sie wirklich mit ihr kam, doch dann ging sie vor. Anne grinste in sich hinein. Sie *war* eine coole Mutter.

Sie schlichen an der Stallwand entlang bis zu einer dunkelgrün gestrichenen Tür. Vorsichtig drückte Charlie die Klinke, schob sie einen Spalt breit auf und steckte den Kopf hindurch. »Komm«, flüsterte sie und schlüpfte hinein.

Anne folgte ihr und schloss die Tür hinter sich. Die Luft, die ihr aus dem Stall entgegenschlug, roch so intensiv nach frischem Heu, Pferd und Schweiß, dass sie das Gefühl hatte, Sirup einzuatmen. Zumindest kein Gestank nach Pferdemist.

Sie schlichen durch die Stallgasse und Charlie spähte durch die Gitterstäbe jeder Box. Plötzlich blieb sie stehen. »Hier, schau mal, das ist Black Night.« Sie schob die Boxentür zur Seite und ging zu einem schwarzen Pferd hinein, das ihr neugierig seine Nase entgegenstreckte.

»Spinnst du?« Annes Magen zog sich zusammen. »Komm da sofort wieder raus!«

»Der ist total lieb, ich kenne den«, flüsterte Charlie, streichelte dem Rappen sanft über den Nasenrücken und strich ihm dann den Schopf aus der Stirn. »Absolut schwarz, siehst du? Er ist völlig entspannt und kein bisschen verschwitzt. Die Mähne ist auch nicht eingeflochten – der war ganz sicher nicht auf einem Turnier.«

Anne knetete ihre Hände. Und wenn dieses schwarze Ungetüm gleich zubiss? Oder ihre Tochter gegen die Wand quetschte? Sie vielleicht trat?

Ein Geräusch am anderen Ende des Stalls ließ Anne zusammenzucken. »Komm sofort da raus und lass uns verschwinden. Da kommt jemand«, wisperte sie.

Charlie huschte wieder aus der Box und ließ die Schiebetür lautlos hinter sich einrasten. Anne atmete auf. Schon irgendwie beeindruckend, wie selbstverständlich ihre Tochter mit diesem riesigen Vieh umging. Sie hasteten zu einer kleinen Tür und schlüpften nach draußen.

»Warte kurz«, flüsterte Charlie und verschwand um die nächste Ecke.

Verflucht nochmal, wo rannte sie denn jetzt wieder hin? Anne lief ihr hinterher bis zu der Stallecke, um die Charlie abgerauscht war, aber sie sah ihre Tochter nirgends. Na toll. Super gemacht, Frau Kriminalhauptkommissarin. Da blieb ihr wohl nichts anderes übrig, als zu warten.

Sie lehnte sich an die Stallwand und spürte ihr Herz dumpf an der Stelle pochen, wo ihr Rücken die Mauer berührte. Sie legte den Kopf zurück und schloss die Augen. Was sollte sie sich für eine Geschichte ausdenken, wenn sie hier jemand sah? Verirrte Spaziergängerin? Ja, das war gut. Du lieber Himmel, was man nicht alles tat, um seine pubertierende Tochter zu beeindrucken.

»Lass uns verschwinden.«

Anne riss die Augen auf. Charlie stand wieder vor ihr. Sie hatte sich lautlos angeschlichen.

»Mein Gott, hast du mich erschreckt. Wo warst du denn?«

»Ich habe nachgesehen, ob Klara da ist. War sie aber nicht.« Charlie strich sich die Haare aus dem Gesicht.

Schon wieder diese Klara. Doch jetzt war nicht der richtige Zeitpunkt für Fragen. »Los, komm. Lass uns verschwinden.« Diesmal ging Anne vor.

Die beiden liefen an der Stallmauer zurück zu dem Wäldchen und tauchten wieder zwischen die Bäume ein. Anne wurde langsamer und sie gingen nebeneinander her.

»Das war cool.« Charlie grinste.

»Ja?« Wärme breitete sich in Annes Bauch aus.

»Ich hätte nicht gedacht, dass du mir hilfst.«

»Klar helfe ich dir.« Ein Ast knackte unter Annes Fuß. Allein für dieses Strahlen auf dem Gesicht ihrer Tochter hatte sich der ganze Blödsinn gelohnt.

»Da ist das Auto.« Charlie zeigte auf den Saab, der im Unterholz auftauchte.

Als sie die Türen hinter sich zugeschlagen hatten, sahen sich an und kicherten los. Halb aus Erleichterung und halb, weil sie Komplizinnen waren. Das war ein schönes Gefühl, das Anne bisher nicht gekannt hatte. Sie sah ihre Tochter zum ersten Mal auf Augenhöhe.

»Ich hab's dir gesagt: Da stimmt etwas nicht«, sagte Charlie, als sie sich wieder beruhigt hatte. »Sie müssen Ermittlungen aufnehmen, Frau Kommissarin.«

»Und wegen was? Besitz von zwei Pferden, die sich ähnlich sehen?«

Charlie verdreht die Augen. »Wir brauchen mehr Infos.«

»Allerdings. Sonst kann ich da gar nichts machen.« Anne drehte den Zündschlüssel herum und der Saab sprang an. Sie war sich sicher, dass Charlie noch ein paar Tage von dieser Sache reden und dann das Interesse verlieren würde. Wichtig war, dass die Stimmung zwischen ihnen seit langem mal wieder gut war. Ein Lächeln hob Annes Mundwinkel.

6. Kapitel

Paul

5 Jahre vor dem Dressur-Derby

Die Frau hatte leicht reden. Versuch es nochmal, irgendwann musst du es ja hinbekommen, hatte sie gesagt. Wie sollte er denn mit seinen fünf Stuten gegen die internationale Konkurrenz ankommen? Paul schmiss das nasse Stroh Gabel für Gabel auf den Schubkarren, immer im gleichen Rhythmus. Bei der Stallarbeit konnte er am besten denken. Er machte nicht nur die Boxen sauber, sondern auch seinen Kopf. Das Schnauben, Rascheln und das gleichmäßige Mahlen der Pferdezähne beruhigten ihn. Die Tiere verbreiteten einen süßlich-herben Geruch, wie wenn Sonne auf einen Holzstapel scheint. Schon als Kind war er am liebsten frühmorgens in den Stall geschlichen, wenn es draußen kühl und drinnen mollig warm war. Er schob den Karren zur nächsten Box.

Die Italiener waren die Schnellsten gewesen. Prometea. Was für ein bescheuerter Name. Paul schüttelte den Kopf. Sie hatten die Stute ausgerechnet nach Prometheus benannt, der den Göttern das Feuer stahl, um es den Menschen zu schenken. Das erste geklonte Pferd der Welt so zu nennen, troff geradezu vor Symbolik. Doch es kam noch besser: Die Stute, die Prometea ausgetragen hatte, war gleichzeitig die Lieferantin für das Erbmaterial gewesen, aus dem der Embryo erschaffen wurde. Sie

41

trug also ihre eigene Zwillingsschwester aus. Das war ziemlich makaber gewesen und die Presse hatte sich gierig auf diesen Fakt gestürzt.

Paul schnitt mit dem Taschenmesser ein neues Heuband auf. Er zog die Schnur unter dem Ballen hervor und stopfte sie in die Hosentasche. Für Prometheus ging die Sache jedenfalls nicht gut aus. Er versauerte, an einen Felsen gefesselt. Und den Menschen schickte Zeus die Büchse der Pandora. Dem Mythos nach entwichen ihr sämtliche Übel, die der Menschheit bis dahin unbekannt gewesen waren. Das erste Klonpferd ausgerechnet Prometea zu nennen, schrie ja geradezu danach, dass die Menschen zusammenzuckten. Kein Wunder, dass alle solche Angst vor dem Klonen hatten. Die Italiener hatten eben einen Hang zur Dramatik.

Die Texaner hatten zweitausend Stuten, die ein Fohlen nach dem anderen austrugen. Sie betrieben das Geschäft ganz kommerziell, flogen die Stuten mit ihren Klonfohlen im Flugzeug durch die Weltgeschichte. Typisch amerikanisch. Alles im XXL-Format. Dagegen kam er mit seinen fünf Stuten wirklich nicht an. Klar, Eizellen konnte die Frau in unbegrenzter Menge besorgen. Aber jede Stute konnte nur ein Fohlen pro Jahr austragen.

Die Franzosen verfügten mittlerweile über eine Datenbank mit dem besten Genmaterial aus ganz Europa und hatten sogar ein piekfeines Gestüt, auf dem sie die Crème del la Crème der Pferdeszene hofieren konnten, die alten Schleimer. *Oui, oui, vos cheveaux*, und so. Er war auch auf dem Gestüt gewesen und hatte sich das alles angesehen. Wirklich beeindruckend, was die dort auf die Beine stellten. Er hatte viel von ihnen gelernt. Seine Zeit als wissenschaftlicher Leiter bei *GenDouble* war die beste seines Lebens gewesen.

Aber das war jetzt vorbei.

Paul warf einen neuen Strohballen auf den Karren und strich sich die Haare aus der Stirn. Er schwitzte, aber nicht wegen der Anstrengung, sondern aufgrund der schwülen Luft. Die Stallarbeit hielt ihn fit und er war gut trainiert. Er fuhr den Schubkarren zur Box von BN2 und verstreute die Halme. Der Staub tanzte in den Sonnenstrahlen, die zum Fenster hereinfielen.

»Morgen dürft ihr auf die Koppel«, murmelte er und klopfte Hilda den Hals. Die Stute stupste ihn mit der Nase an. Sie sah irgendwie stolz aus, als wollte sie sagen: Schau, was ich für ein schönes Fohlen auf die Welt gebracht habe. »Das hast du gut gemacht«, murmelte Paul und strich ihr über die Stirn.

Der kleine Hengst blähte die Nüstern, bockte und quietschte, schnüffelte an dem frischen Stroh und hüpfte wieder zurück. Wirklich ein süßer Kerl. Schade, dass die Frau ihn nehmen wollte, er würde kein leichtes Leben haben. Er seufzte. Wenn er nur irgendwie aus diesem Experiment aussteigen könnte. Aber das ging nicht, zumindest jetzt noch nicht. Er brauchte das Geld, um die Kreditraten für seinen Hof weiter bedienen zu können.

Jedenfalls war es weder den Italienern noch den Franzosen oder den Amis je gelungen, ein wirklich perfektes Pferde-Ebenbild zu erschaffen. Kein Wissenschaftler konnte bisher

Einfluss auf die epigenetischen Veränderungen nehmen, die dafür sorgten, dass die Klone immer etwas anders aussahen. Und er sollte das mit seinen paar Stuten schaffen?

Der Erste zu sein, der das in den Griff bekam, wäre Pauls große Chance, als Wissenschaftler weltweit anerkannt zu werden. Dann könnte er auf das Experiment pfeifen und auf diese Schlange sowieso.

Als er noch bei *GenDouble* gearbeitet hatte, war er einige Male kurz vor dem Durchbruch gestanden. So kurz davor. Bei der Erinnerung daran presste er seine Hand so fest um die Heugabel, dass seine Fingerknöchel ganz weiß wurden.

Das Klingeln seines Handys riss ihn aus diesen zermürbenden Gedanken. Das war sie. Als hätte sie geahnt, dass er gerade über sie und ihr Experiment nachdachte.

»Ja?«, meldete er sich.

»Wie weit bist du?«

»Ich habe die Eizellen entkernt, die Zellkerne aus den Hautzellen herauspräpariert, sie in die Eizellen hineinbugsiert und mit einem elektrischen Impuls die Zellteilung ausgelöst. Morgen werde ich ...«

»Ich meine, wie lange dauert es noch?«, unterbrach sie ihn.

»Das weiß ich nicht. Habe ich dir doch schon oft genug erklärt. Du weißt genau, dass man für einen gesunden Klon Tausende von Eizellen, Hunderte von Zelltransfers und Dutzende Embryonen braucht. Es kommt zu Aborten und Frühgeburten, die neugeborenen Fohlen können sterben ....«

»Meine Güte, verschon mich mit deinem Pessimismus.«

»Das ist kein Pessimismus, sondern Realität. Die Klonierungseffizienz liegt bei weniger als fünf Prozent. Man muss einer Stute etwa zwanzig Embryonen einsetzen, bis ein Fohlen entsteht. Für Golden Joy habe ich acht Jahre gebraucht.«

»Für BN2 aber nur drei.«

»Ja, er ist ein Meisterstück.«

Sie lachte auf. »Mit Flocke.«

Paul hatte bereits angefangen, Black Night zu klonen, als er noch ein Fohlen war. Die meisten Pferde, die geklont wurden, waren Spitzensportler oder Superhengste, die schon ein gewisses Alter hatten. Aber je älter die Körperzellen waren, die das Erbmaterial enthielten, desto größer war auch das Risiko, bereits entstandene Verschleißerscheinungen mitzuklonen. Das war wie beim Schaf Dolly, das schon mit Arthrose auf die Welt gekommen war. Deswegen nutzte er für das Experiment nur Hautzellen von Fohlen und Jungpferden. Bei Black Night war von der Abstammung her absehbar, dass er ein Superstar werden würde, deshalb hatten sie ihn ausgewählt. Außerdem war er völlig schwarz und Paul hatte gehofft, dann sei es einfacher, einen Klon ebenfalls ohne weiße Fellzeichnungen zu erschaffen. Doch er hatte sich getäuscht. Auch wenn es bei der Vorlage keine gab, hatten die Klone alle irgendwelche Blessen oder weißen Stellen an den Beinen. Er trat gegen einen Strohballen. Immer diese verdammten Abzeichen.

Aber immerhin hatte er jetzt wieder neues Material und die Frau hatte ihm einen ordentlichen Scheck ausgestellt.

Und wenn der aufgebraucht war?

»Du musst dich beeilen«, sagte sie jetzt. »Du hast fünf Stuten. Wenn alles nach Plan läuft, kommen jedes Jahr fünf kleine Black Nights zur Welt. Und jedes Jahr sind sie noch ein Jahr jünger.«

»Aber ...«

»Nichts aber. Ich brauche endlich ein perfektes Ebenbild, damit ich beweisen kann, dass Klone genauso leistungsfähig sind, wie ihr Original. Ende der Diskussion.«

Klick.

Paul starrte den Hörer an. Sie hatte einfach aufgelegt. Diese Frau war größenwahnsinnig.

Er schüttelte den Kopf und sah dem Fohlen noch einen Moment lang dabei zu, wie es an dem frischen Stroh schnüffelte. Dann schloss er die Boxentür, schob den Riegel vor und ging zurück in sein Labor. Er musste sich wieder an die Arbeit machen, wenn er sein Zuhause nicht verlieren wollte.

In seiner abgewetzten Jeans und den grünen Gummistiefeln sah Paul überhaupt nicht aus wie ein Wissenschaftler. Er war so groß, dass er sich tief über das Mikroskop beugen musste. Die Pipetten schienen jeden Augenblick in seinen Händen zu zerbrechen. Er passte in der Tat besser auf einen Traktor als zwischen die filigranen Reagenzgläser. Auch das war ein Teil seiner Tarnung.

Im Dorf wusste keiner, dass Dr. Paul Becker der erste Wissenschaftler der Welt gewesen war, der es geschafft hatte, ein Olympiapferd zu klonen. Wahrscheinlich interessierte das hier auch niemanden. Keiner von denen ahnte, dass sich hinter der

Holztür zur Scheune ein Hightech-Labor verbarg. Die Frau hatte es für ihn ausgestattet. Man brauchte ja nicht viel zum Klonen. Sie hatte ihm eine Kryobank besorgt, in der er das Zellmaterial mit flüssigem Stickstoff bis zu minus 190 Grad tiefgefrieren konnte. Außerdem ein Mikroskop, ein Gerät, um elektrische Impulse auszulösen und einen Inkubator. Dann noch Kleinkram: verschiedene Röhrchen sowie Pipetten, um die Embryonen in der Petrischale herzustellen.

Für die Leute hier war er nur der naive, menschenscheue, eigenbrötlerische Bauer Paul, der von seiner Frau betrogen und verlassen worden war, und der nach der Scheidung auf einem Berg Schulden saß, weil er seine Ex hatte auszahlen müssen, um den Hof zu behalten. Über seine Jahre im Ausland wussten die Leute nichts. Sein Großvater hatte genauso zurückgezogen gelebt wie er und wenig Kontakt zu den Dorfbewohnern gehabt, und wenn er zum Einkaufen im *Konsum* gewesen war, hatte er gewiss nichts über das Privatleben seines Enkels ausgeplaudert.

Pauls Auftraggeberin war schon die zweite Frau, die ihm seine Heimat wegnehmen wollte. Er sollte es eben noch einmal probieren, hatte sie gesagt. Er schüttelte den Kopf. Den Klon des Olympiapferdes Golden Joy hatte er im Auftrag von *Gen-Double* produziert, kurz vor seinem Abgang. Kaum war der Klon gesund auf die Welt gekommen, hatte er das Kündigungsschreiben auf dem Tisch gehabt. Der Mohr hat seine Schuldigkeit getan, der Mohr kann gehen. Diese Schweine. Bis heute konnte er nicht verstehen, warum das Unternehmen ihn nicht mehr weiter beschäftigen wollte. Er war der Einzige, der diesen verflixten epigenetischen Veränderungen jemals so nah gekommen war.

Jetzt forschte er im Auftrag dieser Frau weiter. Natürlich könnte sie ihre Klone auch ganz legal in den USA in Auftrag geben, doch dann würde sie jedes gesunde Fohlen hundertsechzigtausend Dollar kosten. Da war ein Biotechniker ohne Job, aber dafür mit einem Berg Schulden viel billiger zu haben. Zumal er einen kleinen Pferdehof besaß, der mitten im menschenleeren Mecklenburg versteckt war und den er über alles liebte. Was für ein Druckmittel.

Mist. Ein Reagenzglas zerbarst in seinen Händen. Paul zog einen Glassplitter aus seinem Zeigefinger und steckte die Fingerkuppe in den Mund, um das Blut abzulecken. Am liebsten würde er diese skrupellose Schlange einfach verschwinden lassen. Dann hätte er endlich seinen Frieden.

7. Kapitel

Anne

»So«, sagte Anne und legte den Rückwärtsgang ein. »Und jetzt will ich wissen, woher du dieses Gestüt und vor allem dieses Versteck im Wald kennst.« Sie schaute über die Schulter und fuhr vorsichtig rückwärts zwischen den Bäumen hindurch. Die Reifen des Saab holperten über Baumwurzeln. »Woher kennst du dieses Pferd und wer ist Klara?«

»Echt jetzt? Du befragst mich?«

»Ganz, ganz echt. Du bist nämlich erst fünfzehn.«

Charlie verdrehte die Augen. »Klara arbeitet hier manchmal nach der Schule und bekommt dafür Reitunterricht umsonst. Sie hat mich mal mit auf das Gestüt genommen.«

»Und dann seid ihr fröhlich im Wald rumgesessen oder was?« Wie immer, wenn Anne zynisch wurde, kapselte Charlie sich ein. Sie schwieg und starrte auf ihr Handy.

»Woher kennst du diese Klara überhaupt?« Der Saab rumpelte durch ein Schlagloch.

»Vom Reiten, hab ich doch gesagt.«

»Ist sie aus Lüdow?«

Charlie grummelte irgendetwas und tippte auf ihrem Handy herum. Ihre Finger huschten dabei geschickt über die Tastatur. Vielleicht war diese Dauertipperei ja wenigstens gut für die Feinmotorik.

»Charlotte!«

»Nenn mich nicht Charlotte!« Charlies Stimme war jetzt lauter und sie betonte jede Silbe einzeln. Aber immerhin sah sie endlich auf.

»Ich habe dich etwas gefragt.«

Das Handy piepte und Charlie senkte den Kopf wieder.

»Aaah!«, schrie Anne und haute auf das Lenkrad.

»Digga du nervst.« Charlie schnaufte.

»Nenn mich nicht Digga!«

»Wir sind zusammen auf dem Ponyhof in Lüdow geritten. Sie ist die einzige Freundin, die ich habe. Du weißt genau, wie scheiße die in der Schule alle zu mir sind. Ich hab dir tausendmal von ihr erzählt. Seit ein paar Monaten nimmt Klara Unterricht bei Cindy Ackermann. Zufrieden?«

»Und wer ist das schon wieder?«

Charlie verdrehte die Augen. »Hallo? Cindy Ackermann? Gestüt Ackermann? Das ist eine der besten Dressurreiterinnen Deutschlands. Also war. Bis zu ihrem Unfall.«

Was Anne viel mehr interessierte als irgendwelche Reiterinnen, war: »Und was genau hattet ihr in dem Wald zu suchen?«

»Ach, Mama!«

»Das ist keine Antwort.«

Charlie verdrehte die Augen. »Schau mal, im Internet gibt es ein Video von dem falschen Black Night.«

»Wechsel nicht das Thema.« Warum konnte ihre Tochter nicht einfach eine normale Antwort geben? War sie selbst als Jugendliche auch so verstockt gewesen?

»Was?«

»Sappralott, der Wald! Ich will wissen, was du in diesem Wald zu suchen hattest.«

Charlie sah von ihrem Handy auf und seufzte. »Da machen wir ab und zu Party, es gibt eine Lichtung mit Feuerplatz. Ist das Verhör jetzt beendet, Frau Kommissarin?«

»Wer ist wir?«, fragte Anne.

»Na, Leute aus der Schule und aus dem Stall halt.«

»Party? Also ich weiß nicht ...«

»Warum? Ich war da schon oft.«

Anne starrte sie mit offenem Mund an. »Und zwar wann?«

»Immer wenn ich bei Klara übernachtet habe.«

»Warum weiß ich nichts davon?«

Charlie zuckte mit den Schultern.

»Und was sagt Klaras Mutter dazu?«

»Nichts. Die ist cooler als du.«

»Wie alt ist Klara?«

»Sechzehn.«

»Du bist erst fünfzehn!«

Charlie schnaufte genervt. »Jetzt chill mal. Dann erzähle ich es dir nächstes Mal eben nicht mehr. Hätte ich nichts gesagt, hättest du doch gar nichts davon mitbekommen.« Das Totschlagargument, gegen das keine Mutter etwas sagen konnte.

»Darüber sprechen wir noch.« Anne atmete tief durch. Cool bleiben. Sie konnte sich noch gut daran erinnern, wie es sie selbst in Charlies Alter genervt hatte, wenn ihre Eltern sie ständig ausgefragt hatten. Das werde ich nie tun, wenn ich selbst mal Kinder habe, hatte sie sich damals geschworen. Letztlich erzählten die Jugendlichen sowieso nur das, was sie erzählen wollten. Davon konnte sie als Kriminalkommissarin ein Lied singen. Und davon, was alles passieren konnte, leider auch. Kopfkino. Aber je entspannter die Eltern, desto größer war die Chance, dass sich die Kids ihnen anvertrauten, wenn es brenzlig wurde. Das hoffte sie zumindest. Sie würde da trotzdem ein Auge drauf haben.

Es war ja gut, wenn ihre Tochter Freunde hatte. Immerhin war das in ihrem Alter das Wichtigste überhaupt: Irgendwo dazugehören. Eine coole Clique haben. Charlie brauchte dringend Halt, ihr junges Leben war schon genug gebeutelt worden. Sie litt mehr unter der Trennung von ihrem Vater, als sie zeigen wollte, da war sich Anne sicher. Sie selbst kam kaum noch an ihre Tochter heran. Deshalb hoffte sie, dass Charlie in einem stabilen Freundeskreis aufgefangen wurde. Dann käme sie hoffentlich auch nicht wieder auf so dumme Ideen wie letzten Sommer, als sie frisch hierher gezogen waren und Anne eines Tages auf die Polizeiinspektion gerufen wurde.

Charlie hatte geklaut und Anne war mit einer Mischung aus Wut und Scham auf die Wache gefahren, um sie abzuholen. Das würde eine ordentliche Ansage geben, hatte sie sich vorgenommen. Mindestens eine Woche Handyverbot. Anne mochte keine Strafen, aber wenn es nötig war, nahm sie ihrer Tochter das Telefon ab, weil sie davon überzeugt war, dass sie ihr damit eigentlich etwas Gutes tat.

Der Polizist sah sie über seine halbhohen Brillengläser hinweg an und machte ein Doppelkinn. »Ich muss Ihnen ja keinen

Vortrag über die Gründe für ein solches Betragen halten, Frau Kollegin«, sagte er auf so eine herablassende Art, dass Annes Wut sich sofort verdreifachte. Was bildete der sich ein?

Die Scham brannte in Annes Magen. Denn natürlich wussten alle hier, dass sie eine alleinerziehende, berufstätige Mutter war, die wenig Zeit für ihr Kind hatte. Ja klar, wer klaute schon einen Blumentopf und ein Strick-Set und ging damit einfach mitten durch die Sicherheitsschranke? Das war ein Schrei nach Aufmerksamkeit, das war Anne auch klar.

»Was ist nur in dich gefahren!«, zischte sie Charlie an.

Sie erwartete ein bisschen Reue von ihrer Tochter. Oder zumindest, dass Charlie sich schämte oder sich entschuldigte. Aber sie saß mit vorgeschobenem Kinn und verschränkten Armen da und sagte nur: »Chill mal deine Basis.« Und das vor diesem Polizisten, der missbilligend den Kopf schüttelte. Anne schämte sich in Grund und Boden.

»Spinnst du?«, zischte Anne. »Weißt du, was du da getan hast? Das wird Konsequenzen haben, ich sag´s dir.«

Charlie schnaufte. »Du nervst. Ich will zurück zu Papa. Der ist viel cooler als du.«

Da knallte Anne die Sicherung durch. Ihr rutschte die Hand aus, wie ferngesteuert, als sei sie kein Körperteil von ihr. Bähm! Anne war überrascht, wie sehr ihre Handfläche brannte. Charlie starrte sie mit offenem Mund an und ihre Augen füllten sich mit Tränen. Anne fühlte sich wie betäubt, weil ihr klar wurde, was sie da gerade getan hatte. Sie hatte ihre Tochter geschlagen.

Der Polizist lächelte. »Richtig so. Manchmal muss man eben durchgreifen.«

Und dass dieser Uniform-Fuzzi ihr Verhalten gut fand, machte es nur noch schlimmer. Am liebsten hätte Anne ihm auch eine Ohrfeige verpasst. Für was hielt der sich?

Sie konnte diese Dorfpolizisten nicht ausstehen, die gerade mal ihren Hauptschulabschluss geschafft hatten, und kaum durften sie in eine schicke Uniform schlüpfen, fühlten sie sich wie King Lui. Und so jemand wollte ihr vorschreiben, wie sie sich verhalten sollte? So ein Vollidiot. Genau wegen solcher Menschen war Anne unendlich froh, dass die Kriminalpolizei in zivil ermittelte. Sie mochte keine Autoritäten. Niemals würde sie eine Uniform tragen.

Sie hatte die Wache damals jedenfalls wutentbrannt verlassen und Charlie am Arm hinter sich her gezerrt, mit einer Mischung aus Zorn und Scham, die ihr die Eingeweide versengte. Hatte sie als Mutter versagt?

»Ha!«, machte Charlie plötzlich und riss Anne aus ihren Gedanken. »Auf einem großen Bildschirm kann man bestimmt gut sehen, dass da eine Flocke ist«, rief sie aufgeregt und hielt ihrer Mutter das Handy unter die Nase. »Das schauen wir uns zuhause am Computer an.«

»Vorsicht, ich fahre«, sagte Anne und schob das Telefon aus ihrem Sichtfeld. Für sie war dieser Wahn, alles ins Internet zu stellen und ständig auf Social Media zu schauen, was die anderen gerade so trieben, eine unglaubliche Zeitverschwendung. Die Jugendlichen hatten heutzutage erst dann etwas wirklich erlebt, wenn sie es auch gepostet hatten. Trotzdem musste sie zugeben, dass der Film durchaus eine Spur sein könnte.

»Lass uns doch im *Dorfkrug* noch schnell was essen«, schlug sie vor. Mit Essen konnte sie ihre Tochter immer glücklich machen.

Charlie nickte. »Cool.«

Lüdows Stadtkern bestand aus bunten Häuschen und Kopfsteinpflaster. Die Straßen liefen auf einen Marktplatz zu, auf dem ein Brunnen plätscherte und an dem die einzige Gaststätte im Ort lag. Tagsüber war sie eine Imbissbude, abends wurde sie zur Kneipe. Na ja, Kneipe war fast zu viel gesagt. Der *Dorfkrug* wurde hauptsächlich von Gästen über vierzig besucht, junge Leute gab es hier nur wenige. Auf dem Schaufenster stand in roter Schreibschrift *Futtern wie bei Muttern*.

Charlie aß gerade ihren dritten Löffel Stampfkartoffeln mit Buttermilch, als sie plötzlich ihr Handy hin und her schwenkte. »Zu spät. Sie haben den Film gelöscht«, nuschelte sie mit vollem Mund. »Er ist weg. Fuck, ich hätte ihn gleich abspeichern sollen.«

»Kann man den so einfach löschen? Es heißt doch immer, was einmal im Netz steht, verschwindet nie wieder.«

Charlie verdrehte die Augen. »Du hast echt keine Ahnung. Irgendein Turnierbesucher hat seinen Film bei YouTube hochgeladen und derjenige kann ihn natürlich auch wieder löschen. Die Frage ist, warum er das getan hat.« Sie spülte mit Apfelschorle nach.

»Kannst du herausfinden, wer es war?«

»Ja, ich erinnere mich, dass der noch mehr Filme von Pferden aus dem Gestüt Ackermann hochgeladen hat.« Charlie tippte wieder in ihr Handy. »Ich hab ihn. Er nennt sich Kater Carlo.«

»Und wer soll das sein?«

»Keine Ahnung.« Charlie zuckte die Schultern. »Wahrscheinlich hat er irgendwas mit dem Gestüt zu tun. Er scheint ja fast alle Ritte zu filmen.« Sie nahm den nächsten Löffel und kaute. Plötzlich hielt sie inne, schluckte und sagte: »Ich habe eine Idee.«

Sie ist wie ich, dachte Anne und lächelte. Jetzt hat sie Feuer gefangen und wird nicht mehr locker lassen. Diese Besessenheit, die Puzzleteile eines Falles so lange immer wieder neu zusammenzufügen, bis sie die Lösung gefunden hatte, war der Grund gewesen, warum Anne zur Kriminalpolizei gegangen war. Sie liebte ihren Job. Und sie wäre ehrlich stolz darauf, wenn ihre Tochter diese Eigenschaft von ihr geerbt hätte. »Und zwar?«, fragte sie.

»Ich nehme Reitunterricht bei Cindy Ackermann. Genau wie Klara.« Charlie grinste ihre Mutter dabei an. »Dann können wir uns ganz offiziell aber inkognito auf dem Gestüt bewegen, lernen alle Leute kennen, die dort arbeiten, und vielleicht finden wir was heraus.«

Anne nickte. »Hört sich gut an.«

»Kannst du mich morgen gleich anmelden?«

»Warum eigentlich nicht. Ich kann ja mal auf dem Gestüt anrufen. So als Mutter einer pferdeverrückten Tochter.«

Charlie strahlte. »Ich fasse es nicht. Unterricht bei *der* Cindy Ackermann, wow!«

So gut hatte Anne sich schon lange nicht mehr mit Charlie verstanden. Eigentlich schade, dass sie den restlichen Abend nicht zusammen verbringen würden.

Anne zahlte und die beiden machten sich auf den Weg zum Auto. Sie schlenderten durch die laue Abendluft und sahen dabei fast aus wie Schwestern. Am liebsten würde Anne ihrer Tochter den Arm um die Schultern legen, doch sie fürchtete, das wäre zu viel Nähe für einen Tag. »Ich gehe noch zum Tai Chi«, sagte sie.

»Ach was, Tai Chi. Gib doch zu, der Trainer hat ´nen knackigen Po.« Charlie lachte.

Anne schüttelte den Kopf. »Du bist unmöglich.«

»Ich werde zuhause am Computer noch was für die Schule recherchieren.«

»Ja klar, für die Schule.« Anne grinste. Ihre Tochter würde in den unendlichen Weiten des Internets alles suchen, was mit Black Night zu tun hatte, das war ihr klar. Und sie würde es auch finden. Da war sich Anne sicher. Sie nahm ihre Jeansjacke vom Haken und ging zum Training.

Als Anne nach dem Tai Chi ihr Telefon aus der Tasche nahm, war der ganze Erholungseffekt dahin. Verdammt. Drei Anrufe vom Kommissariat und sieben von Marios Handy. Und das am Sonntagabend. Irgendwas musste passiert sein. Sie ging hinaus und wählte die Nummer ihres Azubis.

8. Kapitel

Paul

5 Jahre vor dem Dressur-Derby

Rinco lag unter dem Tisch und stank nach nassem Hund. Paul rümpfte die Nase. Er war für heute fertig. Er hatte die neuen Klon-Embryonen im Inkubator kultiviert. Nach einer Woche in der Nährlösung hatten sie sich nun zu Blastozysten entwickelt. Er rieb sich die Augen. Noch erkannte er unter dem Mikroskop nicht mehr als einen winzigen Zellhaufen.

Die größte Schwierigkeit beim Einsetzen eines Embryos war es, ihn so lange im Inkubator zu kultivieren, bis die Stute rossig war. In dieser Zeit starb er oft ab. Aber diesmal hatte er es hinbekommen. Marie war aufnahmebereit und er hatte sogar zwei Embryonen. Paul sah auf die Uhr. Der Tierarzt würde gleich hier sein.

»Komm, Rinco.« Paul stand auf, streckte sich und setzte sich auf die blau gestrichene Bank vor seinem Haus. »Lass uns auf den Speichellecker warten.« Der Golden Retriever folgte ihm und legte sich neben seine Füße.

Dr. Antoine Petit parkte, grüßte aus der Ferne und ging direkt über den Hof auf die Stalltür zu, ohne bei Paul Halt zu machen. Das sah ihm ähnlich. So ein unverschämter Fatzke. Er sah wirklich aus wie ein Marder.

Paul erhob sich und folgte ihm mit gebeugtem Rücken und den Händen in den Hosentaschen.

»Binde sie an«, sagte der Tierarzt, als Paul hinter ihm in den Stall trat, und packte seine Instrumente aus.

Paul band Marie auf der Stallgasse links und rechts an, dann gab ihr der Tierarzt die Spritze mit dem Betäubungsmittel. Nach ein paar Minuten begannen die Ohren der Stute zu zucken, ihre Lider flatterten und ihre Unterlippe hing herab.

»Sie ist so weit«, sagte Paul. Er blieb bei Maries Kopf stehen, während der Tierarzt ihr den Embryo des Klons mit einer Implantationskanüle direkt durch den Muttermund in die Gebärmutter einsetzte. Das Ding war einen halben Meter lang und Paul wusste, dass ihm schlecht werden würde, wenn er dabei zusah.

Das Klonen war für die Stuten viel schonender als der Embryotransfer, das wusste er. Es war mehr eine psychologische Sache, so wie Leute, die kein Blut sehen können. Er konnte eben keine Implantationskanülen sehen. Also kraulte er der dösenden Stute den Hals und schaute in die andere Richtung.

Beim Embryotransfer musste eine Stute erst bedeckt oder künstlich besamt werden. Eine Woche nach der Ovulation wurde der Embryo dann mit einem Spülkatheter ausgeschwemmt, aus der Flüssigkeit herausgefiltert und in flüssigem Stickstoff tiefgefroren, damit er so zur Leihstute transportiert werden konnte. Diese wurde im Vorfeld einer Hormonbehandlung unterzogen, um ihren Zyklus mit dem der leiblichen Mutter zu synchronisieren. Da war der Klonprozess doch für alle Betei-

59

ligten angenehmer. Wenn er selbst einen Embryo in der Petrischale schuf, ersparte er den Pferden diese Prozeduren.

»Fertig.« Der kleine Toni zog die Kanüle unter Maries Schweif hervor und warf sie in einen Eimer mit Desinfektionslösung. »Warte noch, bis sie wieder wach ist, dann führst du sie eine halbe Stunde, um den Kreislauf in Schwung zu bekommen. Und gib ihr drei Sunden nichts zu fressen, damit sie keine Schlundverstopfung bekommt.«

»Den Kommandoton kannst du dir sparen.« Paul machte Marie los und klinkte einen Führstrick in ihr Halfter. Die Stute schüttelte den Kopf. Sie wachte langsam wieder auf.

»Ich erkläre dir ja nur ...«

»Ich kenn mich aus, keine Sorge.« Leise murmelte er: »Klugscheißer.«

»Das habe ich gehört!« Die Stimme des Tierarztes klang schrill. »Immerhin habe ich die Verantwortung für die Gesundheit der Stuten und der Klone.«

»Es sind immer noch meine Stuten.«

»Aber sie hat gesagt, dass ich dafür verantwortlich bin, dass du die Stuten so versorgst, dass den Klonen nichts passiert. Also führ sie jetzt ...«

Paul lachte auf. »Von dir lasse ich mir gar nichts sagen, du Stiefellecker.«

Doktor Antoine Petit schnappte nach Luft und versuchte, sich größer zu machen, als er war. »Na hör mal!«

»Du gehst jetzt besser.«

»Ich muss aber noch BN2 untersuchen.«

»Dem geht's super. Und tschüss.« Paul ließ den Strick lang, ging ein paar Schritte auf den Tierarzt zu und sah auf ihn herab. Der würde dem Fohlen nur wieder irgendwelche Aufbaumittel spritzen. Das sollte er mal schön bleiben lassen. »Du gehst jetzt besser«, wiederholte er.

Der Tierarzt wich zurück. »Das sage ich ihr.«

»Was?«

»Ich sage ihr, dass du mich daran gehindert hast ...«

Paul ging auf ihn zu und gab ihm einen Stoß vor die Brust. Rinco fing an zu kläffen.

»Dass du mich *gewaltsam* daran gehindert hast ...«

Paul ging noch einen Schritt. Der kleine Toni machte kehrt und rannte zu seinem Auto.

»Du bist nicht nur ein Feigling, sondern auch noch eine Petze«, rief Paul und folgte ihm, deutlich langsamer mit der Stute im Schlepptau, die noch ein wenig schwankte.

Der Tierarzt sprang in sein Auto, knallte die Tür hinter sich zu und ließ den Motor aufheulen. »Du hältst dich wohl für Gott«, rief er aus dem Autofenster, dann gab er Gas.

Paul sah ihm nach und schüttelte den Kopf. Immer dieser blöde Vergleich mit Gott. Der war für ihn ohnehin nur eine Erfindung von Leuten, die nicht mit der Ungewissheit darüber klarkamen, was sie nach dem Tod erwartete.

Paul schlenderte mit Marie über den Hof und pfiff nach Rinco. Zu dritt nahmen sie den Waldweg. Die kleine Runde dauerte eine halbe Stunde, die war perfekt. Das brauchte ihm dieser Idiot nicht erklären.

Das Gefühl, mit Gott zu wetteifern, Leben zu schenken, neue Kreaturen zu erschaffen, das Gentechnikern oft unterstellt wurde, war Paul völlig fremd. Ihm ging es nur darum, Codes zu knacken und neue Zusammenhänge zu erkennen. Sein Antrieb war dieses helle Klingen im Kopf, wenn dort plötzlich eine glasklare Erkenntnis aufblitzte. Sie stand dann so deutlich vor seinem inneren Auge, als wäre sie schon immer da gewesen, und er fragte sich verwundert, warum er nicht früher darauf gekommen war. Dann erfasste ihn jedes Mal eine fiebrige Eile. Denn wenn er diese Idee gehabt hatte, konnte sie natürlich jederzeit auch ein anderer Forscher haben.

Er musste sich beeilen.

9. Kapitel

Anne

»Wo warst du denn?«, rief Mario aus dem Telefon.

»Hallo? Es ist Sonntag?« Anne verdrehte die Augen. Ihr Azubi konnte wirklich manchmal nerven.

»Aber wir haben zehn Mal versucht, dich zu erreichen!«

»Mario, was ist los?«

»Also, ich war mit Markus beim Hüttenwochenende.«

»Was ist das denn?«

»Wandern, in einer Hütte übernachten, mit der Gitarre am Lagerfeuer singen und so ...«

»Wandern und singen? Du?«

»Ja und?«

»Und wer ist Markus?«

»Mein bester Freund. Er ist Bergwanderführer. Jedenfalls, als ich zurückgekommen bin, hatte ich so ein Gefühl und bin noch mal auf der Wache vorbeigefahren. Und stell dir vor, kurz davor ist eine Vermisstenanzeige reingekommen. Ich glaube, ich habe auch so einen Instinkt für Verbrechen wie du.«

»So so. Und was hat dieser Markus damit zu tun?«

»Nichts, warum?«

»Aber du hast doch gerade ...« Anne presste sich Daumen und Zeigefinger auf die Nasenwurzel. Sie musste mit Mario unbedingt an klarer Kommunikation arbeiten. »Egal. Also, um was geht es?«

»Ach so, ja. Wir haben einen Fall. Eine Vermisstenanzeige.« Die Stimme des jungen Polizisten überschlug sich vor Aufregung.

»Das sagtest du schon.«

»Ja, stimmt.«

»Um wen geht es?«

»Felix Reuther, er ist Bereiter auf dem Gestüt Ackermann.«

»Echt jetzt?« Anne spürte ein Prickeln in der Magengegend. Charlie hatte also recht gehabt. Da war irgendetwas faul.

»Kennst du den?«, fragte Mario.

»Nein, aber meine Tochter reitet auf dem Gestüt«, schwindelte Anne. »Deshalb kenne ich den Namen.« Sie wollte um keinen Preis, dass Mario von ihrer heimlichen Schnüffelei auf dem Gut erfuhr. Der nahm es mit den Vorschriften immer besonders genau und sie hatte schließlich eine Vorbildfunktion.

»Er soll ein exzellenter Reiter sein. Heute Vormittag ist er auf einem Turnier gestartet, auf dem es wohl irgendeinen Zwischenfall gab, und seitdem hat ihn keiner mehr gesehen.«

»Er hat Black Night vorgestellt«, sagte Anne.

»Wen?«

»Ein berühmtes Dressurpferd. Wer hat ihn denn als vermisst gemeldet? Ist ja nicht ungewöhnlich, dass ein erwachsener Mann mal einen Tag lang weg ist, oder? Warum wurde denn gleich eine Vermisstenanzeige aufgegeben?«

»Cindy Ackermann hat angerufen, das ist die Chefin des Gestüts.«

»Ich weiß.«

»Sie war völlig aufgelöst. Na ja. Er ist wohl ihr Liebhaber.«

»Das hört sich aber eher nach Krach im Paradies an, nicht nach einem Vermisstenfall«, überlegte Anne. »Wir kümmern uns morgen darum, in Ordnung?«

»Aber ...«

»Es ist Sonntag! Außerdem ist er morgen bestimmt eh wieder da.«

»Na gut.« Mario klang enttäuscht.

»Schönen Abend noch.« Sie legte auf und schüttelt den Kopf. Marios Übereifer ging ihr sowas von auf die Nerven. Dann rief sie Richtung Küche: »Charlie? Ich bin wieder da.«

»Das Gestüt Ackermann hat ihn als Fohlen für fünfzigtausend Euro auf einer Auktion ersteigert«, plapperte Charlie drauf los, noch während Anne ihre Jeansjacke an den Garderobenhaken im Flur hängte.

»Was, so teuer ist ein Fohlen?« Anne schmunzelte. Sie hatte recht behalten. Als sie vom Tai Chi zurückkam, trug Charlie ihr die gesamte Lebensgeschichte von Black Night vor. Und zwar lückenlos. Sie schenkte sich ein Glas Wasser ein und setzte sich an den Küchentisch, genau unter den *Stallburschen*-Kalender. Den hatte ihr Charlie zu Weihnachten geschenkt. Er zeigte leicht bekleidete, muskelbepackte Männermodels mit – natürlich – Pferden.

»Er hat eine super Abstammung und tolle Bewegungen, sie wollten ihn bestimmt als Zuchthengst für ihr Gestüt haben. Er wurde dann auch dreijährig auf der Körung vorgestellt, hat aber kein positives Körurteil bekommen.«

»Kein was?«

Charlie verdrehte die Augen. »Das heißt, er hat keine Zuchtzulassung bekommen, darf also nicht als Deckhengst eingesetzt werden und auch keine Fohlen zeugen. Das ist strange, bei seinen Voraussetzungen. Ich habe die Ergebnisse des Siebzig-Tage-Tests gefunden, die waren eigentlich gut. Nur in der Prüfung hat er dann bei Interieur und Rittigkeit schlecht abgeschnitten.«

»Bei was?«, fragte Anne.

»Interieur ist sein Charakter, und Rittigkeit bedeutet, wie gut er mit dem Reiter kooperiert«, trug Charlie wie aus dem Fachbuch vor. »Außer diesem Endurteil habe ich leider nichts Genaueres über die Körung gefunden. Es scheint so, als sei er charakterlich nicht in Ordnung. Oder als wäre er mit dem Stress bei der Prüfung nicht klargekommen. Jedenfalls wurde er kastriert und als Wallach für den großen Turniersport ausgebildet.«

»Hätte er als Hengst nicht auch auf Turnieren starten können?« Irgendwie konnte Anne sich nie so recht mit dem Gedanken anfreunden, dass fast allen männlichen Pferden einfach ihre Eier abgeschnitten wurden.

»Schon, aber Hengste sind im Umgang sehr viel schwieriger. Deshalb werden sie meistens kastriert, wenn sie für die Zucht wertlos sind.«

»Aber wenn er als Sportpferd so erfolgreich ist, wäre es dann nicht trotzdem gut für die Pferdezucht, Nachkommen von ihm zu haben?«

Charlie zuckte die Schultern. »Zu spät.«

Draußen bellte ein Hund. Anne sah zum Fenster. Es hörte sich an, als käme das Bellen aus dem Wald. Vor dem Küchenfenster war tiefschwarze Nacht, so dass Anne nichts erkennen konnte außer der Scheibe, die sie selbst spiegelte. Sie ging zum Fenster, legte die Hände ans Glas, um das Licht abzuschirmen, und versuchte hinauszuschauen, indem sie die Nase an die Scheibe drückte. Der Hund bellte immer noch. »Soll ich mal schauen, was da los ist?«, fragte sie. Das Glas beschlug von ihrem Atem.

»Was soll schon sein? Ein Hund streunt im Wald rum. Was willst du tun? Ihn einfangen?«

Charlie hatte recht. Aber das Gebell hinter der schwarzen Scheibe war Anne irgendwie unheimlich. Wo ein Hund war, war meistens auch sein Besitzer nicht weit. Um diese Uhrzeit? Sie musste endlich mal Vorhänge kaufen. So saßen sie wie auf dem Präsentierteller in ihrer hellerleuchteten Küche. Anne fühlte sich beobachtet.

»Komm, wir gehen ins Wohnzimmer«, schlug sie vor und schob auf dem Weg durch den Flur den Riegel an der Haustür zu. Sie setzten sich auf die Couch. »Erzähl weiter.«

»Im Sport war Black Night erst sehr erfolgreich. Er hatte schon mit sieben Jahren Platzierungen in Intermediaire-Prüfungen.« Sie nahm die Erklärung gleich vorweg. »Das ist eine sehr hohe internationale Dressurklasse. Aber dann wurde Cindy Ackermann vorgeworfen, dass sie ihn und ihre anderen Pferde mit tierquälerischen Methoden ausgebildet hat.«

»Echt?«

»Ja, sie war vor einigen Jahren in den Rollkur-Skandal verwickelt.«

»Und was heißt das schon wieder?«

»Das ist eine Methode, bei der dem Pferd beim Reiten der Kopf auf die Brust gezogen wird, der Hals wird sozusagen eingerollt«, erklärte Charlie. »Das soll wie Stretching sein und das Pferd beweglicher machen. Die Rollkur-Gegner sagen aber, es ist eine Zwangshaltung, die das Pferd total hilflos macht. Es kann nicht mehr nach vorne schauen und auch nicht mehr so gut atmen. Außerdem tut es den Pferden auf Dauer weh, so geritten zu werden, weil die Muskeln und Bänder dabei überdehnt werden. Das ging damals groß durch die Presse.«

»So ein riesiges Pferd ist doch viel größer und stärker als ein Mensch. Warum wehrt es sich nicht einfach?«

Charlie lachte trocken auf. »Überleg doch mal. Die haben Eisenstangen im Maul. Bei Kandaren-Gebissen sogar mit Hebeln. Wenn man daran richtig fest zieht, kann man einem Pferd sogar den Kiefer brechen.«

»Was?« Anne riss die Augen auf.

»Pferde, die so geritten werden, resignieren irgendwann, schalten auf Durchzug und funktionieren wie Maschinen. Das nennt man Learned Helplessness. Gibt's auch bei Menschen, die unter Depressionen leiden.«

Charlie kannte sich wirklich verdammt gut aus, das musste sie ihr lassen. Da konnte man mal wieder sehen, wie gut Kinder lernen, wenn sie sich für etwas interessierten. Ganz anders als in der Schule. »Aber warum tun die Reiter so was?«, fragte Anne. »Was bringt ihnen das?«

Charlie sah ihre Mutter an, als wäre sie irgendwie minderbemittelt. »Weil sich die Pferde so am leichtesten händeln lassen, natürlich. Die werden wie Marionetten. Durch die Überdehnung werden die Bewegungen außerdem spektakulärer, das macht auf Turnieren mehr her. Langfristig gehen die Pferde zwar daran kaputt, aber kurzfristig bringen sie viel Geld und Ruhm.«

»Ich werde nie verstehen, was du an diesem Sport findest.« Anne schüttelte den Kopf. »Und wie viel Geld kann man da so verdienen?«

»In einem Grand Prix bis zu zwanzigtausend Euro, und das nicht nur einmal. Die Pferde sind ja in der Sommersaison fast jedes Wochenende auf Turnieren am Start, da kommt schon was zusammen. Und im Winter gibt es die großen Hallenturniere. Auf der letzten Europameisterschaft sind fast zwei Millionen Euro Preisgelder geflossen, krass, oder? Und wenn man so ein Pferd wie Black Night verkauft, kann man auch noch ein paar hunderttausend damit verdienen.«

Anne zog die Augenbrauen hoch. »Wahnsinn! Ich hätte nicht gedacht, dass es beim Reiten um so viel Geld geht.«

Charlie nickte. »Doch, tut es, zumindest im Hochleistungssport. Das Big Business funktioniert aber nur, solange auch die Pferde funktionieren. Und Black Night hat irgendwann nicht mehr funktioniert.«

»Was meinst du damit?«

»Letztes Jahr hat er plötzlich angefangen, im Viereck zu steigen und sich komplett zu verweigern. Er wurde immer schwieriger und explosiver. Schließlich hat er Cindy Ackermann mitten in einer Prüfung abgeworfen, und sie hat sich dabei die Hüfte gebrochen. Das war das Ende ihrer Karriere als Dressurreiterin.«

»Na ja, das hört sich aber nicht gerade nach Resignation an.« Anne hob die Hände. »Eher nach einem unbeugsamen Wildpferd.«

»Es gibt eben auch Pferde, die sich nicht unterwerfen«, erklärte Charlie. »Ich vermute, dass bei der Körung das gleiche Problem aufgetreten ist. Dort werden die dreijährigen Hengste einem krassen Druck ausgesetzt, damit sie gute Ergebnisse bekommen. Das ist entscheidend für ihre Karriere als Deckhengste. Aber eigentlich sind das noch Babys. Ich glaube, Black Night verträgt keinen Druck. Er hat wahrscheinlich schon bei der Körung rebelliert, und dann auch später im Turniersport.«

»Was ist mit ihm passiert, nachdem er Cindy abgeworfen hat?«, wollte Anne wissen.

»Angeblich hatte er Schmerzen im Rücken und war nur deshalb so neben der Spur. Aber das glaube ich nicht. Nach einer längeren Verletzungspause sollte er unter dem Ackermann-Bereiter auf dem Turnier heute sein Comeback feiern. Aber jetzt ist das Gleiche nochmal passiert.«

»Aber mit einem anderen Pferd?«, fragte Anne. »Du bist doch überzeugt davon, dass das heute gar nicht Black Night war, oder?«

»Keine Ahnung«, sagte Charlie und zuckte die Schultern. »Das ist echt strange. Es wirkt fast so, als wären sich die beiden Doppelgänger nicht nur optisch, sondern auch charakterlich sehr ähnlich.«

Anne rieb sich die Nase. »Die armen Viecher«, sagte sie. Denn wozu Menschen fähig waren, wenn es um Geld und Erfolg ging, wusste sie als Kommissarin nur zu gut. In dem Moment, in dem jemand Macht über andere ausüben konnte, zeigte sich sein wahrer Charakter. Je hilfloser die Opfer, desto skrupelloser waren oft die Täter. Tieren gegenüber galt das sogar noch mehr, da sie ihren Besitzern oft völlig ausgeliefert waren und nicht mal reden konnten. Wie oft hatte sie gehört, dass Hunde von ihren Herrchen getreten wurden und ihnen trotzdem weiter nachliefen. Sie schüttelte den Kopf, um diese Bilder aus ihrem Kopf zu vertreiben. »Hast du sonst noch was herausgefunden?«

Charlie nickte. »Im Internet ist heute gleich nach dem Turnier ein Shitstorm über das Gestüt hereingebrochen. Vor allem auf Social Media werden Cindy Ackermann und ihr Bereiter wegen Tierquälerei angegriffen.« Charlie hielt Anne ihr Handy vors Gesicht. »Schau mal, der letzte Post darüber hat mehr als zweihundert Kommentare und sogar über tausend Likes bekommen.«

Anne schaute ungläubig auf das kleine Display. »Traurig, wie der deutsche Dressursport in den Dreck gezogen wird«, las sie. Und: »Dieses Pferd tut mir so leid. Ich kann nicht fassen, warum keiner der Verantwortlichen etwas unternimmt.«

Anne sah ihre Tochter an. »Bist du sicher, dass du bei so jemandem Reitunterricht nehmen willst?«

Charlie stutzte kurz. »Na ja, es sind ja nur Behauptungen. Klara gefällt es total gut, sie lernt irre viel. Und immerhin war Cindy Ackermann jahrelang die beste deutsche Dressurreiterin. Das kommt ja nicht von ungefähr. Außerdem sitze immer noch ich auf dem Pferd, nicht sie. Und sowas wie Rollkur würde ich nie machen.« Sie klang sehr überzeugt.

Anne nickte. Ihre Tochter würde schon wissen, was sie tat. »Ich habe auch eine Neuigkeit.«

Charlie sah sie an. »Was?«

»Cindy Ackermann hat ihren Bereiter heute Abend als vermisst gemeldet.«

»Wow. Okay.«

»Vielleicht hat das was mit dem Shitstorm zu tun? Meinst du, er wollte von der Bildfläche verschwinden?«

Charlie zuckte die Schultern. »Ich möchte jedenfalls nicht in seiner Haut stecken. Schau mal.« Sie hielt Anne wieder ihr Handy vor die Nase und tippte auf einen Kommentar.

»*@felixreuther* man müsste dich genauso quälen, wie du dieses Pferd quälst.«

10. Kapitel

Paul

5 Jahre vor dem Dressur-Derby

»Sie hat aufgenommen. Gleich beim ersten Versuch. Das ist gut.« Der Tierarzt nickte zufrieden. Er hatte diesmal die Frau mitgebracht, er traute sich wohl alleine nicht mehr auf den Hof, der Feigling. »Jetzt sind die ersten drei Wochen entscheidend. Ist der Embryo dann immer noch gesund, wird er sich wahrscheinlich normal entwickeln.«

»Geht doch.« Die Frau sah auf die Uhr. »War's das?«

»Ja«, sagte Paul. »Und tschüss.«

»Misanthrop«, knurrte der Tierarzt.

»Ich bin eben lieber allein.«

Der kleine Toni schüttelte den Kopf, so als wäre Paul ein Schulbub, der seine Hausaufgaben nicht gemacht hat.

Die Frau winkte ab. »Hauptsache, er liefert Klone.«

Endlich fuhren die beiden vom Hof und Paul hatte wieder seine Ruhe. Der kleine Toni hatte recht. Er war ein Misanthrop. Seit das mit seiner Frau passiert war, wollte er keine Menschen mehr um sich haben. Tiere mochte er lieber. Bei den Pferden wusste er wenigstens, woran er war. Sie verstellten sich nicht, waren nicht berechnend und konnten nicht lügen.

Genauso wenig konnte er sich vor ihnen verstellen. Pferde hatten die Gabe, die Stimmungen wahrzunehmen, die hinter dem Getue der Menschen steckten, auch wenn man gerade versuchte, anderen etwas vorzumachen. Oder sogar sich selbst. Viele Pferdebesitzer stellten sich dann vor, sie hätten eine so enge Bindung zu ihrem Pferd, dass es ihre Gefühle verstehen und sie spiegeln würde. Das war totaler Quatsch. Dieses Phänomen war überhaupt nicht so esoterisch, wie es klang, sondern reine Biochemie. Ein bestimmtes Gefühl sorgte dafür, dass der Körper Botenstoffe ausschüttete, durch die sich der Muskeltonus, die Haltung, der Gesichtsausdruck und sogar der Geruch veränderten. Pferde hatten feine Antennen für diese Veränderungen. Sie waren Beutetiere und Fluchttiere und standen in der Herde in einem dauernden Kommunikationsprozess miteinander, um zu überleben. Sie nahmen also einfach nur die Körpersprache viel genauer wahr, als Menschen das konnten.

Pferden konnte man nichts vormachen. Mit ihnen zusammen zu sein, war für Paul die Essenz der Kommunikation. Pures Sein, ohne Spielchen und ohne etwas beweisen zu müssen. Seine Pferde sahen ihn genau so, wie er war. Nicht mehr, aber auch nicht weniger.

Im Labor stank es nach Ei. Letzte Nacht, als Paul nach endlosen Stunden am Mikroskop bemerkt hatte, wie spät es schon war, hatte er sich in der kleinen Küche im Hinterzimmer ein paar Spiegeleier gebraten, sie heruntergeschlungen und die Pfanne in die Spülmaschine gesteckt.

Die Gedanken klickerten durch seinen Kopf, und er hatte das Gefühl, dass sie sich gleich zu einem Bild zusammenfügen würden. Dem entscheidenden Bild. Verdammt, er vergaß immer wieder, dass dann das ganze Geschirr nach Ei stank. Er hasste diesen Geruch.

Es sah also gut aus mit Marie. Vielleicht würde es diesmal mit dem völlig schwarzen Pferd klappen und er könnte endlich aus dem Experiment aussteigen. Trotzdem musste er erstmal weitermachen. Je mehr geeignete Klone, desto größer die Chance, dass die Frau ihn in Ruhe ließ.

Auch für die Stute freute es ihn. Sie fraß nach jedem Abort tagelang nicht richtig und starrte nur apathisch vor sich hin. Er kochte ihr dann Mash, stand lange bei ihr und kraulte ihr den Widerrist. Aber wenn sie ein Fohlen hatte, blühte sie auf. Sie gab besonders viel Milch und kümmerte sich liebevoll um ihren Nachwuchs. Die perfekte Leihmutter.

Er rieb sich übers Gesicht. Leihmutter. Wenn seine Frau das damals akzeptiert hätte, wäre alles anders gekommen. Er wischte den Gedanken weg und konzentrierte sich wieder auf die Zellen, die er unter dem Mikroskop beobachtete.

Es war zum Verrücktwerden. Nur weil er eine neue Lieferung Objektträger bekommen hatte, drehten die Zellen plötzlich durch und starben alle ab. Bestimmt hatte die Firma eine winzige Materialkomponente verändert. Und jetzt reagierten die Zellen wieder völlig überempfindlich auf ihre Umgebung. Das war ihm schon einmal passiert, als er eine andere Nährlösung verwendet hatte. Paul kratzte sich am Kinn. Die Zellen führten ein Eigenleben und er musste beim Klonen regelrecht mit ihnen verschmelzen, um herauszufinden, was sie wollten und was sie brauchten.

Eigentlich unterlag in der Naturwissenschaft nichts dem Zufall. Für alles gab es ein Gesetz, eine Formel, eine Regel. Das beruhigte ihn. Alles hatte seine Ordnung. Man musste lediglich den richtigen Zusammenhang finden. Aber Klonen war anders. Nichts war kontrollierbar, ständig verhielten sich die Zellen anders, egal wie sehr er sich bemühte, immer die gleiche Umgebung zu schaffen. Der schiere Wahnsinn. Nächtelang saß er über dem Mikroskop, machte weiter wie im Fieber, immer weiter und weiter.

Vielleicht war auch die letzte Eizellen-Lieferung aus dem Schlachthaus das Problem? Er durfte den Einfluss der Mitochondrien nicht unterschätzen. Auch wenn Paul die Erbinformationen aus der Eizelle entfernte, bevor er einen Zellkern von Black Night einsetzte, waren trotzdem noch Mitochondrien des Spendertiers in der Eihülle vorhanden. Und die hatten ihre eigene DNA und produzierten ihre eigene Energie für die Zelle, die immer ein wenig anders war. Das hatte zwar keine so offensichtliche Wirkung auf das Aussehen der Klone, wie es bei den epigenetischen Veränderungen der Fall war, aber das Spendertier hatte eben trotzdem einen gewissen Einfluss auf den Embryo. Das Problem war: Bisher wusste niemand so recht, welchen.

Paul stand auf. Seine Augen brannten. Er musste jetzt schlafen gehen. Aber eines Tages würde er es schaffen, ein völlig schwarzes Fohlen hinzubekommen, und damit ein perfektes Ebenbild von Black Night. Ganz sicher. Bevor die Frau ihm seinen Hof nehmen würde.

11. Kapitel

Anne

Als Anne die Tür zu ihrem Büro öffnete, stand Mario schon neben ihrem Schreibtisch und wartete. Er hatte etwas Vorwurfsvolles an sich, wie er so vor und zurück wippte. Und das schon am Montagmorgen. Eigentlich wollte sie erstmal in Ruhe ihren Kaffee trinken, denn ohne ihren morgendlichen Koffein-Schub brachte sie kaum etwas zustande. Aber das wurde wohl nichts.

Es roch säuerlich. Dieser ganz spezielle Geruch, der ihr morgens oft aus dem Büro entgegenschlug, brachte Anne fast zum Würgen. Mario löffelte fast immer zwei Naturjoghurts zum Frühstück, zwecks guter Verdauung. Ihre Geruchsempfindlichkeit machte ihr schon wieder zu schaffen und Joghurt hatte sie sowieso noch nie leiden können. Dieses schlonzige, fade Zeug.

Einmal hatte sie ihren Mann mit einer Mischung aus Ekel und Schadenfreude dabei beobachtet, wie er eines aß, an dessen Deckel schon blaue Schimmelspuren klebten. Er hatte es nicht bemerkt, weil er mal wieder in seine Marketing-Zeitschrift vertieft gewesen war. Seitdem war es mit dem Thema Joghurt ganz vorbei.

Klar, das war natürlich ihr Problem, nicht Marios. Man konnte seinem Auszubildenden schließlich nicht das Essen von Joghurt verbieten. Also machte sie das Fenster auf und atmete tief durch.

»Was ist denn jetzt mit unserem Vermissten?« Der junge Polizist hatte rote Flecken auf den Wangen und wippte immer wieder auf die Zehenspitzen. Vor und zurück. Vor und zurück.

Anne seufzte. Als wäre ein Vermisster etwas Tolles. Aber für Mario war ein echter Kriminalfall hier in der Pampa ein Highlight. Ein bisschen konnte sie ihn verstehen. Die Ausbildung zum Kriminalkommissar hier in Lüdow zu machen, war wirklich nicht der Burner. Das Aufregendste, was er bisher erlebt hatte, war eine Marihuana-Plantage auszuheben, die in einer leerstehenden Bauernkate versteckt gewesen war.

»Eigentlich ist es nicht unsere Aufgabe, Beziehungskrisen zu lösen ...« Mario schaute enttäuscht und Anne musste lächeln. Er war wie ein Schulbub auf großer Abenteuer-Tour. »Aber zufällig weiß ich, dass Felix Reuther auf Social Media mindestens eine Drohung von irgendwelchen Tierschützern erhalten hat.«

Marios Gesicht hellte sich wieder auf. »Fahren wir hin?« Anne nickte. Heute also kein Kaffee.

Mario fuhr so grottenschlecht Auto, dass Anne sich lieber selbst ans Steuer des Dienstwagens gesetzt hätte, aber er war schneller gewesen und war auf den Fahrersitz gehechtet, bevor sie das Auto erreichte.

Anne sah aus dem Fenster. Draußen flogen knackgelbe Rapsfelder vorbei. Und so viele Grün-Schattierungen. Die Felder waren hier runder angelegt, nicht so rechteckig und kantig wie in Bayern, mit Inseln aus Büschen und Bäumen, in denen sich Rehe verstecken konnten. Es schien, als wankte diese ganze grüne Landschaft im Wind stetig hin und her. Wenn die Rapsfelder nur nicht immer so stinken würden. Anne machte ihr Fenster zu. »Was weißt du denn über die Familie Ackermann und das Gestüt?«, fragte sie Mario.

Als hätte er nur darauf gewartet, endlich in einer mündlichen Prüfung zeigen zu können, wie gut er vorbereitet war, legte er los: »Jobst Ackermann war der eigentliche Erbe des Gestüts. Seine Eltern kommen aus Nordrhein-Westfalen, haben den Gutshof nach der Wende für sehr wenig Geld gekauft. Also sehr sehr wenig.« Anne spürte seinen Blick, als er sagte: »Wessis eben.« Sie reagierte nicht darauf. »Man sagt, sie haben über eine Million in die Umwandlung des verfallenen Gutshofs in eine moderne Reitanlage gesteckt. Und zusätzlich ordentlich Zuschüsse von der Treuhand für die Renovierung des Daches kassiert. Dann haben sie eine erfolgreiche Pferdezucht aufgebaut. Vor ungefähr acht Jahren starben sie bei einem Autounfall und Jobst musste das Gestüt von einem Tag auf den anderen übernehmen.«

Ein Stich in der Magengegend erinnerte Anne an ihre eigenen Eltern. Sie hatte gelernt, die Gedanken und Gefühle, die mit dem Tod ihrer Mutter in Verbindung standen, tief unten in sich zu begraben. Nur manchmal drangen kurze, schmerzhafte Blitze in ihr Bewusstsein durch. So wie jetzt. Schnell schob sie den Schmerz weg. »Hat Jobst Ackermann vorher nicht auf dem Hof mitgearbeitet?«

»Nein, nie. Er war schon immer ein Träumer und kein Geschäftsmann. Er hat ein Atelier im Dachgeschoss des Gutshofs und malt irgendwelche Bilder. Mit den Pferden hatte er nie etwas am Hut. Aber Cindy schon. Als die beiden geheiratet haben, war sie Bereiterin auf dem Gestüt. Und seit dem Unfall führt sie es.«

»Und Jobst?«

Mario winkte ab. »Der war doch froh, dass er das Alltagsgeschäft nicht übernehmen musste und trotzdem genug Geld hereinkam, damit er sich ungestört seiner Kunst widmen konnte. Er ist ein ziemlicher Einzelgänger.«

Anne grinste. »Also die klassische Win-Win-Situation. Sie bekommt das Gestüt und er hat seine Ruhe. Und womit genau verdienen die Ackermanns ihr Geld?«

»Sie haben Deckhengste, züchten mit ihnen, bilden die Jungtiere dann aus und verkaufen sie für einen Haufen Geld. Viele ihrer selbst gezüchteten Pferde sind erfolgreich bei großen Turnieren. Cindy Ackermann war früher eine bekannte Dressurreiterin. Letztes Jahr hatte sie allerdings einen schweren Reitunfall, seitdem startet sie nicht mehr. Dafür ist sie jetzt eine gefragte Ausbilderin. «

Fast hätte Anne gesagt *ich weiß*, aber sie wollte sich nicht verraten. Also murmelte sie: »Nicht schlecht.« Da hatte Charlie ja ganze Arbeit geleistet. Sie lächelte stolz. Ihre Tochter würde eine richtig gute Polizistin abgeben. Oder eine Journalistin. Recherchieren konnte sie jedenfalls.

Mario zog eine Packung Kaugummi aus seiner Jackentasche und steckte sich einen Streifen in den Mund. Sein Vortrag war beendet. Dann drückte er auf die Start-Taste des CD-Players.

Die ersten Takte von *Born to be wild* ertönten. Annes Versuche, Mario für Neue Deutsche Welle zu begeistern, waren gescheitert. Er war Schlager-Fan. Das ging gar nicht. Er hatte als Alternative Kuschelrock vorgeschlagen, aber Anne hatte ihn nur fassungslos angestarrt. Mit Mario im Auto Kuschelrock hören? Der tickte doch nicht mehr ganz richtig. Die einzige Musikrichtung, auf die sie sich nach zähen Verhandlungen einigen konnten, war bodenständiger Achtzigerjahre-Rock.

Nun tönte also *Born to be wild* durch ihren Dienstwagen. Und zwar ziemlich laut. Beide nickten im Takt mit den Köpfen dazu und schwiegen, bis Mario viel zu schnell durch das große Tor von Gestüt Ackermann bretterte, auf die Bremse trat, so dass der Wagen schlitterte, und in einer Staubwolke mitten auf dem Gutshof anhielt.

»Mario!«, zischte Anne.

Er stieg aus und sah sich um, bis sich der Staub gelegt hatte. Dann klopfte er seine Lederjacke ab und fuhr sich durchs rotblonde Haar. Anne schüttelte den Kopf.

Ein Stallbursche kam mit wütendem Gesichtsausdruck auf das Auto zu. »Sind sie wahnsinnig?«, rief er mit südländischem Akzent. »Hier sind Pferde. Sie können doch nicht so rasen. Wer sind sie überhaupt? Was wollen sie?«

Anne stieg aus und musterte ihn. Nicht schlecht, dachte sie. Wie aus dem Küchenkalender, den ihr Charlie geschenkt hatte. Dann durchfuhr sie ein Stromschlag. Konnte das sein? Ja, das war der Typ, der auf dem Turnier hinter ihr gesessen und gefilmt hatte.

Mario zückte seinen Dienstausweis, drückte die Brust heraus und rief: »Polizei!«

Anne seufzte. Meine Güte, warum musste der sich nur immer so aufspielen? Sie hatte keine Lust, sich ständig für ihren Azubi fremdzuschämen.

Der Stallbursche sah Mario unsicher an. »Polizei?«

War ja klar, dass Männer immer erst mal andere Männer ernst nahmen. »Hauptkommissarin Anne Moll. Wir suchen Cindy Ackermann.«

Der Stallbursche musterte Anne von oben bis unten. Kennerblick, Scannerblick würde Charlie jetzt sagen. Ob er sie auch erkannte? »Einen Moment bitte, ich hole die Chefin.« Er ging davon.

Mario wippte vor und zurück, vor und zurück.

»Mario!«

»Ja?«

»Hör auf zu wippen«, zischte Anne.

Mario sah sie beleidigt an, doch in diesem Moment kam der Stallbursche zurück, an seiner Seite eine blonde Frau. Das musste Cindy Ackermann sein. Die klassische Dressurreiterin. Dünn, langbeinig, diszipliniert. Sie bewegte sich, als hätte sie einen Stock verschluckt und hinkte leicht. Nur ihre verweinten Augen passten nicht ins Bild. »Carlos, du kannst wieder an die Arbeit gehen«, schaffte sie dem Stallburschen an. Er trollte sich.

»Hallo«, sagte sie zu Mario.

»Hallo Cindy.«

Anne sah zwischen den beiden hin und her. Kannten die sich? Die Ackermann war ihr auf Anhieb unsympathisch. Ihre Augen waren eisblau und ihr Blick stechend. »Und Sie sind?«

»Hauptkommissarin Anne Moll.«

»Felix ist weg!« Die Ackermann hob die Hände kurz Richtung Himmel und ließ sie aus dieser unfertigen Bewegung heraus wieder fallen. Dann zog sie ein Foto aus der Tasche und reichte es Anne. »Das ist er.«

»In welcher Beziehung standen Sie zueinander?« Anne sah das Foto an. Er sah eigentlich ganz nett aus.

»Er hat seit vielen Jahren als Bereiter bei uns gearbeitet.«

Mario räusperte sich extralaut und blickte Cindy ins Gesicht.

»Ist was?«, fragte sie ihn.

»Ach, komm schon, Cindy. Alle wissen, dass er dein Liebhaber ist.«

»War.« Die Gestütschefin zuckte die Schultern. »Eine kurze Affäre. Ist schon länger her.«

Anne blickte Mario irritiert an. Die kannten sich wirklich. Und offensichtlich ziemlich gut.

»Hatten Sie Streit?«, fragte Anne.

»Nein.« Die Ackermann schüttelte den Kopf. »Wir haben nach dem Turnier gestern Mittag zusammen die Pferde zurück ins Gestüt gefahren, seitdem habe ich ihn nicht mehr gesehen. Alle Mitarbeiter waren nach dem Dressur-Derby zum Grillen eingeladen, um die Erfolge unserer Pferde zu feiern. Das machen wir nach jedem großen Turnier. Felix ist nicht erschienen. Das passt überhaupt nicht zu ihm.«

»Na ja, aber deswegen gleich die Polizei zu verständigen ist unter erwachsenen Leuten schon ungewöhnlich ...«

»Heute ist er nicht zur Arbeit gekommen. Ihm muss etwas passiert sein. Können Sie nicht sein Handy orten?«

»Wir sind ja nicht das FBI.« Anne schüttelte den Kopf. »Wo wollte er denn nach dem Turnier hin?«

»Keine Ahnung. Aber ich mache mir wirklich Sorgen.« Cindy Ackermanns Stimme wurde eindringlich. »Er ist wie vom Erdboden verschluckt. Das Handy klingelt durch und seine Eltern haben auch nichts von ihm gehört.«

»Kann es sein, dass er sich über den verpatzten Ritt mit Black Night so geärgert hat, dass er einfach mal seine Ruhe haben wollte? Ich meine, nach der langen Verletzungspause hing da ja ganz schön was dran.«

Cindy Ackermann straffte die Schultern und ihre Augen wurden eine Nuance dunkler. »Woher wissen Sie davon?«

Annes rechter Mundwinkel zuckte. Touché. »Ach, ich kenne mich gar nicht mit Pferden aus.« Sie winkte ab. »Ich war nur zufällig mit meiner Tochter auf dem Turnier und habe gesehen, wie er verrückt gespielt hat. Dann hat mir meine Tochter die Geschichte erzählt.«

Cindy lockerte die Schultern wieder etwas, blieb aber wachsam. Die Tränen waren jedenfalls versiegt. »Felix ist ein Profi. Der hat schon viele Erfolge gefeiert und auch schon viele Niederlagen erlebt. Das gehört nun mal dazu.«

»Profi? Meine Tochter hat gesagt, das Pferd hat aus dem Maul geblutet.«

Cindy starrte sie wütend an. »Dafür kann Felix nichts. So-was kommt in der Aufregung eben manchmal vor, Pferde können sich auf die Zunge beißen. Das blutet ziemlich stark, ist aber nicht weiter schlimm. Ist Ihnen sicher auch schon mal passiert, oder?«

»Aha.« Anne versuchte, möglichst beiläufig zu klingen, als sie fragte: »Was war denn eigentlich mit Black Night los? Meine Tochter sagt, er hat sich sehr ungewöhnlich verhalten.«

Cindy lächelte kalt. »Pferde sind Tiere, keine Maschinen. Die funktionieren eben nicht immer auf Knopfdruck. Aber das kann Ihnen sicher Ihre Tochter erklären.«

Anne presste die Lippen aufeinander. So eine arrogante Kuh. Es war bestimmt eine gute Idee, Charlie heimlich auf dem Gestüt einzuschleusen. Sie brauchte dringend das Pferdewissen ihrer Tochter, um herauszufinden, was hier nicht stimmte. »Kann es sein, dass Felix deshalb abgetaucht ist, weil gerade ein Shitstorm über ihn hereinbricht? So wie letztes Mal über Sie? So etwas kann eine Karriere schnell beenden, nicht wahr?«

Cindy Ackermann wurde blass. »Meine Karriere geht Sie überhaupt nichts an, und die hat auch nichts mit Felix zu tun.«

Danke Charlie, dachte Anne. Ihre Tochter hatte sie perfekt auf dieses Gespräch vorbereitet. Jetzt kam ihr nächster Trumpf. »Er wurde aber bedroht.«

»Bedroht?« Cindy reckte das Kinn vor.

»Auf Social Media gab es einen Kommentar, dass man ihn genauso quälen müsste, wie er Black Night quält.«

Die Ackermann schnaubte durch die Nase. »Das waren bestimmt wieder diese Tierschützer. Die brauchen Sie nicht ernst zu nehmen. Suchen Sie lieber Felix.«

»Das geht nicht so einfach. Er ist ja erst seit gestern weg und es gibt keinen Hinweis auf ein Verbrechen. Melden Sie sich, wenn er in zwei Tagen noch immer nicht aufgetaucht ist. Vorher können wir leider nichts machen.« Dann stieg sie ins Auto. »Er ist ja ein erwachsener Mann«, rief sie noch, bevor sie die Tür zuknallte.

Durch die Windschutzscheibe hindurch sah sie, wie Cindy und Mario sich unterhielten. Cindy schüttelte erbost den Kopf und Annes Azubi zuckte die Schultern, als wolle er sich entschuldigen. Was war denn das? Die beiden verabschiedeten sich, Mario kam auf das Auto zu, stieg ein und starrte Anne an.

»So eine blöde Kuh!«, fauchte sie.

Mario schaute sie weiter an.

»Warum fährst du denn nicht los?«, herrschte sie ihn an.

Er verschränkte die Arme. »Ich denke, Charlie reitet hier?«

»Ja und?«

»Aber Cindy und du, ihr kanntet euch gar nicht. Und du hast so von deiner Tochter gesprochen, als würde Cindy sie ebenfalls nicht kennen.«

Anne wurde heiß. So viel Auffassungsgabe hätte sie Mario gar nicht zugetraut. »Charlie kommt hier immer mit ihrer Freundin her, ich kannte die Ackermann bisher tatsächlich nicht persönlich«, log sie. »Und warum sollte ich der jetzt lange erklären, dass meine Tochter hier reitet? Das hat doch nichts mit dem Verschwinden von dem Bereiter zu tun.« Sie verdrehte demonstrativ die Augen, als hätte Mario eine völlig falsche Schlussfolgerung gezogen.

»Mein Instinkt sagt mir, dass du mich anschwindelst.«

»Dein Instinkt?« Anne lachte auf. »Und woher kennt ihr euch überhaupt?«

»Wir waren früher in derselben Schule. Und hier in der Gegend kennt man sich eben.« Mario kniff die Augen zusammen, dann zeigte er mit Zeige- und Mittelfinger erst auf sich und dann auf Anne. »Big Brother is watching you«, sagte er und trat aufs Gaspedal, so dass Anne in ihren Sitz gepresst wurde.

»Bitte was?« Die Kommissarin wusste einen Moment lang nicht, ob sie lachen oder weinen sollte.

»Du hast mich schon verstanden.«

Anne schnappte nach Luft. Ihr Azubi wollte sie überwachen? Das war ja wohl die Höhe. Eigentlich müsste sie ihm eine Standpauke halten, doch sie schüttelte nur den Kopf. Irgendwie konnte sie den gar nicht ernst nehmen. »Was hältst du von der Drohung?«, fragte sie, um das Thema zu wechseln.

Mario winkte ab. »Ich kenne diese Organisation, die sind harmlos. Die machen ganz gute Aktionen.«

»Leute auf Social Media bedrohen?«

»Nein, das ist natürlich unklug.«

»Unklug. So so.«

»Die machen Demos gegen Massentierhaltung, geben Infos über Tierquälerei an die Presse weiter und so.«

»Und woher kennst du die?«

»Tierschutz interessiert mich eben.«

»Tierschutz?«

»Warum nicht?«

Ja, warum nicht. Hüttenwochenende und Tierschutz. Anne zuckte die Schultern und holte ihr Handy aus der Tasche, um Charlie eine WhatsApp zu schreiben. *Danke für deine Hilfe. Reitunterricht geht klar.*

Nach wenigen Sekunden kam ein Smiley mit Herzaugen und Kussmund zurück. Digital war ihre Tochter irgendwie netter als in echt.

12. Kapitel

Paul

5 Jahre vor dem Dressur-Derby

»Wie weit bist du?«

Allein wenn er diesen Kommandoton hörte, zog sich Pauls Magen zusammen. Schon wieder waren die Frau und der Tierarzt zum Kontrollbesuch angetreten. Paul schaute auf seine Gummistiefel. »Ich habe gerade ein paar Embryonen in der Nährlösung.«

»Und wann wird Marie rossig?«

»Bitte nicht wieder Marie. Sie hat nach ihrem letzten Abort so gelitten. Es wird jedes Mal schlimmer.«

»Also Hilda?«

»Die auch nicht.«

»Und was soll ich deiner Meinung nach tun, wenn du es nicht schaffst, mehr Klone zu produzieren?«

»Vielleicht funktioniert das Experiment einfach nicht.«

»Es *muss* funktionieren. Und zwar bald. Die Weltreitervereinigung hat endlich Klone und ihre Nachkommen im internationalen Turniersport zugelassen. Der Weg ist frei.« Die Augen der Frau glitzerten. »Welcher Reiter will nicht selbst so ein Wunderpferd haben wie Black Night? Im Sattel eines solchen Superstars sitzen? Was meinst du, was die Leute dafür zahlen!«

»Aber es ist doch kein fairer Wettbewerb mehr, wenn nur noch Klone von Superstars gegeneinander antreten.«

»Fairer Wettbewerb!« Sie lachte auf. »Wer das meiste Geld hat, kann die besten Pferde kaufen. Das ist mit oder ohne Klone so.«

»Das stimmt.« Der kleine Toni reckte seinen Zeigefinger in die Höhe. »Diese ganzen erfolgreichen Pony-Kinder würden auf einem normalen Pferd doch nicht mal eine Schleife im Reiterwettbewerb gewinnen.«

Schleimer, dachte Paul.

Die Frau lächelte kalt. »Nicht zu vergessen die Decktaxen für all die Klone, die Hengste bleiben. Sie sind das Gen-Depot für Black Nights Erbanlagen. Wenn Stuten von ihnen tragend werden, ist es genau so, als wäre Black Night selbst der Vater ihrer Fohlen.«

»Ja schon, aber ...«

»Und natürlich die Verkaufspreise für die Fohlen.« Die Frau rieb sich die Hände. »Also mach. Wir brauchen mehr Klone.«

Paul schluckte. Am liebsten würde er ihr seine Meinung sagen. Was sie für eine habgierige, skrupellose, kaltherzige, größenwahnsinnige Schlange war.

»Also?«

Er räusperte sich. »Ist gut, ich versuche es weiter.« Mit krummem Rücken ging er zurück in sein Labor und ließ sie einfach stehen.

Wenn Deutschland doch endlich das kommerzielle Klonen zulassen würde. Dann könnte er aus der Illegalität auftauchen.

Die Verbände taten alle immer so ethisch, mit ihren ganzen Tierschutzgesetzen und Leitlinien und ihrer pferdegerechten Ausbildung. Dann schickten sie die anderen Länder vor, um sich die Hände schmutzig zu machen, und profitierten schließlich von deren Erfolg.

Das war schon vor gut dreißig Jahren so gewesen, als in Belgien mit künstlicher Besamung begonnen wurde – natürlich gegen den Willen der deutschen Zuchtverbände. Mittlerweile gehörte diese Technik zum Alltag jedes Pferdezüchters. Auch über Embryotransfer hatten sich erst alle furchtbar aufgeregt und heute wurde diese Methode jeden Tag auf der ganzen Welt angewendet.

Paul war davon überzeugt, dass es nur eine Frage der Zeit war, bis auch in großem Stil geklont werden würde. Klonen war in der Europäischen Union ja nicht verboten, weder zur Fleischgewinnung noch zu Forschungszwecken. Aber Deutschland hatte so ein strenges Tierschutzgesetz, dass Klonexperimente mit Tieren genehmigungspflichtige Tierversuche waren. Um hier klonen zu dürfen, müsste er nachweisen, dass *potenzielle Leiden, Schmerzen oder Schäden beim Klonierungsprozess oder an den Klonen selbst im Gleichgewicht zum zu erwartenden Erkenntnisgewinn standen.* Meine Güte, wie er diese komplizierte Bürokratensprache hasste. Sie meinten damit sowas wie neue Erkenntnisse zur Bekämpfung von Krankheiten.

Die Vermehrung von Geld gehörte jedenfalls nicht dazu. Deshalb musste sich das Experiment der Frau in der Illegalität abspielen und damit hatte sie gleich den zweiten Trumpf gegen ihn in der Hand: Nicht nur seine Schulden, sondern auch die Straftaten, die er kontinuierlich für sie beging.

Seine Hoffnung war jetzt Brüssel. Das Ethik-Gremium der Europäischen Union beschäftigte sich gerade mit dem Klonen von Tieren. Wenn es sich positiv dazu aussprach, würde wahrscheinlich auch Deutschland seine strengen Tierschutzgesetze anpassen und er könnte offiziell klonen. Dann hätte die Frau nicht mehr so viel Macht über ihn. Klonen können und klonen dürfen sind eben zwei Paar Stiefel, dachte Paul bitter.

Andere Länder sahen das nicht so eng. Das französische Unternehmen *GenDouble*, für das er gearbeitet hatte, verfügte über eine Lizenz, um kommerziell zu klonen. Er war von Anfang an dabei gewesen. Erst hatte der Geschäftsführer so getan, als würde er nur das wertvolle Genmaterial von Ausnahmepferden für die Nachwelt retten wollen. Wallache, die im Spitzensport erfolgreich waren, sich aber nicht fortpflanzen konnten. So wie Black Night. Sie wurden als Hengste wiedergeboren und ihr Sperma wurde tiefgefroren um den ganzen Globus geschickt.

Gleichzeitig brachten die ersten Klon-Stuten gesunde Fohlen zur Welt. Die Italiener waren wieder mal die Schnellsten gewesen. Prometea hatte den kleinen Hengst Pegaso geboren, die Forscher hatten gejubelt. Der Nachwuchs von geklonten Tieren litt nicht an den Krankheiten, welche die Klone selbst oft hatten. Die Klon-Generation war sozusagen das Gen-Depot, welches das Erbmaterial dann echtem, gesundem, natürlichem Nachwuchs weitergab.

Bis hierhin war für Paul alles noch nachvollziehbar gewesen. Aber plötzlich hatte es Klone von Hengsten gegeben, die selbst noch gesund und munter im Deckeinsatz standen. Doppeldecker sozusagen.

Zu diesem Zeitpunkt hatte Paul zum ersten Mal verwundert von seinem Mikroskop aufgesehen und die reale Welt um sich herum wahrgenommen. Es ging natürlich, wie immer im wirklichen Leben darum, aus viel Geld noch mehr Geld zu machen. Genau das hatte auch die Frau mit Black Night, dem Sperma von BN2 und seinen Fohlen vor.

Trotzdem hatte ihn das Projekt, den Olympiasieger Golden Joy zu klonen, fasziniert. Er sah das eben aus einer wissenschaftlichen Perspektive. Wie stark würde der Klon seinem Original ähneln? Würde er neben dem gleichen sportlichen Talent auch über dieselbe Leistungsbereitschaft verfügen? Könnte er es wie seine Vorlage bis zu den Olympischen Spielen bringen? Das konnte noch keiner sagen. Der Hengst war jetzt gerade erst fünf Jahre alt.

Fünf Jahre. So lange war es auch her, dass sie die Diagnose erhalten hatten. Seine Frau war unfruchtbar. Das war völlig absurd. Er, dessen Lebensinhalt es war, Embryonen in der Petrischale herzustellen wie am Fließband, konnte keine echten Kinder mit seiner Frau zeugen. Wut stieg in ihm hoch, wenn er daran dachte. Warum gerade sie? Warum gerade er? Das Leben war doch manchmal ein scheiß Verräter.

Sie hatte tatsächlich versucht, ihn mit einem Welpen aufzuheitern. Unmöglich war das gewesen! Er hatte sich immer einen Hund gewünscht, doch ihn als Kinderersatz präsentiert zu bekommen, hatte ihn geärgert, ja, und auch verletzt. Trotzdem brachte der kleine Rinco wieder etwas Unbeschwertheit ins Haus. Allerdings nicht lange.

»Du bist ein kranker Fanatiker«, hatte seine Frau bei ihrem letzten Streit geschrien und sich mit dem Zeigefinger an die Stirn getippt. Dabei hatte er sich nur so sehr ein Kind mit ihr gewünscht, dass es ihm sogar egal gewesen wäre, wenn es eine andere Frau für sie ausgetragen hätte. Eine Leihmutter.

Sie war so feige gewesen. War einfach gegangen, während er in der Arbeit saß. Die Stille, als er zuhause nach ihr rief. Dann hatte er gesehen, dass ihr Schrank leer war. Und ihr Zahnputzbecher. Nur Rinco war geblieben und hatte ihn mit schief gelegtem Kopf vom Bettvorleger aus angeschaut.

Da war etwas in Paul zerbrochen. Für immer.

13. Kapitel

Anne

»Ich hab Hunger.« Charlie saß auf dem Sofa und schaute in ihr Handy. Um sie herum herrschte Chaos. Ihre Turnschuhe lagen am Boden, ihre Jacke daneben, auf dem Tisch stand ein halbleer gegessener Joghurtbecher, der Deckel klebte mit der Joghurtseite auf der Tischplatte.

Anne stellte ihre Tasche ab und zog die Schuhe aus. »Kannst du dein Zeug nicht aufräumen?«

»Ja ja. Aber erst will ich was essen.«

»Ich koche gleich.«

»Ich hab aber *jetzt* Hunger.«

»Dann schmier dir halt ein Brot. Oder iss dein Joghurt auf.«

»Ich brauche aber wenigstens einmal am Tag etwas Richtiges zu essen. Sind meine neuen Reit-T-Shirts nicht gewaschen?«

»Ich bin noch nicht dazugekommen.«

»Zu was kommst du denn überhaupt?«

Anne stemmte die Hände in die Hüften. »Hallo? Ich arbeite. Mein Beruf ist Kommissarin, nicht Putzfrau und Wäscherin und Köchin.«

»Dein Beruf ist eigentlich Mutter.«

Bähm! Anne fühlte sich, als hätte ihre Tochter ihr eine Ohrfeige verpasst. Sie starrte Charlie an. »Sag mal, was hast du denn für ein Frauenbild?«

»Meine Freundinnen bekommen jeden Tag mittags etwas Warmes gekocht.«

»Vermutlich arbeiten ihre Mütter nicht ...«

»Also? Was soll ich morgen für meine Reitstunde anziehen? Kannst du jetzt noch waschen?«

Mist, die Reitstunde. Gleich würde Charlie so richtig abgehen. Anne holte tief Luft. »Hör mal, ich kann mir den Unterricht bei der Ackermann nicht leisten. Ich habe auf der Homepage nachgeschaut. Tut mir leid, aber vierzig Euro für eine halbe Stunde sind zu viel, die spinnt wohl.«

Charlie hob ihre Augen vom Handy. »Das ist doch nicht viel! Cindy Ackermann gibt in ganz Deutschland Dressurunterricht, sie war mal eine der erfolgreichsten deutschen Reiterinnen.« Charlie stand vom Sofa auf, ihre Stimme wurde lauter und sie ballte die Fäuste. »Jetzt hätte ich tatsächlich die Chance, bei ihr zu reiten und würde dir damit auch noch bei deinem blöden Fall helfen, und dann machst du mir mal wieder einen Strich durch die Rechnung. Ich glaub's nicht!« Charlie trat gegen das Tischbein. »Scheiße! Ich war heute auf dem Gestüt und habe zugeschaut, wie ein Reitschüler Black Night reiten durfte. Verstehst du? Black Night! Den kann man dort reiten, wenn man bei der Ackermann Unterricht nimmt.«

»Reitschüler dürfen dieses Superpferd reiten?« Anne verstand nicht viel vom Turniersport, aber das konnte sie sich wirklich nicht vorstellen.

»Du hast doch keine Ahnung!«, schrie Charlie und stürmte aus dem Zimmer.

»Wie wäre es, wenn du mal deinen Vater fragst, ob er das bezahlt?«, rief Anne ihr hinterher. »Der könnte ruhig ein bisschen mehr für dich aufkommen.«

»Du kannst mich mal!«, hörte sie Charlie durch den Flur schreien.

»Charlotte!«

»Nenn mich nicht Charlotte! Euch geht es gar nicht um mich, euch geht es immer nur darum, wer wie viel für mich bezahlen muss. Zum Kotzen! Und deinen beschissenen Fall kannst du alleine lösen, ich helfe dir nie wieder!« Die Tür zu Charlies Zimmer knallte zu.

So, jetzt reichte es ihr. Anne marschierte durch den Flur. Die Wut kribbelte durch ihren ganzen Körper und legte einen grauen Schleier vor ihr Sichtfeld. Einmal lief nicht alles nach Charlies Plan, und schon flippte sie total aus.

»Rede nicht so mit mir!«, schrie Anne, dann riss sie die Tür zu Charlies Zimmer auf und stockte. Tränen liefen über die Wangen ihrer Tochter und das blaue Licht des Bildschirms reflektierte in den nassen Spuren.

»Raus! Ich skype mit Papa«, heulte Charlie auf.

»Dann kannst du ihm ja gleich sagen, dass er jeden Monat hundertsechzig Euro mehr für Reitunterricht überweisen soll.«

»Ich will zu ihm zurück. Ich habe keinen Bock mehr auf dich. Ich hasse dich.«

Anne war wie gelähmt. Charlies Worte pressten ihr Herz zusammen und sie schnappte nach Luft. Sie drehte sich um, damit Charlie nicht sah, wie sehr sie sie getroffen hatte. Jetzt knallte *sie* mal die Tür hinter sich zu. Allerdings nicht so fest. Dann ging sie zurück durch den dunklen Flur.

War sie wirklich so eine schlechte Mutter? Sie stieg in den Keller hinunter und schmiss die Buntwäsche in die Waschmaschine. Dann räumte sie Charlies Sachen auf und schließlich holte sie Zwiebeln und Paprika aus dem Kühlschrank und begann, Abendessen zu kochen.

Diese Hochs und Tiefs waren zermürbend. Nie wusste sie, wie Charlie gerade gelaunt war. Meistens verstanden sie sich gut, aber oft reichte eine Kleinigkeit aus, ein falsches Wort, ein falscher Blick, und Charlie schrie herum, knallte Türen und beleidigte sie. Manchmal kam es ihr so vor, als sei dieses ungezogene Kind mit dem vor Wut verzerrten Gesicht gar nicht Charlie, sondern nur ihr Körper, der von einem Dämon besessen war. Der Dämon der Pubertät. Sie seufzte und hackte auf die Paprika ein.

Das Schlimmste war, dass sie sich dann selbst nicht mehr beherrschen konnte. Sie schrie ebenfalls herum wie ein Teenager und knallte die Türen genauso laut. Entweder, diese Ausbrüche endeten in Tränen, oder sie verflogen einfach und Charlie benahm sich, als wäre nichts gewesen. Damit konnte Anne am wenigsten umgehen. Doch als Mutter musste man ständig in alle Richtungen flexibel und dehnbar sein, auch wenn es einen fast zerriss. Man musste sämtliche Launen abfangen und sollte auch dann noch pädagogisch wertvoll reagieren, wenn einem selbst die Nerven blank lagen. Das Kind immer gut versorgen, in der Arbeit Einsatz zeigen, den Haushalt im Griff haben. Zumindest musste sie sich nicht mehr um einen nervigen Ehemann kümmern.

Es war ihr ein Rätsel, woher manche Mütter dann noch die Energie für aufreibende Freizeitaktivitäten nahmen. Immer gut gelaunt natürlich. Die Margarine-Mütter nannte sie diese Frauen, die aussahen wie in einem Werbespot, so als würden sie gleich in ein Business-Meeting gehen, obwohl sie nur ihr Kind von der Schule abholten.

Oder Ursula von der Leyen, die mal gesagt hatte, der schönste Moment ihres Tages sei es, ihre sieben Kinder ins Bett zu bringen. Anne schnaubte. So eine Aussage disqualifizierte die Politikerin geradezu als echte Mutter. Jede Frau, die sich den ganzen Tag um ihre Kinder kümmerte, war genervt, wenn es ans allabendliche Ich-will-aber-noch-nicht-ins-Bett-Ritual ging, und war heilfroh, wenn die kleinen Schratzen endlich schliefen. Dass das irgendwem Spaß machte, konnte ihr doch niemand erzählen.

Solche Frauen wie die von der Leyen vermittelten der Öffentlichkeit und vor allem den Vätern den Eindruck, dass es überhaupt keine Schwierigkeit sei, eine Spitzenkarriere hinzulegen, gleichzeitig sieben Kinder groß zu ziehen und seinem Mann eine Traumfrau zu sein. Warum beschwerst du dich denn ständig, hieß es dann. Du bist immer schlecht gelaunt. Oder: Andere schaffen das doch auch.

Und erst die kinderlosen Freundinnen, die sagten: *Lass uns doch mal wieder zum Tanzen gehen. Ich verstehe gar nicht, warum du dir nicht mehr Freiheiten erkämpfst.* Anne seufzte.

Tanzen? Kämpfen? Wo sollte man denn als arbeitende Mutter in Gottes Namen die Energie dafür hernehmen? Irgendwann waren die Batterien einfach leer. Anne musste sich schon überwinden, einmal die Woche in ihre Tai-Chi-Gruppe zu gehen.

Sie warf das geschnittene Gemüse ins heiße Olivenöl, das aufzischte. Ein aromatischer Duft zog durchs Haus. Nein, sie hielt sich nicht für eine gute Mutter. Viel zu ungeduldig, viel zu laut und manchmal hatte sie einfach keine Lust auf ihre Tochter. Das würde sie natürlich nie zugeben. Welche Mutter würde so etwas schon sagen? Aber sie dachte es heimlich, in letzter Zeit immer öfter, und fühlte sich später, wenn der Zorn wieder verraucht war, schuldig. So wie jetzt. Wenn Charlie wirklich zu ihrem Vater zurückziehen wollte, würde Annes Herz zerbrechen.

Ihre Tochter hatte einiges durchgemacht, das war ihr klar. Mit dreizehn Jahren musste sie ihre gewohnte Umgebung, ihre Heimat, ihre Freundinnen und ihren Vater zurücklassen. Von einer Großstadt war sie gegen ihren Willen ins Nirgendwo verpflanzt worden, wo es nichts gab außer Natur. Das war natürlich nicht das Nonplusultra für eine Jugendliche. Vielleicht hatte sie einen Fehler gemacht. Aber sie hatte doch auch das Recht auf ein glückliches Leben.

Anne holte tief Luft. »Essen ist fertig!« Mit eingezogenem Kopf wartete sie, welche Reaktion lauerte. Sie hörte die Zimmertür gehen und ruhige Schritte nahen, das war ein gutes Zeichen. Also so tun, als wäre nichts gewesen. Sie setzten sich an den Küchentisch und Charlie nahm sich Reis mit Gemüse.

Sie schob sich einen Löffel in den Mund. »Lecker.«

»Ich hab's mir überlegt«, sagte Anne. »Ich zahl dir den Reitunterricht doch, wenn dir das so wichtig ist. Dann gehen wir halt nicht so oft in den *Dorfkrug*. Und ich kann deine Hilfe bei dem Fall wirklich gut brauchen.«

»Immerhin gibst du zu, dass du das nicht nur für mich tust.« So ganz war der Zorn also doch noch nicht verraucht. »Aber mach dir keine Sorgen, Papa zahlt.«

Anne kaute langsam. Als sie heruntergeschluckt hatte, sagte sie: »Ehrlich?«

»Papa ist nicht so ein Arsch, wie du immer sagst.« Charlie klapperte mit dem Löffel. »Er versteht mich wenigstens.«

Bitte nicht schon wieder, dachte Anne. Sie könnte ihrer Tochter jetzt einen langen Vortrag darüber halten, was zwischen ihnen alles vorgefallen war, wie wenig er sich immer um Charlie gekümmert hatte und dass er nun nicht einmal bereit war, regelmäßig Unterhalt zu zahlen. Doch sie wusste, dass es nichts nützen würde. Je schlechter sie über ihren Ex-Mann redete, desto mehr schien Charlie ihn zu vergöttern.

»Dann kann ich ja eine neue Reithose spendieren«, schlug sie als Friedensangebot vor. Und auch ein wenig, um zu beweisen, dass sie nicht knickriger war als er.

»Cool.« Charlies Gesicht hellte sich auf. »Auf dem Gestüt Ackermann kann ich schließlich nicht mit meinen Matsch-Sachen aus dem Offenstall antanzen.« Nach einer kurzen Pause fügte sie hinzu: »Und mit meinen Gummireitstiefeln. Und den alten Kinderpullis.«

Anne musste schmunzeln. Charlie war wirklich clever. »Du kannst ja später mal ins Internet schauen«, sagte sie. Eigentlich war sie kein Freund von Online-Shopping, aber das Einkaufen war hier in der Ödnis schwierig. »Ich gehe noch spazieren.« Anne stand auf und wickelte sich einen lilafarbenen Schal um den Hals. Im Wald konnte es abends auch im Mai kühl werden.

Charlie lehnte sich zurück. »Und ich gehe online.«

»Räumst du vorher bitte noch den Tisch ab?«

Ihre Tochter verdrehte die Augen, stellte aber die Teller zusammen. Zwar mit absichtlich lautem Geklapper und theatralischem Geseufze, aber immerhin.

Anne ging mit weit ausholenden Schritten und atmete die feuchte Luft ein. Von ihrem Haus aus waren es nur ein paar hundert Meter bis zum Waldrand. Sie tauchte in das diffuse Dämmerlicht ein und folgte einem matschigen Waldweg, sprang ausgelassen über ein paar Pfützen. Der Wald war wie eine andere Welt, hier konnte sie abschalten, Kraft tanken, dahintreiben. Danach war sie im Kopf glasklar.

Heute bog sie beim Grab der Baronin links ab. Die Adelige war hier 1906 zusammen mit ihrem Pferd nach einem Reitunfall begraben worden. Anne schauderte. Wenn ein Pferd ihre Tochter umbringen würde, würde sie wahrlich alles andere tun, als es ihr auch noch ins Grab zu legen.

In diesem Teil des Waldes war sie bisher nie gewesen. Es roch nach feuchter Erde. Der Weg wurde schmaler, bis er nur noch ein Trampelpfad war. Zweige streiften an ihren Armen entlang. Plötzlich knackte es im Unterholz und sie zuckte zusammen. Etwa zwanzig Meter entfernt stand ein Reh wie versteinert da und starrte sie an. Es war wunderschön. Anne lächelte und spürte ihr Herz klopfen. Sie schauten sich einige Sekunden lang in die Augen, dann machte das Reh auf den Hinterbeinen kehrt und sprang zwischen den Bäumen davon.

Anne sah sich um. Sie stand an einem Zaun, hier ging es nicht weiter. Ein Fluss plätscherte hinter den Holzlatten entlang. Wahrscheinlich die Peene. Auf der anderen Seite war das Ufer flach und voller Hufspuren. Das sah aus wie eine Weide mit Furt. Anne stieg durch den Zaun und ging am Fluss ein Stück nach rechts entlang, bis sie besser sehen konnte, was auf der anderen Seite des Wassers lag. Es stimmte. Eine Gruppe schwarzer Pferde stand auf der Wiese, die sich einen Hügel hinauf erstreckte. Sie schüttelte den Kopf. Das war ja verrückt. Irgendwie sahen die alle gleich aus.

Oben auf dem Hügel lag eines dieser alten Fachwerk-Bauernhäuser, die sie so liebte. Es hatte sogar ein Reet-Dach und die Fensterläden waren blau gestrichen. So ein Häuschen würde ihr auch gefallen.

Es knackte wieder, doch diesmal hörte sich das Geräusch anders an. Es passte nicht in den Wald. Sie sah sich um. Beobachtete sie jemand?

Nein, da war niemand.

Sie lauschte. Oder doch?

Plötzlich verlor der Wald all seinen Frieden. Sie hatte gar nicht bemerkt, wie dunkel es schon war. Die Bäume waren näher zusammengerückt und die Einsamkeit wurde greifbar. Sie schlich zurück zum Weg, versuchte, langsam zu gehen, obwohl sie am liebsten gerannt wäre.

Hinter ihr raschelte etwas. Sie fuhr herum und sah einen Schatten, der davonhuschte. Anne schnappte nach Luft. Was war das? Für ein Wildschwein war der Schatten zu groß und für ein Reh zu langsam.

Bloß weg hier.

Sie rannte los.

14. Kapitel

Paul

3 Jahre vor dem Dressur-Derby

Paul wachte erschöpft auf. Er hatte wieder von dieser Herde Zombie-Pferde geträumt, die mit gebleckten Zähnen und schäumenden Mäulern auf sein Haus zugaloppierten. Er rieb sich übers Gesicht. So ein Schwachsinn. Seine Klone waren ganz normale Pferde, nur eben im Reagenzglas gezeugt. Er stand auf und sah aus dem Fenster. Da standen sie alle friedlich auf der Weide.

Marie hatte ihr Fohlen vor zwei Jahren endlich behalten und auch Hilda hatte dieses Jahr einen gesunden Klon geboren. Nun tollten also ein Fohlen und ein Jungpferd mit der Herde über die Weide. Das Problem war nur: Das Jungpferd hatte eine Blesse und das Fohlen war weiß gestiefelt. Unbrauchbar für das Experiment. Gut für die Pferde, schlecht für ihn, denn Cindy saß ihm weiter im Nacken. Immer diese scheiß Abzeichen.

BN2 machte sich gut. Er war jetzt schon zwei Jahre alt, kerngesund und bildschön. Paul machte Bodenarbeit mit ihm, longierte ihn und unternahm ausgiebige Waldspaziergänge mit dem jungen Hengst. Manchmal ließ er ihn auch heimlich freispringen. Das hatte ihm die Frau zwar verboten, aus Angst, dass er sich dabei verletzen könnte, aber BN2 hatte so einen Spaß daran. Paul mochte ihn. Doch bald würde seine Geldgeberin ihn zu sich holen. Dann wäre das schöne Leben für den Kleinen erst mal vorbei.

Paul graute vor dem Moment, in dem er das Pferd gehen lassen musste, in eine Zukunft, die sicherlich alles andere als angenehm sein würde. Doch was konnte er schon dagegen tun? Er seufzte.

Das Telefon schrillte ihn aus seinen Gedanken und er stieß sich den kleinen Zeh am Tischbein, als er zur Kommode eilte. Mist. Heute war wirklich nicht sein Tag.

»Ja?«, ächzte er mit schmerzverzerrtem Gesicht.

»Ich komme heute. Ich will sehen, wie sich der Klon bewegt. Bereite alles vor.« Ein wahres Maschinengewehr knatterte in sein Ohr.

»Ja«, murmelte Paul.

Es war so weit.

»Und leg diesen jammerigen Ton ab«, befahl die Frau.

Klick.

Auch das noch. Was für ein Scheißtag.

Eine Stunde später sah Paul zu, wie ein roter Sportflitzer auf den Hof raste. Cindy Ackermann stieg aus. »Heute will ich BN2 laufen sehen«, rief sie über den Hof. »Bring ihn in die Halle.«

Als Paul in den Stall kam, brummelte BN2 ihm entgegen und sah ihn an, als wollte er fragen: Und, was unternehmen wir heute? Paul wurde ganz warm im Bauch. Dann seufzte er. »Am besten, du stellst dich heute richtig blöd an«, flüsterte er. »Sei am besten faul, oder kannst du vielleicht ein bisschen lahmen?«

Ach nein, lieber nicht, das würde dann wieder auf ihn zurückfallen. Er klinkte den Führstrick ins Halfter ein und brachte den Hengst in die Halle.

Cindy wartete bereits auf ihn und schwang ihre Longierpeitsche. BN2 bockte, galoppierte ein paar Runden ausgelassen und trabte dann federnd und mit langen Tritten.

Cindy lächelte. Ein seltener Anblick. »Perfekt. Er sieht wirklich aus wie Black Night, und er bewegt sich auch so. Niemand wird es merken.«

»Und die Flocke?«

»Die sieht man kaum. Wir färben sie.«

Verdammt. Paul hatte gehofft, dass ihr der Hengst nicht gefallen würde.

»In drei Jahren wird er auf dem Dressur-Derby starten. Wenn er erfolgreich ist, und das wird er sein, machen wir publik, dass er Black Nights Klon ist. Und dieser Erfolg ist dann das beste Verkaufsargument für alle folgenden Klone.« Cindy betrachtete BN2. »Er ist wirklich gut bemuskelt. Vielleicht fange ich jetzt schon an, ihn zu reiten.«

»Aber er ist erst zwei.«

»Es gibt Mittel und Wege, ein Pferd früher als eigentlich vorgesehen für Turniere herzurichten.«

Paul wurde heiß. »Er ist noch ein Kind.«

Cindy lachte auf. »Kind! Du bist viel zu sentimental. Er ist ein Gaul. Ach, nichtmal das. Er ist ein Klon.«

Paul presste die Zähne aufeinander. BN2 war nur ein Experiment für sie. Ein x-beliebiger Tierversuch. Nichts weiter. Er würde sie am liebsten mit ihrer scheiß Longierpeitsche vertrimmen. Stattdessen versuchte er, zu argumentieren. »Er ist körperlich noch nicht so weit. Und psychisch auch nicht.«

Cindy winkte ab. »Sei nicht so zimperlich. Rennpferde werden auch mit zwei Jahren angeritten.« Sie überlegte. »Der echte Black Night ist jetzt fünf Jahre alt, mit acht dürfte er erstmalig auf dem großen Dressur-Derby starten. Das sind noch drei Jahre. Dann muss ich den Klon mit fünf so weit haben. Das schaffe ich.«

»Aber wenn du ihn mit fünf so weit hast wie einen Achtjährigen, machst du ihn kaputt. Das hält sein Körper nicht aus. Du kannst ihn in dem Alter doch gar nicht reell versammeln.«

»Reell ...« Cindy winkte ab. »Es geht doch nicht darum, dass BN2 lange gesund bleibt. Er muss nur ein paar Mal zeigen, dass er genauso gut ist wie Black Night. Verschleißerscheinungen bemerkt man sowieso erst ein paar Jahre später. Genug Zeit, um sich einen Namen zu machen.«

»Aber mit fünf darf er doch noch gar nicht in einer so hohen Klasse an den Start gehen.«

Cindy lachte. »Du bist so naiv. Ich verwende natürlich die Papiere von Black Night für ihn. Er soll ja unter dessen Namen starten.« Cindy drehte ihr Handgelenk, ihr Blick fiel auf die Uhr, ohne dass sie das Zifferblatt wahrnahm. Diesmal ging es ja auch nicht um Minuten oder Stunden, sondern um Jahre. »Dass das nur immer so lange dauert.« Sie reichte ihm einen Scheck. »Die nächste Rate bekommst du, wenn der Klon so weit ist, dass ich ihn zu mir aufs Gestüt holen kann. Also trainiere ihn weiter ordentlich auf. Und gib ihm das Futter zum Muskelaufbau. Der Tierarzt bringt dir in den nächsten Tagen Nachschub.«

»Aber ...«

»Ach übrigens.« Sie sah ihn aus ihren kalten Schlangenaugen an. »Ich habe nachher noch einen Banktermin. Zur Immobilienfinanzierung.« Sie drehte sich um und ging auf ihren Sportflitzer zu.

Paul sah auf die Zahl, die sie auf das Stück Papier geschrieben hatte. Mit dieser Summe würde er die nächsten Monate seine Kreditraten begleichen können. Und dann? Musste er wirklich den kleinen Hengst opfern? Die Vorstellung davon, was Cindy Ackermann dem Pferd auf ihrem Gestüt alles antun würde, trieb ihm die Tränen in die Augen. Das Dressur-Derby würde in drei Jahren stattfinden. Noch drei Jahre, in denen Paul das Experiment verhindern könnte. Aber wie?

Eine Idee hatte er noch. »Cindy!«, rief er ihr hinterher.

Sie drehte sich um und schnaufte genervt. »Ja?«

»Reite ihn doch hier. Wenn du ihn zu dir aufs Gestüt holst, fällt bestimmt jemandem auf, dass dort zwei Black Nights stehen. Hier ist er sicher und keiner kommt hinter dein Geheimnis.«

Sie starrte ihn an. »Ich denke darüber nach.«

Dann stieg sie in ihr Auto und knallte die Tür hinter sich zu, ohne sich zu verabschieden. Der Schlamm spritzte unter den Reifen weg.

Paul hasste sie von ganzem Herzen.

15. Kapitel

Anne

Das letzte Stück bis zu ihrer Haustür rannte Anne. Ihr Herz raste und ihr Atem ging stoßweise. Wer oder was war da draußen? Sie riss die Tür auf. »Charlie?«

»Ja?« Ihre Tochter saß am Esstisch vor dem aufgeklappten Laptop. Zum Glück. »Alles gut, Mama? Was ist denn mit dir los? Warst du joggen?«

Anne stützte die Hände auf ihren Oberschenkeln ab und schnaufte. Langsam beruhigte sich ihre Atmung. »Alles in Ordnung. Da war nur irgendwer im Wald.« Sie schaute zum Fenster. »Wir brauchen endlich Vorhänge.«

»Bestimmt nur irgendein Tier.«

»Ich habe heute mitten im Wald einen Pferdehof gesehen. Kennst du den?«

»Hä? Im Wald? Nein. Hast du einen geraucht oder was?« Charlie grinste.

»Spinnst du?«

»Ach ja, ich hab ein paar Sachen bestellt. Und kann ich nächstes Wochenende bei Klara übernachten? Da sind Pfingstferien.«

»Ja, von mir aus.«

»Cool, da ist nämlich wieder Waldparty.«

»Also darüber sprechen wir noch.«

»Du verstehst einfach nicht, wie wichtig das für mich ist. Ich geh jetzt ins Bett.« Charlie drehte sich um und rauschte ab in ihr Zimmer.

Anne seufzte. Warum war das mit der Pubertät nur so anstrengend? Ständig wanderte sie auf einem verdammt schmalen Grat zwischen Vertrauen und Grenzen, immer in der Angst, dass eine von ihnen beiden abstürzen könnte. Sie musste unbedingt mal mit Klaras Mutter sprechen, die kannte sie noch gar nicht. Aber das war in dem Alter wahrscheinlich normal. Sie schaute auf die Uhr und gähnte. Morgen. Vielleicht.

Als Anne am nächsten Tag die Frühstücksteller zusammenstellte, tönte *Ground control to Major Tom* aus ihrem Handy. Der coolste Klingelton ever. Auf dem Display blinkte Marios Nummer. Um diese Zeit? Wehe, das war nichts Wichtiges. Sie drückte auf die grüne Taste.

»Er ist tot!«, schallte Marios Stimme aus dem Hörer. »Felix Reuther. Der Bereiter von der Ackermann. Ein Ornithologe hat seine Leiche im Polder gefunden. Ich bin schon dort.«

Anne erstarrte. »Ach du scheiße. Ich dachte, der wäre einfach abgehauen.« Wäre ja auch kein Wunder gewesen, bei einer solchen Chefin und Liebhaberin, dachte sie. Laut sagte sie: »Jetzt wird der Fall wohl doch spannend. Warum bist du schon im Polder?«

»Also ... äh ... Ich dachte halt ...«

»Egal, ich komme.« Sie legte auf, ließ die Teller auf dem Küchentisch stehen und schlüpfte in ihre Converse-Schuhe. Fast hätte sie den Haustürschlüssel vergessen.

Der Motor ihres Autos heulte auf und sie gab Gas, als sie über das Kopfsteinpflaster von Lüdow ratterte. Dann bog sie Richtung Peene-Sümpfe ab.

Mario saß auf einem Baumstumpf und schwitzte. Obwohl es noch früh am Morgen war, war es schwül. Als Anne bremste, hob er nur matt die Hand. Sie parkte neben den Autos der Einsatzpolizei, des Notarztes und des Rettungsdienstes, stieg aus und schüttelte die Hände der Kollegen, die auf dem Parkplatz herumstanden.

»Und?«, fragte sie.

»Nichts mehr zu machen«, antwortete der Notarzt und schnippte die Asche seiner Zigarette ab. »Sie werden es ja gleich selbst sehen, der ist mausetot. Das ist eindeutig Ihr Einsatzgebiet, und das der Spurensicherung.«

»Ich habe die Kollegen von der Spusi aus Rostock schon verständigt«, redete Mario dazwischen. Ein Schwarm Kriebelmücken umschwirrte seinen Kopf. Er hatte es aufgegeben, sie wegzuwedeln.

»Wir fahren jetzt wieder. Das ist der Ornithologe, der uns gerufen hat.« Der Notarzt zeigte auf einen älteren Herrn, der auf dem Boden saß und seinen Rücken an den Stamm einer Kastanie lehnte. Ein Fernglas hing um seinen Hals.

»Alles klar, danke euch, Kollegen.« Anne nickte den Männern zu. »Komm«, sagte sie dann zu Mario. Sie gingen hinüber zu dem Ornithologen. »Wir sind Mario Michalski und Anne Moll von der Kripo Lüdow«, stellte sie sich vor. »Sie haben die Leiche gefunden?«

Der Mann nickte und stand umständlich auf, stützte sich aber weiter am Baumstamm ab. »Ich bin noch etwas wackelig auf den Beinen«, entschuldigte er sich. »Der Notarzt hat mir ein Beruhigungsmittel gegeben. Ich habe noch nie einen Toten gesehen, wissen Sie. Also eigentlich war es ja nur ein Bein. Aber der Schreck. Man weiß ja, dass da eine Leiche dazugehört.« Der Vogelforscher verstummte.

»Wie haben Sie die Leiche denn gefunden?«, fragte Anne.

»Ich habe dort drüben auf dem Jägerstand gesessen«, erklärte er und zeigte über den Schilfgürtel, der sich vor ihnen erstreckte. »Eine Ringelnatter ist durchs Wasser geschwommen, ich habe sie mit dem Fernglas beobachtet und plötzlich hat sie eine Kurve gezogen, denn aus der Entengrütze ragte ein Menschenbein. Mit einem Reitstiefel dran.« Er schauderte. »Ich habe sofort die 110 angerufen.«

»Haben Sie sonst noch etwas bemerkt, das Ihnen merkwürdig vorkam? Oder haben Sie vielleicht jemanden gesehen?« Anne zog die Augenbrauen hoch.

Der Mann schüttelte den Kopf. »Hier draußen ist es ja so einsam«, sagte er. »Kann ich jetzt bitte gehen? Ich habe Ihrem Kollegen schon meine Nummer gegeben, falls Sie noch Fragen haben.«

Mario nickte und schwenkte seinen Notizblock.

»In Ordnung«, sagte Anne. »Sollen wir Sie vielleicht nach Hause bringen? Autofahren können Sie jetzt jedenfalls nicht.«

»Nein danke«, lehnte der Ornithologe ab. »Ich bin zu Fuß da, das schaffe ich schon. Ich wohne nicht weit weg und ein

Spaziergang wird mir jetzt guttun. Auf Wiedersehen.« Er ging, noch etwas schwankend, die Straße entlang. Anne sah ihm hinterher, doch er schien keine größeren Probleme zu haben.

»Los, komm.« Sie nickte Mario aufmunternd zu. »Dann schauen wir uns das Ding mal an.«

»Das ist kein Ding, das ist ein toter Mensch.« Mario starrte sie empört an.

»Du bist vielleicht empfindlich heute.« Sie schüttelte den Kopf und ging voraus in den Sumpf hinein. Sie drängte sich durch mannshohes Schilf, das sie mit den Armen auseinanderbog. Dann sahen sie die schwarze Wasserfläche glitzern. »Das ist vielleicht ein Geräuschpegel hier«, murmelte sie. Hunderte von Fröschen knarzten und keckerten, Wasservögel pfiffen, zwitscherten und quakten. Sie spürte, wie sich ihre Turnschuhe mit Wasser vollsogen und sah sich um. »Wo ist er?«

»Da drüben. Der Notarzt hat versucht, ihn aus dem Schlamm zu ziehen, aber er hat es nicht ganz geschafft. Also hat er nur den Tod festgestellt und ihn für die Spusi liegen lassen.« Marios Stimme klang dünn.

Anne sah einen Körper im Uferschlamm. »So wie es hier aussieht, werden die nichts finden.« Sie ging auf die Leiche zu, doch sie war zu weit im Polder. Als sie bis über die Knöchel im Schlamm steckte, blieb sie stehen. Baumstümpfe ragten aus dem schwarzen Wasser und Büschel gelber Sumpfiris leuchteten aus dem Pflanzengewirr. »Hier sieht es ja aus wie am Amazonas«, sagte sie. Sie hörte ein hohles Tuten, wie ein Nebelhorn, und sah irritiert auf. »Was war das?«

»Eine Rohrdommel.« Mario war am Ufer zurückgeblieben und sah in die andere Richtung. Er klatschte mit der flachen Hand in seinen Nacken und erschlug eine Mücke. »Hier wurde früher Torf abgebaut. Zu DDR-Zeiten wurde das Gebiet dann trockengelegt und für die Landwirtschaft genutzt. Vor ein paar Jahren wurde es wieder renaturiert und von der Peene überschwemmt. Ist jetzt ein Vogelschutzgebiet.«

»Ist ja unschwer zu überhören.« Anne strich sich mit dem Unterarm über die Stirn. Es war heute wirklich ungewöhnlich warm für Mai. Die Baumgerippe am anderen Ufer ragten düster in den Sommerhimmel. »Der stinkt schon.«

Mario starrte sie erschrocken an. Die roten Flecken auf seinen Wangen waren heute noch deutlicher zu sehen als sonst.

»Das ist deine erste Leiche, oder?«, fragte Anne.

Mario nickte.

»Das wird kein schöner Anblick.« Sie versuchte, ihre Stimme cool klingen zu lassen, doch sie hatte selbst Angst davor, dem Toten ins Gesicht zu schauen. Seit sie ihre Mutter tot gesehen hatte, war es jedes Mal schwierig für sie, in solchen Situationen ihre berufliche Distanz zu wahren. Bei jeder Leiche drohten sie die Gefühle zu überschwemmen, die sie hinter ihrer Mauer verborgen hielt.

Mario schluckte trocken. »Hätten wir nicht gleich nach ihm suchen sollen, als Cindy ihn als vermisst melden wollte? Vielleicht hätten wir seinen Tod ja noch verhindern können.«

Anne schüttelte den Kopf. »Ich glaube nicht. Außerdem sind uns in einem solchen Fall die Hände gebunden. Es lag ja kein begründeter Verdacht für ein Gewaltverbrechen vor. Und er war erst seit Sonntagmittag verschwunden.«

Es krachte und knackte. Mit einem Schlag verstummte das Tier-Konzert. Jetzt war nur noch Platschen, Schnaufen und leises Fluchen zu hören. Drei Männer von der Spurensicherung brachen in Angler-Gummistiefeln durch das Schilf. Links und rechts flogen Wasservögel auf und schauten, dass sie wegkamen.

»Schöne Scheiße«, knurrte einer der Männer, der Erste, der Vollbart trug und wohl der Chef war.

»Grüß Gott«, sagte Anne und merkte gar nicht, dass sie ins Bayerische verfallen war. Das passierte ihr manchmal, wenn sie tief in Gedanken versunken war. Oder wenn sie bis zu den Knöcheln im Schlamm feststeckte.

»Tach schön«, nuschelte er und watete in das trübe Wasser hinein.

»Da ist er.« Mario trat von einem Bein auf das andere.

»Was du nicht sagst«, murrte der Mann mit Vollbart. Er ruckelte etwas an dem Körper herum, doch der Leichnam des Bereiters war tief in den Sumpf eingesunken. »Da finden wir gar nichts mehr«, sagte er. »Und die Leiche sitzt fest.«

Alle drei Männer zogen an dem Körper, doch das Einzige, was sich löste, war der Reitstiefel. Mario hielt eine Plastiktüte auf, die ihm einer der Männer reichte, ließ sich den Stiefel hinein geben und knotete sie zu.

»Auf drei!«, sagte der Chef mit Vollbart. »Eins, zwei, drei!« Die Männer stemmten sich gemeinsam nach hinten, bis sich die

Leiche mit einem schmatzenden Geräusch löste, die Männer taumelten und eine bleiche Fratze aus dem dunklen Wasser auftauchte.

Mario schrie auf und schlug die Hände vors Gesicht. Dann wurde er rot und schließlich blass. Sehr blass. Er wankte durchs Schilf davon. Anne seufzte. Jetzt kotzte er bestimmt in den Sumpf, der Möchtegern-Sheriff, dachte sie. Der musste noch einiges lernen.

Der Tote war zweifelsfrei Felix Reuther. Er trug noch seine weiße Turnierhose. Zumindest war sie einmal weiß gewesen. Er musste also kurz nach dem verpatzten Turnierstart in den Sumpf geraten sein, auf jeden Fall noch am Sonntag.

»Nach Selbstmord sieht das hier nicht aus, oder?«

Der Mann von der Spurensicherung schüttelte den Kopf. »Das Wasser ist nur bauchtief und es gibt keine Hinweise darauf, dass er versucht hat, sich mit einem schweren Gegenstand um den Hals selbst zu ertränken, oder so.«

»Vielleicht hat er aus Frust Alkohol getrunken, ist dann im Suff gestolpert und nicht mehr hochgekommen? Oder er ist woanders gestorben und hier versenkt worden?«

Die Männer reagierten nicht auf ihre Fragen, sondern schlossen den Reißverschluss des Leichensacks um den ehemaligen Bereiter und Liebhaber von Cindy Ackermann. Dann trugen sie ihn durch das Schilf davon.

»Könnt ihr schon irgendetwas sagen?«, rief ihnen Anne hinterher. »Gibt es Anzeichen für Gewalteinwirkung? Oder könnt ihr den Todeszeitpunkt festlegen?«

»Nee«, rief der Vollbart über die Schulter zurück. Mehr kam nicht.

Anne kickte einen Ast weg. Da musste sie wohl auf den Obduktionsbericht warten. Die hatten hier echt die Ruhe weg. Sie lief ihnen hinterher.

Mario stand neben dem Polizeiwagen und beobachtete, wie die Männer den schwarzen Plastiksack im Leichenwagen verstauten. Pappelsamen tanzten durch die Luft wie kleine Wattebäusche und zaghaft begannen die Wassertiere wieder zu singen, als wäre nie etwas geschehen.

»Die erste Leiche ist immer die schlimmste.« Anne stieg ins Auto. »Tut mir leid, dass du gleich so eine gruselige abbekommen hast.«

Mario nickte, stieg ebenfalls ein und öffnete das Fenster. Er roch säuerlich.

»Aber jetzt gehörst du dazu«, sagte sie und knuffte ihn gegen die Schulter. »Jetzt bist du ein echter Kriminaler.«

Er zog den linken Mundwinkel zu einem schiefen Heldenlächeln hoch.

Anne wurde wieder ernst. »Jetzt müssen wir den Eltern mitteilen, dass ihr Sohn tot ist, und dann die Ackermann nochmal befragen.«

Marios Lächeln rutschte wieder herunter.

16. Kapitel

Paul

1 Jahr vor dem Dressur-Derby

Paul schreckte hoch und setzte sich im Bett auf. Hufgeklapper war in seinen Traum eingedrungen. Der Himmel vor der Fensterscheibe war graublau. Fünf Uhr morgens. Er lauschte. Tatsächlich, da lief ein Pferd über den Hof.

Er stand auf, ging zum Fenster und sah BN2. Was für ein schönes Tier. Der Hengst war jetzt vier Jahre alt.

Paul schlüpfte in seine Gummistiefel, rannte in Boxershorts und T-Shirt die Treppe hinunter und raus in die Morgendämmerung. Die ersten Vögel zwitscherten schon. Er schnalzte. »Komm her, Kleiner.«

BN2 drehte den Kopf zu ihm, brummelte und kam auf ihn zu. »Das gibt's doch nicht«, murmelte Paul. Der ging hier ganz gelassen auf dem Hof spazieren. Irgendwie triumphierend. Könnten Pferde grinsen, würde er das bestimmt tun.

»Wer hat dich denn rausgelassen?« Paul sah sich um. Da war niemand. Sonst hätte auch Rinco angeschlagen. Er streichelte dem Hengst den Hals und nahm ein Büschel Mähne kurz hinter seinen Ohren, um ihn zurück in den Stall zu führen. Das Pferd folgte ihm, ohne zu zögern.

Die halbhohe Boxentür stand offen. Vielleicht hatte er sie selbst nicht richtig zugemacht? Aber eigentlich kontrollierte er jeden Abend alle Boxen, bevor er ins Bett ging. Er schloss die Tür hinter BN2 und fasste dabei in eine schleimige Masse. Er zuckte zurück. Als er sich seine Hand und den Riegel genauer ansah, schmunzelte er. »Du bist wirklich klug.« Er wischte den Pferdespeichel, der mit Heuresten vermengt war, an das Holz der Stallwand. »Dir war langweilig, oder? Und dann hast du mal eben den Riegel geöffnet.«

Der Hengst streckte seinen Kopf über die Boxentür und begann, mit dem Maul an dem Riegel herumzuspielen.

Paul lachte auf. »Sowas hab ich noch nicht erlebt.« Er schüttelte den Kopf. »Und was machen wir jetzt? Du kannst ja nicht jede Nacht spazieren gehen.«

Er holte einen Schraubenzieher aus dem Werkzeugkoffer und montierte den Riegel andersherum. Dann streichelte er dem Hengst über die Nase. »So, mal sehen, ob du das auch rausbekommst.«

Es lohnte sich nicht mehr, ins Bett zu gehen. Heute war ein anstrengender Tag, besser er fing gleich mit der Stallarbeit an. Cindy würde am Vormittag zum Reiten kommen. Sie hatte seinen Vorschlag, BN2 bei Paul zu lassen und ihn dort auszubilden angenommen. Aber jedes Mal, wenn sie kam, graute ihm davor. Am liebsten würde er verschwinden, damit er nichts davon mitbekam. Doch das ging nicht.

Als die Ackermann mit ihrem roten Sportflitzer auf den Hof fuhr, zog sich Pauls Magen zusammen. Er hatte BN2 schon fertig gemacht. Cindy stieg in voller Reitmontur aus dem Auto und marschierte direkt zur Halle. »Bring ihn mir!«

Paul holte den Hengst, übergab ihn Cindy und schloss das Hallentor hinter den beiden. Er ging mit eingezogenem Kopf ins Labor. Wer weiß, was die Ackermann heute mit dem Pferd machen würde? Am liebsten würde er sie aus dem Sattel zerren, wenn er ihr zusah. Deshalb ging er besser. Aber er kam sich dabei vor wie ein Verräter.

Erst als er das Quietschen des Tores hörte, trat er wieder hinaus auf den Hof. Die Ackermann führte BN2 aus der Halle und drückte Paul die Zügel in die Hand. Ihr Gesicht war gerötet. »Bring den blöden Bock zurück in den Stall. Der hat mich wieder nur veräppelt.«

Der Hengst war schweißnass. Pauls Nasenflügel bebten. »Pferde sind gar nicht zu abstrakten Gefühlen wie absichtlich Veräppeln fähig.« Am liebsten hätte er noch hinzugefügt: Nur zu direkten Instinkthandlungen wie: Meine Reiterin tut mir weh, die soll weg. Aber das traute er sich nicht zu sagen. »Und er ist kein blöder Bock.«

»Wohl! Ein sturer, fauler, blöder Bock ist er. Genauso wie seine Vorlage. Stell dir vor, Black Night fängt jetzt auch noch an zu steigen. Vielleicht war es doch keine so gute Idee, ihn als Genvorlage zu nehmen.«

»Na ja, das hängt wohl eher von der Ausbildung ab als von den Genen ...«, murmelte Paul.

Cindy ging gar nicht darauf ein. »Morgen starte ich mit ihm in der S-Dressur in Markow. Wehe er macht Theater. Er bekommt jedenfalls die ganze Nacht kein Wasser, damit er auf dem Turnier ruhiger ist.«

Paul biss die Zähne zusammen. Kein Wunder, dass alle Pferde bei ihr durchdrehten. Er sah es BN2 an. Der Hengst hatte Falten über den Augen, seine Ohren waren zur Seite geklappt und seine Maulpartie war angespannt. Er hatte Schmerzen. Paul wünschte sich, dass Pferde winseln oder schreien oder jaulen könnten. Doch sie hatten keinen Schmerzlaut. BN2 sah ihn nur aus gebrochenen Augen an.

Paul strich ihm über den Hals. Was für eine Schande, ein vierjähriges Pferd schon so zu drangsalieren. Die Ackermann hatte keine Ahnung von vernünftiger Pferdeausbildung. Das war wie mit Kindern. Bei denen konnte man mit Lob auch viel mehr erreichen als mit Strafe. Paul kraulte dem Pferd die Stirn und der Klon stupste ihn mit der Nase an, als wollte er sagen: Es ist alles wieder gut, oder? Du bist doch noch mein Freund? Paul stiegen Tränen in die Augen. »Alles gut«, flüsterte er.

Er brachte BN2 in den Stall, sattelte ihn ab und gab ihm eine Extraportion Heu. Eigentlich sollte der Hengst alle Menschen hassen, dachte Paul. Auch mich. Denn ich helfe ihm nicht. Ich sehe einfach nur zu. Er würgte die Tränen hinunter. Was war er nur für ein elender Feigling.

Er musste das Pferd irgendwie vor dieser Ackermann beschützen, das war er ihm schuldig. Er konnte das nicht mehr. Er würde nicht zulassen, dass sie ihn weiter so quälte.

Was konnte er tun? Sollte er das Pferd irgendwo anders hinbringen? Aber wohin? Und selbst wenn BN2 verschwunden wäre: Dann würde sie sich eben einen neuen Klon aus der Herde nehmen und das gleiche Spiel von vorne beginnen.

Es half alles nichts. Er musste mit Cindy reden. Ihr sagen, dass er aus dem Experiment aussteigen wollte. Dass sie auf dem falschen Weg war. Aber er musste vorsichtig sein. Wenn er Streit mit ihr anfing, würde sie ihm den Geldhahn zudrehen und seinen Hof ersteigern. Zuerst würde sie aber BN2 zu sich holen und er wäre ihr rund um die Uhr ausgeliefert. Jeden Tag. Paul schluckte. Das durfte nicht passieren.

Er musste klug vorgehen.

Okay. Er würde sich jetzt trauen.

Paul holte tief Luft und trat auf den Hof. Er sah sich um. Cindy war schon weg. Verdammt. Er kickte einen Stein über den Boden. Und jetzt? Sollte er sie anrufen? Nein, sie würde auflegen, wie immer. Oder aufs Gestüt Ackermann fahren? Er schüttelte den Kopf. Dann würde sie ihn einfach stehen lassen. Er hatte eine bessere Idee. Er wollte sie morgen auf dem Turnier zur Rede stellen, auf dem sie mit Black Night starten würde. Da könnte sie nicht weg. Und in der Öffentlichkeit würde sie sich auch einigermaßen benehmen. Er musste da hin, selbst wenn es ihn Überwindung kostete.

Paul bekam Herzrasen. In den letzten Jahren hatte er den Kontakt zu anderen Menschen vermieden, so gut es ging. Er war nur zum Einkaufen in den *Konsum* in Lüdow gefahren, und das immer gleich um sieben Uhr morgens, wenn keine anderen Kunden im Laden waren.

Am nächsten Tag trieb ihm allein der Anblick des Turnier-Parkplatzes den Schweiß auf die Stirn. Er öffnete die Tür seines schlammbespritzten Jeeps und stieg aus. Von der Pommesbude wehte der Geruch von Frittierfett und Grill herüber. Zum Glück hatte er sich ein Brot geschmiert. In die Schlange vor dem Tresen würde er sich ganz bestimmt nicht einreihen.

Da drüben war der Dressurplatz, die Prüfung lief schon. Paul ging nicht auf die Seite der Zuschauertribüne und auch nicht zum Richterhäuschen, sondern in die gegenüberliegende Ecke. Dort stellte er sich neben einen Buchsbaum. So sah ihn keiner und niemand würde ihn ansprechen.

Cindy und Black Night waren schon auf dem Abreiteplatz. Die Ackermann hatte dem Rappen den Kopf auf die Brust gezogen und machte ihn mit den Sporen kirre. Pauls Magen krampfte sich zusammen. Ein Richter rief ihr etwas zu, sofort ließ sie ihm den Hals länger und lächelte falsch. Immerhin funktionierte hier die Aufsicht, dachte Paul.

Als sie einritt, sah er, dass der Schweiß zwischen Black Nights Hinterbeinen schon Schaum gebildet hatte. Er riss die Augen auf und tänzelte, erschrak vor jedem Blumentopf. Der war ja total unter Strom. Dann stieg er. Cindys Gesicht verzerrte sich. Wenn das mal gut ging.

Und wenn nicht? Paul knetete seine Hände. Was wäre, wenn Black Night durchdrehen und Cindy abwerfen würde? Wäre es immer noch so wichtig, Klone von ihm zu bekommen, wenn er nicht funktionierte? Ihm fiel ihr Satz von gestern wieder ein: »Vielleicht war es doch keine so gute Idee, ihn als Genvorlage zu nehmen.« Sein Gesicht hellte sich auf. Das war's! Black Night durfte nicht funktionieren. Er musste verrückt spielen. Möglicherweise würde die Ackermann sich sogar ein bisschen verletzen und wäre eine Zeitlang außer Gefecht gesetzt? Paul spürte ein Kribbeln im Magen.

Das Glöckchen klingelte, Cindy ritt auf der Mittellinie ein und grüßte. Die Prüfung begann. Black Night trabte spannig, riss die Vorderbeine hoch und Schaum flockte aus seinem Maul. Er spulte seine Lektionen ab wie unter Strom, als würde er gleich explodieren. Jetzt kam die Galopptour. Paul sah sich um. Er war hinter dem Buchsbaum versteckt, keiner hatte ihn gesehen. Er hielt den Atem an. Wenn die Ackermann doch nur vom Pferd fallen würde. Dann hätte BN2 endlich seinen Frieden. Und er selbst auch.

Er nahm sein Brot aus der Jackentasche, zog es aus der Papiertüte und steckte es zurück in die Tasche. Die Tüte blies er auf und hielt sie unauffällig vor seinen Bauch. Genau in dem Moment, als Black Night neben ihm war, ließ er sie platzen.

Der Rappe machte einen Satz zur Seite, die Ackermann kam ins Rutschen und versuchte, wieder ins Gleichgewicht zu kommen. Jetzt brannte Black Night die Sicherung endgültig durch. Er bockte einmal quer über den Platz, Cindy verlor nach dem vierten Sprung den Halt und flog in den Sand. Black Night galoppierte auf den Ausgang zu.

Paul sah, wie Cindy versuchte, aufzustehen, aber nicht hochkam. Sie war bleich. Sanitäter rannten los und knieten sich neben ihr nieder. Pauls Herz donnerte gegen die Rippen. Was hatte er getan? Er verschwand hinter der Pommesbude.

Als er im Auto saß, rieb er sich übers Gesicht. Er hörte ein Martinshorn. Der Krankenwagen. Sie hatte sich also wirklich verletzt. Er schluckte. Besser, er verschwand jetzt. Paul ließ den Motor an und fuhr vom Parkplatz.

Zwei Tage lange hörte Paul nichts vom Gestüt Ackermann. Er hielt das Warten kaum aus. Ein paar Mal griff er zum Telefon, doch damit kein Verdacht auf ihn fiel, durfte er auf keinen Fall von sich aus anrufen. Offiziell wusste er ja von nichts. Er musste warten. Er lief gerade mit Rinco durch den Wald, als endlich sein Handy klingelte. »Ja?«, krächzte er.

»Hier ist Felix Reuther, der Bereiter von Gestüt Ackermann.« Pauls Herz raste los.

»Ja?« Etwas Besseres fiel ihm nicht ein.

»Es gab einen Unfall. Cindy ist auf dem letzten Turnier von Black Night gestürzt. Sie hat sich die Hüfte gebrochen und fällt die nächsten Monate aus. Mindestens.«

»Oh.« Paul wurde heiß.

»Sie hat gesagt, ich soll BN2 zu uns aufs Gestüt holen und die Ausbildung übernehmen. Ich werde ihn nächstes Jahr auch auf dem Dressur-Derby vorstellen.«

Oh nein! Paul fasste sich an die Stirn. Das durfte er auf keinen Fall zulassen. »Aber sie wollte nicht zwei Pferde auf dem Hof haben, die gleich aussehen. Das merken die Leute doch.«

»Black Night kommt zu dir. Wir tauschen. Der ist sowieso durch. Und Cindy will ihn nie wieder sehen.«

»Aber ...«

»Ich komme heute.«

Paul wischte sich den Schweiß von der Oberlippe. Mist, was sollte er diesem Reuther bloß sagen? Da fiel ihm etwas ein:

»Wollt ihr den Klon nicht erst kastrieren? Ich meine, Black Night ist Wallach, er ist Hengst ... Das fällt doch auf. So lange könnte er doch noch bei mir bleiben.«

»Nein. Wir stellen ihn in den hinteren Stall, wo keine Leute vorbeikommen. Das merkt kein Mensch. Er soll möglichst schnell einen ordentlichen Hals bekommen und kann ruhig etwas Pfeffer vertragen. Dann macht er auf den Turnieren mehr her. Außerdem brauchen wir ihn später noch als Deckhengst. Das ist ja der Sinn von Cindys Experiment. Also dann. Bis später.« Er legte auf.

Paul spürte ein Prickeln im ganzen Körper. Felix Reuther wusste von dem Experiment? Er hatte gedacht, nur Cindy, der Tierarzt und er selbst wären eingeweiht. Das gefiel ihm gar nicht. Diesen Bereiter musste er unbedingt genauer unter die Lupe nehmen.

Ein paar Stunden später sollte er die Gelegenheit dazu haben. Felix Reuther war auf den Hof gefahren, hatte Black Night ausgeladen und auf die Koppel gebracht, und das, ganz ohne zu schimpfen oder am Strick herumzuzerren. Immerhin wirkte dieser Bereiter nicht ganz so grob wie die Ackermann.

So ein Scheißtag, dachte Paul und legte BN2 die Transportgamaschen an. Dann führte dieser Bereiter ihn die Rampe hoch. Als der Hengst stehen blieb und nicht weiter wollte, sprach er beruhigend auf ihn ein. Cindy hätte gleich nach der Longierpeitsche geschrien. Dieser Felix ließ ihm aber Zeit und schließlich stieg das Pferd ein. Der wird ihn bestimmt auch fair reiten, beruhigte Paul sich selbst.

Vielleicht war es für BN2 sogar besser, unter Felix Reuters Aufsicht auf dem Gestüt zu leben, als hier den Besuchen der Ackermann ausgeliefert zu sein?

Als Felix die Rampe des Transporters hinter BN2 schloss, spürte Paul, wie sich Tränen in seinen Augen sammelten. Er konnte nichts dagegen tun. Aus seiner Brust stieg ein Schmerz auf, den er dort die letzten Jahre kultiviert hatte wie seine Zellen im Labor. Jetzt war er übermächtig. Er überrollte ihn einfach. Reiß dich zusammen, sagte er sich selbst. Felix stieg ins Auto und fuhr los. Paul hob die Hand zum Gruß.

Sobald der Transporter vom Hof gerollt war, ließ Paul sich auf einen Strohballen sinken, verbarg das Gesicht in den Händen und schluchzte. Rinco ließ sich neben ihm nieder und legte die Schnauze auf seinen Schuh.

Er war ein Versager. Gab es eigentlich irgendetwas in seinem Leben, das er auf die Reihe bekam? Er hatte seine Ehe ruiniert, seinen Job verloren, er hatte dafür gesorgt, dass jemand sich die Hüfte gebrochen hatte, und das auch noch völlig sinnlos. Er hatte es nicht geschafft, den Klon zu beschützen.

Und dann gab es auch noch schlechte Nachrichten aus Brüssel. In absehbarer Zeit würde er nicht aus der Illegalität auftauchen können. Das Europäische Ethik-Gremium hielt Klonen nicht für gerechtfertigt. Es hieß, die Tiere litten dabei angeblich zu sehr. Über neunzig Prozent der Klon-Embryonen würden sterben, geklonte Tiere hätten häufig ein erhöhtes Geburtsgewicht, einen zu großen Rumpf im Vergleich zu den Gliedmaßen, Fehlbildungen an Organen und Atemprobleme. Und wenn die Politiker das festgestellt hatten, gingen sie in die Kantine und aßen ein Schnitzel aus Massentierhaltung. Und am Wochenende sahen sie auf den großen Turnieren dabei zu, wie die Hochleistungs-Pferde drangsaliert wurden. Das waren doch alles Heuchler.

Paul erhob sich und wischte sich mit dem Ärmel übers Gesicht. Es wurde doch sowieso schon an allen Ecken und Enden reproduziert. Es gab Tausende geklonter Kühe und Schweine, und das Fleisch ihrer Nachkommen wurde auch hier in Deutschland in allen möglichen Supermärkten verkauft. Es musste nicht mal gekennzeichnet werden. Und in Texas konnte sogar jeder sein eigenes Haustier duplizieren lassen.

»Komm, Rinco.« Paul ging über den Hof und tauchte in den Wald ein. Das grüne Dämmerlicht umfing ihn wie eine Umarmung. Der Hund sprang voraus.

Dieses verdammte Ethik-Gremium. Experimente im Sinne der Menschheit fanden sie schon in Ordnung, bei denen die Tiere gentechnisch so verändert wurden, dass sie menschliche Hormone produzierten und sich damit als Versuchstiere eigneten, um Krankheiten zu bekämpfen. Klar, daran hatte die Pharmaindustrie Interesse, und die Pharmaindustrie hatte Geld. So einfach war das.

Es wurden auch menschliche Stammzellen hergestellt, die für medizinische Zwecke genutzt werden konnten. Ja, da war natürlich wieder mal ein Aufschrei um die Welt gegangen: Oh Gott, würde jetzt bald der erste Mensch geklont werden? Paul lachte bitter auf. Das hatte doch damit nichts zu tun. Wenn Forscher Menschen reproduzieren wollten, würden sie das früher oder später tun. Egal, ob die Herstellung von Klon-Embryonen für therapeutische Zwecke nun erlaubt oder verboten war. Ein Zellhaufen sei schließlich noch kein menschliches Leben, hieß es von Seiten der Wissenschaft. Und ein Organismus, der nicht aus der Befruchtung eines Eis mit einem Spermium hervorgegangen war, sei ein völlig neuer Typ von biologischer Einheit; was auch immer, aber jedenfalls kein Mensch.

So ein Schwachsinn. Paul hatte selbst schon jede Menge Zellhaufen kreiert, aus denen dann vollwertige Pferde geworden waren, nicht nur irgendwelche biologischen Einheiten. So wie BN2. Wo lag also der ethische Unterschied zwischen einem Embryo, der aus einer echten Befruchtung entstand, und einem, der im Reagenzglas erschaffen wurde?

Für ihn war Embryo gleich Embryo gleich Lebewesen. Ob Mensch oder Tier war ihm dabei völlig egal. Ehrlich gesagt waren Tiere für ihn mehr wert als Menschen. Er pfiff nach Rinco, der mal wieder im Unterholz verschwunden war.

Der letzte Schrei war die Rettung aussterbender Tiere. Da kannte die Experimentierfreude der Biotechniker kaum Grenzen. Chinesische Forscher verschmolzen Körperzellen von Pandabären mit Kaninchen-Eizellen. Die dabei entstandenen Embryonen sollten dann in den Gebärmüttern von Katzen heranwachsen. Die Japaner versuchten sogar, das Wollhaar-Mammut zu klonen. In fünfzehntausend Jahre alten, tiefgefrorenen Mammutbeinen aus dem Permafrost Nordost-Sibiriens waren Zellkerne des Eiszeit-Tiers entdeckt worden. Diese wurden in entkernte Eizellen von Mäusen injiziert. Die Zellkonstrukte starben natürlich ab, weil die Mitochondrien der Spendertiere nicht zu denen der Zellkerne passten. Solche abstrusen Experimente zogen seine Forschungen ins Lächerliche. Und dann regten sich die Leute wegen ein paar Pferden auf, die im Körper anderer Pferde heranwuchsen.

Paul war eine Schleife durch den Wald gelaufen und kam jetzt von hinten auf die Weide zu. Black Night galoppierte über die Koppel und vollführte ein paar Bocksprünge. Zumindest er hatte jetzt ein bisschen Lebensqualität inmitten seiner genetischen Kopien.

Na gut, es hatte schon etwas Unheimliches, wenn er über die Weide blickte und zwei Fohlen und drei Jungpferde vor sich hatte, die alle gleich aussahen. Fast zumindest. So rabenschwarz wie Black Night war keines von ihnen geworden. Und Cindy Ackermanns Plan, jedes Jahr fünf neue Klone zu bekommen, war ebenfalls nicht aufgegangen. Sie hatte immer noch nicht verstanden, wie viele Fehlversuche es beim Klonen gab.

Trotzdem: Paul hatte fünf Klone in vier Jahren erschaffen. Eine solche Erfolgsquote war sensationell. Die Ackermann erkannte das natürlich nicht an. Es war immer zu wenig, was er leistete.

Paul lehnte sich mit den Unterarmen auf den Zaun. Das machte doch alles keinen Sinn. Er hatte die epigenetischen Veränderungen noch immer nicht im Griff, Klonen würde auch in Zukunft nicht erlaubt werden und nun war auch noch BN2 weg. So ein Mist. Er musste ihn da wieder rausholen. Noch ein

Jahr bis zum großen Dressur-Derby. Wie konnte er dafür sorgen, dass Cindy das Experiment vorzeitig abbrach? Sollte er auch Felix Reuther irgendwie ausschalten?

17. Kapitel

Anne

Auf der Fahrt zu Felix Reuthers Eltern schwieg Anne. Sie hatte eine CD mit Rockmusik eingelegt. Hauptsache nichts Sentimentales. Familienangehörigen Todesnachrichten zu überbringen, war das Schlimmste an ihrer Arbeit. Nicht nur, weil die Trauer der Hinterbliebenen kaum zu ertragen war, sondern auch wegen ihres eigenen Schmerzes. Jedes Mal fühlte sie sich wieder an diesen Sommertag vor dreizehn Jahren zurückversetzt, als Charlie im Plantschbecken gespielt hatte und das Telefon völlig unschuldig klingelte.

»Moll?«, hatte sie mit einem Lächeln auf den Lippen gesagt, das dann jäh erstorben war.

»Klinikum München Schwabing«, hörte sie eine nüchterne Frauenstimme. »Ihre Mutter wurde bei uns in die Intensivstation eingeliefert. Können Sie vorbeikommen?«

Anne hatte das Gefühl gehabt, als würde ihr ganzer Körper taub werden. Daran erinnerte sie sich noch sehr gut. Was danach kam, war wie durch einen dichten Nebel verwischt. Vermutlich ein Selbstschutz-Mechanismus, der die schreckliche Wahrheit etwas abpufferte. Es ging nämlich nicht nur um den Verlust ihrer Mama. Das Schlimmste war ihre Schuld daran.

Anne hatte noch nie einem Menschen davon erzählt, dass sie Charlie zu ihrer Oma gebracht hatte, obwohl das Kind erkältet war und Annes Mutter an Lungenproblemen litt. Eines war sicher: Charlie durfte niemals davon erfahren, dass sie ihre Oma angesteckt hatte, die deswegen auf der Intensivstation verstorben war. Niemals. Es reichte schon, wenn einer diese Last tragen musste. Wenigstens das Kind sollte verschont bleiben, es konnte ja nichts dafür.

Anne hatte oft versucht, die Schuld insgeheim ihrem Mann zuzuschieben, weil er mal wieder nicht zuhause gewesen war. Weil seine Arbeit mal wieder wichtiger gewesen war als ihre. Oder ihrem Chef, der nie Verständnis dafür gehabt hatte, dass ihre Tochter erst zwei Jahre alt war, und der ständig Notfall-Einsätze von ihr verlangte. An dem Tag, an dem sie den größten Fehler ihres Lebens begangen hatte, wurde eine Bank überfallen. Sie hatte Bereitschaft und wusste nicht, wohin mit dem Kind. Der Bankräuber war an allem schuld.

Wie oft sie schon versucht hatte, sich das einzureden. Doch es half nichts. Die einzige Person, die verantwortlich dafür war, dass sie ein krankes Kind zu einer Frau gebracht hatte, für die jede Erkältung den Tod bedeuten konnte, war sie selbst. Anne Moll. Und sonst niemand.

Ihr wurde jedes Mal ganz heiß, wenn diese Gewissheit durch die Mauer drang, die sie im Laufe der Jahre aufgebaut hatte, um ihre Gefühle unter Kontrolle zu halten, und die sie letztlich von allem getrennt hatte. Von ihrem Mann, von ihrem Vater, von ihrem alten Leben. An diesem Tag hatte sich alles für immer verändert. Ihr Leben war plötzlich stillgestanden und dann einfach anders weitergegangen, als hätte jemand eine Weiche umgestellt.

Und nun musste sie das erste Mal, seit sie in Mecklenburg lebte, eine Todesnachricht überbringen. Sie hatte gedacht, ihr Neustart würde alles ändern. Aber ihr Zustand war der gleiche wie früher. Es war völlig egal, wie weit sie weglief und wie viel Zeit verging. Nichts auf der Welt könnte diesen Verlust je wieder ausgleichen. Niemals. Für den Rest ihres Lebens. Nichts auf der Welt könnte ihre Schuld je wieder tilgen.

»Alles ok mit dir?« Marios Worte rissen Anne aus ihren Gedanken. Erst jetzt bemerkte sie, dass er den Dienstwagen vor einem gelb gestrichenen Einfamilienhaus geparkt hatte.

»Irgendwie ist mir schlecht«, murmelte sie und legte demonstrativ die Hand auf ihren Bauch. »Vielleicht habe ich etwas Falsches gegessen. Ich glaube, du musst das machen.«

»Ich? Aber ich hab das noch nie ... Du musst mir das doch erst zeigen.« Mario schaute sie an, als müsste er vom Zehn-Meter-Turm springen.

Anne hatte Angst, dass sie da drin heulen oder schreien oder keine Ahnung was müsste. »Irgendwann ist immer das erste Mal. Geh schon mal vor, ich komme gleich nach.« Sie stieg aus dem Auto und atmete tief durch.

»Aber was soll ich denn sagen?« Mario zupfte an seiner Lederjacke herum.

»Das habt ihr doch auf der Polizeischule gelernt. Sachlich, ruhig und verständnisvoll sein. Fragen, ob du jemanden benachrichtigen sollst. Im Notfall den psychologischen Dienst anfordern.«

Mario starrte sie mit großen Augen an. »Ich kann das nicht.«

Anne schnaufte genervt. »Willst du ein Kriminaler werden oder nicht?«

»Schon, aber ...« Mario wippte auf die Zehenspitzen vor und wieder zurück. Vor und zurück. Dann sagte er: »Na gut. Du siehst wirklich blass aus. Okay. Ich mach das. Aber du kommst zumindest mit rein.« Er straffte die Schultern und ging auf die Haustür zu.

Anne lehnte sich mit dem Rücken gegen das Auto und legte den Kopf in den Nacken. Die Wolken zogen schnell über den Himmel und veränderten ständig ihre Form. Sie versuchte, dort oben ein Zeichen von ihrer Mutter zu finden. »Wenn ich einmal sterbe, werde ich eine Wolke und ich werde dir ein Zeichen geben, damit du weißt, dass ich immer über dich wache«, hatte sie einmal zu Anne gesagt, als sie noch ein Kind gewesen war. Doch auch heute fand Anne sie nicht am Himmel. Es tut mir so leid Mama, dachte sie immer wieder, aber sie konnte die kalte Faust nicht absprengen, die ihr Herz zusammenpresste.

Als Anne sich wieder einigermaßen gefasst hatte, ging sie ebenfalls durch die Haustür, die Mario für sie offen gelassen hatte. Klar musste sie da mit rein. Immerhin waren die Angehörigen auch immer erst mal verdächtig.

Felix Reuters Eltern saßen bereits am Küchentisch und sahen Mario besorgt an. Anne nickte ihnen zu. »Guten Tag. Anne Moll mein Name. Ich leite die Ermittlungen, die ihren Sohn betreffen.«

»Welche Ermittlungen?« Die Frau griff nach der Hand ihres Mannes.

»Leider müssen wie Ihnen mitteilen, dass Ihr Sohn ums Leben gekommen ist«, sagte Mario.

Anne sah knapp an den beiden Eltern vorbei. Einatmen. Ausatmen. Einatmen. Sie beamte sich weg, verschwand einfach aus der Situation. A, B, C, D ... Sie sagte in Gedanken das Alphabet auf. Erst als Mario sagte: »Wann hatten Sie zuletzt Kontakt zu Ihrem Sohn?«, erlaubte Anne sich, wieder in die Realität zurückzukommen.

»Wir hatten wenig Kontakt.« Der Mann war bleich aber gefasst. »Wir haben schon länger nichts von ihm gehört.« Er sah seine Frau an. »Ich glaube, zuletzt hat er zum Geburtstag meiner Frau angerufen, das war vor zwei Monaten.«

Anne nickte. Sie nahm den Eltern die Geschichte ab. Sie verabschiedeten sich, verließen das Haus und stiegen ins Auto.

»Die haben ja gar nichts gesagt«, plapperte Mario drauf los. »Ich hätte es mir viel schlimmer vorgestellt. So mit schreien und weinen. Immerhin ist ihr Sohn tot. Aber die waren ganz ruhig. Irgendwie unheimlich.«

»Die Angehörigen stehen immer erst mal unter Schock. Sie verstehen noch gar nicht, was man ihnen gerade gesagt hat, wenn sie vom Tod eines geliebten Menschen überrascht werden.« Sie wusste genau, wovon sie sprach. »Das hast du jedenfalls gut gemacht.«

Mario grinste stolz. »Geht's dir wieder besser?«

»Einigermaßen.« Anne bemühte sich, zu lächeln. »Mit der Ackermann kann ich es jedenfalls aufnehmen.« Sie zwinkerte Mario zu. Die Mauer war wieder dicht.

Eine halbe Stunde später standen sie auf dem Gutshof Cindy Ackermann gegenüber. »Wir müssen Ihnen leider mitteilen, dass Felix Reuther tot ist«, fiel Anne direkt mit der Tür ins Haus.

»Tut mir leid, Cindy.« Mario schaute auf den Boden.

Cindy Ackermann ging sofort los wie eine Heulboje. »Oh mein Gott, ich habe gespürt, dass etwas passiert ist! Felix ... warum nur?«

Wie aus dem feinsten Schmieren-Roman, dachte Anne. Sie wurde das Gefühl nicht los, dass die Gestütschefin eine riesige Show abzog. Sie jammerte und schrie, reckte die Hände zum Himmel und schlug sie wieder vors Gesicht. Das war definitiv zu viel. Genau dieser Moment des Begreifens, über den sie eben mit Mario gesprochen hatte, fehlte. Anne empfand kein Mitgefühl für sie. »Wollen Sie denn gar nicht wissen, was eigentlich passiert ist?«, unterbrach sie das Spektakel.

Mario blickte überrascht auf.

»Ja natürlich, was ist denn passiert?« Cindy war plötzlich ganz ruhig, so als hätte jemand den Off-Schalter betätigt, und hatte wieder diesen lauernden Blick.

»Das wissen wir noch gar nicht, wir müssen auf den Obduktionsbericht warten.« Anne zog die Augenbrauen hoch. »Oder können Sie uns etwas zur Todesursache sagen?«

»Was erlauben Sie sich!« Cindy wurde blass.

»Wo waren Sie denn am Sonntag gegen sechzehn Uhr?«

»Wir haben hier alle zusammen gefeiert. Warten Sie, Carlos kann das bezeugen.« Sie sah Richtung Stall. »Caaarlooos!«

Der Stallbursche kam angerannt. »Was gibt's Chefin?« Er war ganz außer Atem.

»Wir haben am Sonntagnachmittag alle zusammen gefeiert, stimmt's?«

»*Claro*. Das machen wir doch nach jedem Turnier.«

»Was für ein Glück. Gleich zwei Alibis.« Anne konnte ihren Zynismus nicht verbergen.

»Und jetzt verlassen Sie sofort mein Grundstück.« Cindy blitzte sie triumphierend an.

Na warte, dachte Anne. Ich schicke dir meine Tochter. Sie brauchte unbedingt mehr Informationen über das Gut und die Ackermann. Sie hatte nichts in der Hand, womit sie beim Staatsanwalt einen Durchsuchungsbeschluss oder gar eine Handyüberwachung rechtfertigen könnte. »Komm, Mario!«

»Tut mir echt leid«, stammelte Mario in Cindys Richtung, doch die winkte nur ab und hinkte über den Hof davon.

»Das war aber nicht sehr einfühlsam von dir.« Mario sah Anne vorwurfsvoll an.

»Nächstes Mal kannst du es ja wieder selber machen, mein Lieber. Hast ja jetzt schon Übung. Außerdem hat die Ackermann Dreck am Stecken, das sieht man doch zehn Kilometer gegen den Wind. Sie und ihr Stallbursche geben sich gegenseitig Alibis, das musst du doch merken. Oder bist du vielleicht befangen?«

Mario kniff beleidigt die Lippen zusammen und schwieg.

Auf der Fahrt sank Annes Zornpegel wieder, allerdings nur langsam. So ganz hatte sie sich wohl doch noch nicht gefasst.

Aber Wut half immer. Sie überlagerte alle anderen Gefühle und war viel einfacher zu ertragen als Schuld und Scham.

Sie sah aus dem Fenster. Am Himmel türmten sich Gewitterwolken auf. Konnte sie Charlie nach dem Leichenfund überhaupt noch guten Gewissens auf das Gestüt lassen? Sie seufzte. Na ja, sie würde ja am helllichten Nachmittag reiten, zusammen mit ihrer Freundin. Und vielleicht war es ja doch nur ein Unfall gewesen. Aber das glaubte sie ehrlich gesagt selbst nicht.

»Wir müssen rausfinden, was das für ein Tierschützer ist, der Reuther bedroht hat«, sagte sie zu Mario. »Du kennst die Organisation, hast du gesagt?«

»Ja, aber die sind harmlos, glaub mir.«

»Geht's noch? Sie haben ein Mordopfer bedroht.«

Mario seufzte. »Ist ja gut, ich kann das übernehmen. Ich rede mit denen und überprüfe die Alibis.«

Anne nickte und schob eine Kassette in den Rekorder. *It's raining man.* »Halleluja«, murmelte sie, während die ersten Tropfen auf der Windschutzscheibe zerplatzten.

18. Kapitel

Paul

1 Monat vor dem Dressur-Derby

»Wo ist Black Night?« Immer dieser Kommandoton. Cindy stand ohne Vorankündigung vor Pauls Tür und musterte angeekelt sein fleckiges T-Shirt. Hinter ihr stand Felix Reuther. Er grüßte nicht mal. Genau so ein arroganter Dressurschnösel wie die Ackermann.

»Was willst du von ihm? Ich dachte, du willst Black Night nie wieder sehen?«, rutsche es Paul heraus.

Sie antwortete nicht auf seine Fragen, sondern schnarrte: »Hol mir den Verbrecher her.«

»Hol ihn doch selber.« Paul war überrascht über seinen Mut. »Er ist kein Verbrecher. Er hat nur die Schnauze voll von Menschen und das wundert mich auch nicht.«

»Dann passt ihr ja bestens zusammen«, fauchte Cindy. Sie sah ihren Bereiter an, der die Hände in den Hosentaschen vergraben hatte. »Hol du mir das Biest.« Irgendeinen Handlanger brauchte sie immer.

Felix nickte und ging Richtung Stall. Cindy hinkte ihm ein Stück hinterher, blieb dann aber stehen und hielt sich die Hüfte. »Der schwarze Teufel ist schuld daran, dass ich nicht mehr reiten kann. Er hat meine Karriere beendet.«

»Nie wieder?« Paul schluckte. Dass es sie so schlimm erwischt hatte, hatte er nicht gewusst. Eigentlich hatte sie es verdient. Trotzdem fühlte er sich irgendwie schlecht.

»Drei Operationen, Monate im Krankenhaus und in der Reha. Dass ich überhaupt wieder aufs Pferd steigen kann, grenzt an ein Wunder. Aber mit dem Leistungssport ist es endgültig vorbei. Dieser Satan.«

Als Felix mit Black Night am Strick zurückkam, reckte Cindy die Hände in den Himmel. »Was hast du denn mit dem gemacht? Der hat so einen fetten Weidebauch, es wird Wochen dauern, bis wir den wieder in Form haben.«

»Wieso soll er denn in Form sein?«

»Er muss Geld verdienen. Als Schulpferd. Dafür ist er gerade noch gut genug. Was meinst du, was die Leute zahlen, wenn sie so einen Superstar reiten dürfen?«

Das sah ihr ähnlich. Ihr ehemaliges Starpferd auspressen bis zum letzten Euro. Jetzt tat Paul das mit ihrer Hüfte doch nicht mehr leid. Und dieser Reuther machte offensichtlich mit.

»Wo sind die Transportgamaschen? Felix, du lädst ihn ein!«

Paul ging Richtung Stall, um die Gamaschen zu holen. Als er an Felix vorbeiging, fragte er: »Wie geht es BN2?«

Der Bereiter wollte etwas sagen, doch Cindy fauchte dazwischen: »Wie soll es ihm schon gehen? Felix hat ihn für das Dressur-Derby nächsten Monat top in Form gebracht.«

»Es geht ihm gut«, sagte Felix. »Er ist ein tolles Pferd.«

»Wenn er erfolgreich ist, haben wir es geschafft«, redete Cindy mit glitzernden Augen weiter. »Er ist in den letzten Monaten unter einem anderen Namen auf drei Turnieren in Holland gestartet, um Erfahrung zu sammeln. Er ist ein Muskelpaket und er strampelt im Viereck, was das Zeug hält. Er hat denselben Ausdruck wie Black Night, denselben Charme, dieselbe Power.«

Und bestimmt dieselben traurigen Augen, dachte Paul, aber für die interessierten sich weder die Zuschauer noch die Richter. Sie waren kein Prüfungskriterium. Er drehte sich zu ihr um. »Anderer Name?«

»Geht dich nichts an.«

Paul konnte es sich schon vorstellen. Falsche Papiere zu beschaffen, war für eine wie die Ackermann wahrscheinlich ein Kinderspiel. Man musste nur die Dokumente von guten Pferden auftreiben, die gestorben waren, und die zu Lebzeiten nie im Turniersport aufgetaucht waren.

Egal. Das war nicht seine Baustelle. Er hatte eine ganz andere Frage. Er atmete tief durch. »Wenn BN2 nächsten Monat beim Dressur-Derby erfolgreich ist, hast du alles erreicht, was du wolltest. Dann kann ich doch mit dem Klonen aufhören, oder?«

»Mal sehen. Kommst du zum Zuschauen?«

Auf keinen Fall. Er würde es nicht aushalten, BN2 so zu sehen. Paul schüttelte den Kopf. »Zu viele Menschen.«

»Du bist echt gestört.« Die Ackermann sah ihn an, als wäre er eine Nacktschnecke.

Paul knetete seine Hände. »Und wenn er bewiesen hat, wie gut er ist, kommt er dann wieder zu mir zurück?«

Cindy zuckte die Schultern. »Mir egal. Warum eigentlich nicht. Er muss danach nur noch zur Samenspende antreten, das geht auch hier. Dann besetzt er wenigstens keine Box auf dem Gestüt.«

Als Felix Black Night auf den Hof führte und der Wallach den Hänger sah, rammte er alle vier Hufe in den Boden und warf den Kopf hoch.

»Das habe ich befürchtet«, murmelte Paul.

»Hol Longen und einen Besen!«, rief die Ackermann. »Den bekommen wir da schon rein.«

Paul sah sie verächtlich an. »Wenn ihr das immer so macht, wundert es mich nicht, dass er nicht mehr einsteigen will.« Er nahm Felix den Strick ab. »Stell mal die Trennwand schräg und mach die vordere Hängertür auf, damit er mehr sieht und es heller ist.«

Felix zuckte die Schultern und entriegelte die Trennwand. Black Night beobachtete interessiert, was vor sich ging. Paul ging ein Stück weiter auf den Hänger zu, das Pferd folgte ihm mit vorgerecktem Hals und geblähten Nüstern ein paar Schritte, riss dann aber wieder den Kopf hoch und ging rückwärts. Paul gab den Strick nach und blieb selbst entspannt auf der Rampe stehen, bis das Pferd sich wieder beruhigte, den Kopf senkte und schnaubte.

»Mach schon! Der veräppelt dich doch nur«, rief die Ackermann. »Wo ist der Besen?«

Paul schüttelte den Kopf. »Wenn du ihm jetzt Druck machst, steigt er. Aber das kennst du ja.«

Die Ackermann hinkte zu der blauen Hausbank, die von zwei weißen Fliederbüschen eingerahmt wurde, und setzte sich. Jetzt gab sie hoffentlich Ruhe.

Black Night war sichtlich nervös, doch er kam Stück für Stück näher. Paul ging einen Schritt die Rampe hinauf. So arbeiteten sie sich langsam Zentimeter für Zentimeter vor. Der Wallach ging immer wieder hinunter und Paul ließ ihn. Er war ganz anders als sein Klon. Er vertrug keinen Druck und wehrte sich, wenn es ihm zu viel wurde. BN2 ließ dagegen viel zu viel mit sich machen. Zumindest war das so gewesen, als er noch bei Paul gelebt hatte.

»Wie lange dauert das denn noch?«, keifte die Ackermann über den Hof.

»Es dauert so lange, wie es eben dauert. Er soll selbst bestimmen, wann er bereit ist, einzusteigen«, sagte Paul. »Jede Minute, die du ihm jetzt Zeit lässt, zahlt sich in Zukunft aus. Glaub mir.«

Die Ackermann schüttelte den Kopf. »So ein Schwachsinn.«

Plötzlich schnaubte Black Night einmal kräftig aus, als würde er seinen ganzen Mut zusammennehmen, und stieg mit Paul in den Transporter. Felix schloss die Stange hinter dem schwarzen Pferdepo. »Alles klar. Das war gut, Mann.« Vielleicht war er ja doch nicht so schlimm wie die Ackermann.

Paul stieg aus dem Hänger. Einen Versuch war es wert. »Rufst du mich nach der Prüfung an und gibst Bescheid, wie es mit BN2 lief?«, fragte er. »Bitte.«

Der Bereiter nickte. »Versprochen.«

19. Kapitel

Anne

»Er ist tot.«, rief Anne ins Wohnzimmer hinein.

Charlie lümmelte auf dem Sofa herum und sah sich irgendeine Dokusoap an. Jetzt fuhr sie hoch und riss die Augen auf. »Tot? Wer? Was ist passiert?«

»Ein Ornithologe hat durch sein Fernglas ein Bein mit Reitstiefel dran aus dem Sumpf ragen sehen.«

»Eine Leiche im Polder?« Charlie wurde blass.

»Es war Felix Reuther.«

»Oh nein!« Charlie schlug sich die Hand vor den Mund. »Er war so ein guter Reiter. Hatte er einen Unfall?«

»Das wissen wir noch nicht.« Anne setzte sich neben Charlie aufs Sofa und legte den Arm um sie. Charlie lehnte ihren Kopf an Annes Schulter. Sie saß ganz still, um den Moment nicht zu zerstören.

»Dein Job ist scheiße«, murmelte sie.

»Manchmal schon. Aber dann finde ich den Mörder, damit er bestraft wird.«

Charlie setzte sich wieder auf. »Und ich helfe dir. Heute ist meine erste Reitstunde bei Cindy Ackermann.«

Anne nickte. »Sag mal, kannst du den Film nicht doch irgendwie im Internet ausfindig machen? Den bräuchten wir jetzt dringend als Beweismittel.«

Charlie schüttelte den Kopf. »Hab ich schon versucht. Der ist weg. Aber ich verspreche, dass ich mich auf dem Gestüt umschaue.«

Anne nickte. »Super, danke. Ach ja, vor der Tür steht übrigens ein Paket.«

Charlie sprang vom Sofa hoch. »Wow, das sind bestimmt meine Reitsachen.«

Sie holte den Karton, riss ihn auf und packte eine Klamotte nach der anderen aus. Anne sah ihrer Tochter dabei zu, wie sie eine graue Reithose mit Besatz, glänzende Lederstiefel und zwei Polo-Shirts in türkis und pink auspackte. Dazu hatte sie schwarze Handschuhe ausgewählt. »Was willst du denn mit den Kniestrümpfen?«, fragte sie, als Charlie auch noch bunte Baumwollsocken mit Rautenmuster aus dem Karton zog. Sowas hätte sie als Jugendliche nie im Leben angezogen.

»Das sind Reitsocken.« Charlie verdrehte die Augen. »Du hast echt keine Ahnung.« Sie schlüpfte in die neue Reitausrüstung und posierte vor dem Spiegel. »So kann ich jedenfalls im Gestüt auflaufen.« Sie bürstete ihre langen Locken und band sie zu einem Pferdeschwanz. Ihre Haare waren ihr ganzer Stolz. Dann wippte sie in ihren Stiefeln hin und her. »Die drücken noch, die muss ich einlaufen.«

»Bitte nicht wippen.«

»Was?«

Anne schüttelte den Kopf. »Mario wippt immer. Ständig. Das macht mich wahnsinnig.«

Charlie grinste. »Also kein Mann für dich?«

»Was? Dieser Möchtegern-Sheriff, der noch ganz grün hinter den Ohren ist? Du spinnst wohl.« Sie schnaubte durch die Nase. »Also, wann ist deine erste Reitstunde?«

»Heute Nachmittag um fünf. Aber ich treffe mich jetzt schon mit Klara im Gestüt, sie zeigt mir alles.« Charlie zwinkerte ihrer Mutter zu. »Dann wissen wir mehr.«

Anne nickte. »Ich bin gespannt. Die Ackermann spielt uns was vor, da bin ich mir sicher. Die weiß irgendwas.« Sie blickte auf den Esstisch. »Hast du eigentlich schon was gegessen?« Seit Charlie ihr vorgeworfen hatte, dass sie mittags nichts gekocht bekam, hatte Anne ein schlechtes Gewissen.

»Hab mir ein Brot geschmiert. Also, ich geh dann jetzt mal. Ciao.«

»Ciao.« Anne sah auf die Uhr. Es war erst zwei. Dann würde sie wohl doch noch mal ins Büro fahren. Vielleicht gab es ja schon Neuigkeiten vom Seziertisch. Vorher wollte sie im *Dorfkrug* aber eine Kleinigkeit essen.

Anne löffelte Soljanka, eine Art süß-saure Version von Gulaschsuppe mit einer Zitronenscheibe und einem leckeren Sahnehäubchen oben drauf.

Ihr Handy klingelte. *Ground control to Major Tom.*

»Er ist ermordet worden«, sagte der Gerichtsmediziner ohne Begrüßung. »Er hatte ein starkes Beruhigungsmittel im Blut, das man normalerweise bei Großtieren verwendet. Am Hals habe ich eine Einstichwunde gefunden. Und er hat eine Kopfverletzung, die durch einen stumpfen Gegenstand hervorgerufen wurde, aber die war nicht die Todesursache.«

Anne überlegte. »Es könnte also sein, dass ihn jemand erst bewusstlos geschlagen und ihm dann das Beruhigungsmittel injiziert hat?«

»Könnte sein.«

»Danke.« Anne legte auf.

Sie rührte in ihrer Fleischsuppe. Das war bestimmt die Ackermann gewesen. Diese skrupellose Hexe. An ein solches Beruhigungsmittel zu kommen, war auf einem Gestüt sicher kein Problem. Anne schüttelte den Kopf. Aber einen Mann erst bewusstlos zu schlagen, ihm dann ein Medikament zu injizieren, das ihn umbrachte, ihn zum Polder zu transportieren, dort durchs Schilf zu schleppen und ihn schließlich in den Peene-Sümpfen zu versenken – das war schwere Arbeit. Zu schwer für eine einzelne Frau. Wenn es die Ackermann war, hatte sie einen Komplizen gehabt.

Sie griff zum Handy und wählte Marios Nummer.

»Jaaa?« Sie hörte förmlich durchs Telefon, wie er vor und zurück wippte.

»Hast du schon was wegen der Tierschützer rausgefunden?«

»Ja, den Kommentar hat ein gewisser Michael Weber gepostet und der hat ein Alibi. Er war den ganzen Sonntag bei seinen Eltern zu Besuch. Sie haben das bestätigt.«

»Bestimmt zu Kaffee und Kuchen. Ist ja süß.« Sie hörte selbst, wie zynisch sie klang. Dabei vermisste sie nur so sehr eine Familie, mit der sie den Sonntag verbringen konnte, dass es weh tat. War sie schon so eine verbitterte, neidische Kuh geworden? »Okay, dann ist der Typ raus. Danke, Mario.«

Anne legte auf und kratzte den letzten Löffel ihrer Soljanka auf dem Boden der Schüssel zusammen. Also doch ein Mord. Und der Tierschützer war es schonmal nicht. Die Schlinge um Gestüt Ackermann zog sich immer enger zu.

Verdammt, Charlie war gerade dort. Anne schreckte hoch. Sie musste sofort losfahren. Da trieb sich ein Mörder herum.

Sie stand auf. »Zahlen bitte. Schnell!«

20. Kapitel

Paul

Am Tag des Dressur-Derbys

Warum rief Felix nicht endlich an? Hatte er sich doch in ihm getäuscht und der Bereiter war genauso kaltherzig wie die Ackermann? Paul drehte fast durch. Er hatte heute schon den Mist weggefahren, neues Heu und Stroh beim Bauern geholt und auf dem Heuboden eingelagert. Körperlich war er fix und fertig, aber sein Kopf rotierte wie ein Karussell.

Es war der Tag des großen Dressur-Derbys und heute Vormittag war BN2 im Namen von Black Night gestartet. Er sah auf die Uhr. Die Prüfung musste längst vorbei sein. Warum gab Felix ihm nicht Bescheid, wie es gelaufen war?

Seit fünf Jahren arbeiteten sie auf diesen Tag hin. Cindy Ackermann, um den Beweis zu erbringen, dass ein Klon ebenso leistungsfähig war wie das Original. Und er, um endlich aus der ganzen Sache aussteigen zu können. Warum meldete sich keiner bei ihm? Wäre er doch nur auf das blöde Dressur-Derby gefahren.

Er schaute auf die Uhr. Jetzt konnte er nicht länger warten. Er konnte nicht länger warten. Paul griff zum Telefon und wählte die Nummer von Felix Reuther. Der Bereiter hatte versprochen, ihm nach der Prüfung Bescheid zu geben, wie es gelaufen war. Es klingelte durch. Mist. Er versuchte es noch drei Mal. Vergeblich.

Es blieb ihm keine andere Wahl. Er musste die Ackermann anrufen. Bei dem Gedanken daran zog sich sein Magen zusammen, aber er atmete tief durch und wählte ihre Nummer.

»Hallo?« Das Maschinengewehr schoss direkt los.

»Wie ist es gelaufen?«, fragte er.

»Felix hat ihn mies vorgestellt und der blöde Gaul hat die Nerven verloren.« Cindys Stimme war schrill und Paul hielt den Telefonhörer ein Stück von seinem Ohr weg. »Er hat gebockt wie ein Wahnsinniger und Felix ist abgesprungen. Disqualifiziert.«

»Oh nein.« Paul wurde eiskalt.

»Der blöde Scheißgaul. Genau so ein Verbrecher wie Black Night. Am liebsten würde ich die beiden zum Schlachter fahren. Und zwar persönlich.«

Paul schluckte. Das würde er ihr sogar zutrauen.

»Und es kommt noch schlimmer. Der Idiot von Carlos hat die Flocke so schlecht gefärbt, dass die Farbe abgegangen ist!« Carlos? War das nicht dieser debile Südländer, der auf dem Gestüt die Ställe ausmistete?

»Dann hat er es auch noch gefilmt und ins Internet gestellt. Er hat das Video mittlerweile wieder gelöscht, aber wer weiß, wer es alles gesehen hat. Wenn man nicht alles selbst macht ... Diese Dilettanten! Auf Social Media bricht schon wieder ein Shitstorm über uns herein.«

Pauls Kehle war eng. Er räusperte sich. »Und jetzt?«

»Jetzt müssen wir für die Intermediaire nächsten Monat in Schwerin trainieren.«

Paul wurde schwindelig. Das durfte nicht wahr sein. »Ihr habt versprochen, dass das Experiment mit dem Dressur-Derby endet.«

»Es endet, wenn er erfolgreich ist. Sonst war alles umsonst.«

»Und wenn nicht?«

»Dann kommt er weg und wir machen das Experiment mit einem anderen Klon.«

Oh nein! Er würde nicht noch ein paar Jahre für diese Frau arbeiten. »Aber die haben alle viel zu große weiße Abzeichen.« Seine fünf Klone hatten Blessen, weiße Fesseln und einer war sogar weiß gestiefelt.

»Dann müssen wir sie eben komplett schwarz färben. Ich muss in den Stall.«

Klick.

Verdammt nochmal! Paul lief über den Hof. Ein Gewitter war losgebrochen, er musste die Pferde reinholen. Dicke Regentropfen zerplatzen auf Pauls Kopf und auf seinen Schultern. Der Schlamm spritzte ihm bis zu den Knien und der braune Pullover klebte an seinem Brustkorb. Er spürte die Kälte nicht.

Hätte es nicht einmal gut für ihn laufen können? Nur einmal? Heute hätte alles vorbei sein sollen. Stattdessen schien sich die Geschichte mit Cindy zu wiederholen. Nur, dass diesmal nicht sie auf dem Pferd gesessen hatte, sondern Felix. Und dass das Pferd, dem die Nerven durchgegangen waren, nicht Black Night gewesen war, sondern sein Klon. Der einzige Unterschied war, dass er diesmal nichts mit dem Unfall zu tun hatte. Vielleicht war es doch gut, dass er nicht zum Derby gefahren war.

Paul öffnete das Koppeltor und ließ die Pferde zum Stall traben, sie kannten den Weg. Er schloss das Tor und ging ihnen langsam hinterher. Was war nur passiert? Felix war ein Profi, der hatte es eigentlich im Griff, wenn ein Pferd nervös war. Wahrscheinlich war BN2 körperlich und psychisch völlig durch. Auch wenn er in den Papieren schon als achtjährig galt, war er in Wirklichkeit erst fünf Jahre alt. Noch ein Kind. Kein Wunder, dass er auf dem Dressur-Derby die Nerven verloren hatte. Genau so, wie es damals mit dem echten Black Night passiert war. Sie waren sich wohl doch ähnlicher, als er gedacht hatte.

Vielleicht lag es auch daran, dass sie beide von Cindy Ackermann ausgebildet worden waren. Diese Tierschützer, die sie damals wegen ihrer Rollkur-Methode angeprangert hatten, waren richtig gelegen. Dieser Reitstil widerte ihn an. Er hatte alles, was er über Pferde wusste, von seinem Großvater gelernt. Der war noch bei der Kavallerie geritten, wo das Pferd ein Gefährte war, auf den man sich im Kampf verlassen musste. Wo man die Tiere so ausbildete, dass sie möglichst lange gesund blieben und die Kraftmärsche durchhielten, die manchmal wochenlang dauerten. Mit Pferden in den Krieg zu ziehen, war natürlich kein schönes Motiv. Aber doch der Ursprung einer Reitlehre, die darauf basierte, einen Partner an seiner Seite zu haben, und nicht einen Knecht unter sich.

Er lachte auf. Die Ackermann war sicher keine, die ihre Ausbildungsmethoden hinterfragte. Auch dann nicht, wenn gleich zwei ihrer Starpferde durchdrehten. Sie hasste Black Night dafür, dass er sie abgeworfen und damit ihre Karriere beendet hatte. Und seit heute hasste sie auch seinen Klon, weil er seinem Vorbild so ähnlich war und, genau wie er, all ihre Pläne durchkreuzt hatte. Er musste ihn da rausholen. Aber wie?

Die einzige Lösung, die ihm einfiel war, Felix zu seinem Verbündeten zu machen. Der wirkte etwas vernünftiger im Umgang mit Pferden als die Ackermann und hatte einen guten Ruf als Reiter, den er sicher nicht verlieren wollte. Warum rief er nicht zurück? Paul würde gerne seine Version der Geschichte hören.

Paul ging durch den Stall und schloss die Boxentüren hinter den Pferden. Er strich sich die nassen Haare aus der Stirn. Der Wolkenbruch hatte aufgehört, aber er war völlig durchnässt. Warum hatte Carlos die Flocke nicht richtig gefärbt? Das passte doch gar nicht zu ihm. Paul stockte. Oder war es etwa Absicht gewesen? Hatte er sich vielleicht sogar mit Felix Reuther abgesprochen? Angst presste seine Brust zusammen. Was, wenn die beiden versuchten, das Experiment auffliegen zu lassen? Dann wären noch er und Cindy Ackermann als Bösewichte übrig. Und diese skrupellose Schlange würde ihn ganz bestimmt nicht decken, so viel war klar. Sie würde ihn bei der ersten Gelegenheit hinhängen, um ihre eigene Haut zu retten. Ihn, den Schöpfer von BN2, der illegal in seinem Hinterhof-Labor Pferde klonte. Er würde nie beweisen können, dass sie ihn erpresst hatte. Er würde womöglich ins Gefängnis gehen, seinen Hof verlieren, nie wieder als Wissenschaftler arbeiten können. Alles wegen ihr.

Zorn brach in sein Bewusstsein durch, der in seinem Kopf alles schwarz überlagerte. Es gab nur eine Lösung: Er musste die Ackermann endgültig fertigmachen. Ihm wurde trotz der nassen Klamotten heiß. Denn endlich wusste er, was er tun musste.

Er rannte ins Haus, streifte sich die Gummistiefel im Flur ab und hastete die Treppe hinauf. Im Schlafzimmer riss er sich die klatschnassen Kleider vom Leib, die nach Schlamm und Pferdemist stanken. Dann betrachtete er sich nackt im Spiegel. Das nasse Haar und der Dreitagebart ließen ihn jünger wirken, wilder. Er war muskulös, kein Gramm Fett zu viel. Er straffte die Schultern und richtete sich auf, biss die Zähne zusammen, so dass seine Kiefermuskeln hervortraten und sein Gesicht härter machten.

Er wollte sich nicht mehr wegducken. Vor niemandem, und schon gar nicht vor Cindy Ackermann. Es war an der Zeit, dass er sich endlich wehrte, dass er endlich wieder er selbst wurde. Gegen die Demütigung, die ihm seine eigene Frau zugefügt hatte, konnte er nichts mehr ausrichten. Aber es gab eine Möglichkeit, die Ackermann niederzustrecken. Er griff, immer noch nackt, zum Telefon und wählte die Nummer der Polizeistation in Lüdow.

21. Kapitel

Anne

Sattel und Stiefel von Cindy Ackermann knarzten im Takt des Trabes, wo sich Leder und Leder berührten. Sie ritt ein unfassbar großes, braunes Pferd, das elegant seine Runden zog. Durch die verglaste Reithallen-Wand schien die Nachmittagssonne herein und brachte die elfenbeinfarben gestrichene Bande zum Leuchten. Es roch nach frischen Spänen und Staub tanzte in der Luft.

Anne fiel ein Stein vom Herzen. Da waren die beiden Mädchen. Sie hatte sich ans Tor herangeschlichen, verbarg sich dahinter und beobachtete Charlie und Klara, die an der Bande standen.

»Das ist doch etwas anderes, als der matschige Platz in Lüdow, oder?«, sagte Klara.

Charlie nickte. »Die Ackermann sieht einfach hammer aus.«

Die langen Beine der Reiterin, die in braunen Stiefeln mit Derby-Schnürung steckten, schienen völlig bewegungslos am Pferdeleib zu kleben, obwohl sie bei jedem zweiten Trabtritt aus dem Sattel schnellte wie eine Sprungfeder.

»Sie hat so einen tollen Sitz«, schwärmte Klara.

»So würde ich auch gerne reiten können«, flüsterte Charlie.

»Wenn du bei ihr Unterricht nimmst, machst du sofort riesige Fortschritte, du wirst schon sehen. Mir ging es genauso. In

Lüdow heißt es ja immer nur Hände ruhig und Absatz tief, und das monatelang, da lernt man ja nichts dazu.«

Der Braune kreuzte die Beine in alle möglichen Richtungen.

Charlie schaute mit offenem Mund zu. »Wow. Traversalen, Schulterherein, Travers, Renvers, fliegende Wechsel, Pirouetten ... Der kann ja alles!«

»Ist ja auch ein richtiges Dressurpferd. Sunlight geht nächstes Wochenende in Schwerin seine erste S-Dressur. Ich darf ihn gleich noch reiten, stell dir vor.« Klara trat von einem Bein aufs andere.

»Du?« Charlie starrte sie an.

Anne wusste, dass die beiden Mädchen noch vor wenigen Monaten zusammen auf zwei Lewitzer Schecken Unterricht gehabt hatten und Klara keineswegs besser geritten war als Charlie.

Cindy Ackermann parierte ihr Pferd zum Schritt durch. »Klara!«, rief sie durch die Halle.

Charlies Freundin setzte ihre Reitkappe auf, nahm eine Gerte und schritt in die Hallenmitte. Die Ackermann schwang sich vom Pferd und verzog beim Landen das Gesicht. Sie hinkte einmal um den Braunen herum und hielt von der anderen Seite den Steigbügel gegen. »Hoch!«, befahl sie.

Klara schwang sich in den Sattel. Sie machte wirklich eine gute Figur auf dem Dressurpferd, das musste Anne zugeben.

»Aufrecht sitzen, langes Bein, Hände tragen«, rief Cindy durch die Halle. »Das Hinterbein aktivieren, nimm ihn an der kurzen Seite mehr auf, und dann auf der Diagonalen zulegen!«

Anne verstand nur Bahnhof, aber sie sah, dass der Wallach plötzlich anzog und beim Traben weit mit den Vorderbeinen ausholte.

»Wieder zurücknehmen, lass ihn nicht so davonstürmen!« Jetzt wurde Cindys Ton schärfer und das Lächeln auf Klaras Gesicht verrutschte, denn das Pferd sperrte das Maul auf und ließ sich nicht mehr bremsen. »Nach links durchstellen!«, rief die Ackermann. Und dann: »Nach rechts!« Klara zog mit aller Kraft am Zügel, bis der Braune den Hals zur Seite bog und sich durchparieren ließ. »Runter!«, herrschte Cindy Ackermann das Mädchen an. »Du verreitest ihn mir ja!«

Klara wurde bleich und sprang aus dem Sattel, kam zurück zur Bande und stellte sich mit hängenden Schultern neben Charlie. Ihr Kinn zitterte. Sie tat Anne leid. Warum ließen sich die Mädchen bloß von so einer arroganten Kuh runtermachen?

»Der ist wohl ziemlich schwierig«, flüsterte Charlie ihrer Freundin zu. »Dafür hast du es aber echt gut hinbekommen.«

»Na ja«, murmelte Klara. »Das ist eben ein Hochleistungspferd. Die müssen so elektrisch sein, damit sie auf dem Turnier auch ausdrucksvoll genug gehen.«

Cindy Ackermann schwang sich aufs Pferd. »Da gibt man diesen jungen Dingern so eine Chance, und dann zerren sie nur im Maul rum«, schimpfte sie vor sich hin, nahm die Zügel auf und straffte ihren Oberkörper. Sunlight ging erschrocken rückwärts, da holte sie mit beiden Beinen aus und stach mit den Sporen zu. Der Wallach machte einen Satz nach vorne. »Na also. Geht doch«, knurrte sie und zog dem Pferd den Kopf nach links, dann nach rechts und dann auf die Brust. So ließ sie den Wallach immer wieder für wenige Tritte zulegen und fing ihn dann wieder ab, bis er vor Schweiß glänzte.

»Ist das nicht Rollkur?«, flüsterte Charlie erschrocken.

Klara schüttelte den Kopf. »Quatsch«, sagte sie. »Das ist Low Deep Round.«

»Hä?« Charlie sah ihre Freundin verständnislos an.

»Das ist eine Art Gymnastik, die von der Weltreiter-Vereinigung offiziell erlaubt ist. Für zehn Minuten. Zum Lockern und Dehnen.«

»Und wo ist der Unterschied?«, fragte Charlie, doch sie bekam keine Antwort, denn in diesem Augenblick führte der Stallbursche eine Fuchsstute in die Halle.

Klara puffte Charlie gegen die Schulter. »Das ist dein Pferd. Samantha. Eine ganz Süße.«

»Der Typ sieht ja aus wie aus unserem Stallburschen-Kalender«, wisperte Charlie.

Klara kicherte. »Das ist Carlos. Der Haus- und Hof-Lakai. Sieht klasse aus, oder? Nur leider zu alt.«

Charlie grinste. »Der wäre was für meine Mutter.«

Anne schnappte nach Luft und ihr Gesicht wurde heiß.

»Los!« Klara gab Charlie einen Schubs.

Ihre Tochter ging in die Hallenmitte. Ihr Gesichtsausdruck war ziemlich jämmerlich. Carlos überreichte ihr die Zügel und grinste sie an. Irgendwie schmierig, dachte Anne. Sie kniff die Augen zusammen. Was spielte der bloß für eine Rolle bei dieser ganzen Sache?

Cindy Ackermann parierte direkt aus dem Trab zum Halten durch, sprang von dem Braunen und warf Carlos den Zügel zu. »Bring ihn weg! Und gib Feuerstern die Sedierungspaste, den reite ich in einer halben Stunde. Bring ihn mir gleich fertig in die Halle.« Dann wandte sie sich Charlie zu. »Jetzt die Neue!«

Warum wird ein Pferd zum Reiten sediert?, fragte sich Anne. Sie verstand diese ganze komische Pferdewelt nicht.

Die Ackermann musterte ihre Tochter von oben bis unten. Dann fragte sie: »Reiterfahrung?«

»Auf Schulpferden einmal die Woche, seit drei Jahren«, murmelte Charlie.

»Oh je. Eigentlich nehme ich nicht jeden. Aber wir probieren es mal. Weil Klara dich empfohlen hat. Also, hoch!«

Annes Zornpegel stieg. Was fiel der ein, ihre Tochter so zu behandeln?

Charlie schwang sich bei weitem nicht so elegant aufs Pferd wie Klara. Die Ackermann musste ordentlich am anderen Steigbügel gegenhalten, damit der Sattel nicht zur Seite rutschte und die zierliche Stute nicht aus dem Gleichgewicht kam. Charlies Gesicht war dunkelrot, als sie endlich oben saß.

»Anreiten!«

Charlie ritt los und ihr Gesicht entspannte sich. Sie schien sich wohlzufühlen.

»Ruhige Hände und tiefe Absätze hast du zumindest«, sagte Cindy Ackermann. Ein Lächeln trat auf Charlies Gesicht. Sie klopfte der Stute den Hals.

»Nicht loben, du verlierst deinen Sitz!«

Charlie richtete sich schnell wieder im Sattel auf.

»Antraben!«

Auch das klappte. Charlies Grinsen wurde immer breiter. Sie ritt alle möglichen Bahnfiguren und Kringel, Anne wurde ganz schwindelig vom Zuschauen.

Klara nickte ihr von der Bande aus zu und reckte den Daumen nach oben: »Top!«

»Für heute lassen wir es gut sein«, sagte Cindy. »Du kannst wiederkommen. Du hast Talent.« Dann hinkte sie aus der Halle und rief über die Schulter: »Klara, hilf ihr beim Absatteln.«

Charlie sprang vom Pferd und fiel der Stute um den Hals. Dann begann sie, mit beiden Füßen auf der Stelle zu trappeln und vor Freude zu quietschen. »Das ist ja der Wahnsinn!«, rief sie und umarmte Klara. »Das hat sich so krass angefühlt! Ich hätte nie gedacht, dass ich so reiten kann.«

»Hab ich dir doch gesagt«, lachte Klara. »Hammer Pferde sind das hier.«

Anne lächelte. Sie freute sich für Charlie. Sie ging zurück zu ihrem Auto. Jetzt würde sie noch eine viertel Stunde warten und dann so tun, als würde sie ihre Tochter nur abholen. Charlie sollte nicht erfahren, dass sie ihr hinterherspioniert hatte. Sonst wäre der nächste Streit vorprogrammiert.

22. Kapitel

Paul

Am Tag des Dressur-Derbys

Paul legte den Hörer wieder auf die Gabel, denn genau in dem Moment, als er die letzte Zahl ins Telefon getippt hatte, fuhr ein Pferdetransporter auf den Hof. Er stellte sich seitlich ans gekippte Fenster und verbarg sich hinter dem Vorhang. Ein Windhauch strich über seine nackte Haut. Das war der SUV von Cindy Ackermann. Und hinten im Transporter sah er einen schwarzen Pferdepo.

Sein Herz machte einen Sprung. Das war BN2. Sie brachten ihm den Klon zurück. Sah Cindy vielleicht doch ein, dass ihr Experiment nicht funktionierte?

»Du hast ihn viel zu eng gemacht, du weißt genau, dass er das nicht verträgt«, hörte er Cindys Maschinengewehr-Stimme aus dem offenen Seitenfenster. Da war wohl noch jemand im Auto. Sie hielt auf dem Hof an und stellte den Motor ab, doch niemand stieg aus.

»Er ist viel zu jung, *das* ist das Problem«, wehrte sich ein Mann. Das war die Stimme von Felix Reuther. »Wir haben ihn völlig überfordert. Ich mach da nicht mehr mit.«

»Ach was, sonst bist du doch auch nicht so zimperlich! Er hat alle Anlagen, die Black Night hat. Wenn du sie nicht he-

163

rausreiten kannst, bist du eben der falsche Mann für das Experiment.«

»Das Experiment, immer nur das Experiment.« Felix schrie jetzt. »Dein blödes Experiment funktioniert nicht. Ein Pferd ist doch mehr als nur die Summe seiner Gene!« So hatte Paul noch nie jemanden mit Cindy Ackermann reden hören. Der Mann gefiel ihm immer besser. »Jedes Pferd hat einen Charakter, ein eigenes Wesen. Wie gut es im Sport ist, hängt von tausend Faktoren ab. Von der Aufzucht, von seiner Leistungsbereitschaft, von seiner Ausbildung. Und was die angeht, bist du viel zu schnell vorgegangen. Ein Pferdekörper braucht Zeit, damit die Gelenke ausreifen, damit er genug Kraft aufbauen kann, um die Lektionen so auszuführen, dass er dabei keinen Schaden nimmt.«

Paul atmete auf. Dieser Bereiter war wirklich vernünftig.

»Aber das weißt du ja selbst ganz genau. Es ist dir nur egal, weil es dir immer nur ums Geld geht«, schimpfte Felix weiter. »Ein Pferd kann doch mit fünf Jahren noch keine S-Dressur laufen wie ein Achtjähriger. Ich hätte mich nie darauf einlassen sollen.«

»Ach so, jetzt bereust du alles, du Saubermann. Immerhin hat er bei *dir* aus dem Maul geblutet.«

»Du weißt genau, dass das schnell mal passieren kann.«

Cindy ging nicht auf seinen Einwand ein. »Aber das Geld willst du schon haben.« Die Ackermann nahm wieder Fahrt auf. Es hätte Paul auch gewundert, wenn sie sich so schnell hätte niederreden lassen.

164

»Das wird nicht lange reichen. Mein Ruf als Bereiter ist nach diesem zweiten Shitstorm jedenfalls endgültig ruiniert. Das habe ich nur dir zu verdanken. Seit dein Dreck an meiner Weste klebt, werde ich ihn nicht mehr los. Und wenn das ganze Experiment auffliegt, kann ich erst recht einpacken.«

»Warum sollte es auffliegen? Wir verstecken den Klon hier bei dem Trottel und machen genauso weiter wie bisher. Der echte Black Night wird wieder starten, alles wird sein wie immer, wir werden sagen, dass er unpässlich war.«

»Und das sollen die Leute glauben? Die erste Journalistin hat heute Morgen schon bei mir angerufen.«

»Welche Journalistin?« Die Stimme von Cindy Ackermann was eiskalt.

»Anita Cordoba vom *Ostseeblatt*.«

»Kenne ich nicht.«

»Sie hat gefragt, was mit Black Night los war.«

»Und was hast du gesagt?«

»Kein Kommentar. Aber dann hat sie noch gefragt, warum er plötzlich eine Flocke hat. Und ich habe ihre Nummer.«

»Was soll das heißen?«

»Dass ich das Doppelte will.«

»Das Doppelte? Nie im Leben!«

»Das ist ja wohl das Mindeste!«

»Ich mach dich fertig!« Cindys Stimme klang schrill.

»Überleg dir das gut«, sagte Felix. »Glaubst du, ich habe mich nicht abgesichert? Die Informationen über das Experiment liegen bei einem Notar und der hat die Anweisung, sie an die Presse weiterzugeben, falls mir etwas zustößt.« Er stieg aus dem Auto und schlug die Tür hinter sich zu. Er hatte sich einen Pulli statt des Turniersakkos angezogen, aber seine weiße Hose und die Stiefel hatte er noch an. Er sah auf die Uhr und ging um den Transporter herum. »Ich muss zurück.« Er öffnete die Klappe.

Paul zog sich trockene Kleider an und stieg die Treppe hinunter. Jetzt bloß nichts anmerken lassen. Er trat aus der Tür. »Was macht ihr denn hier?«

»Der Klon bleibt erstmal eine Zeitlang bei dir«, sagte Cindy Ackermann aus dem Auto heraus, ohne den Blick von der Windschutzscheibe abzuwenden.

»Warum?«

»Geht dich nichts an.«

Sie hatte nicht mal so viel Anstand, auszusteigen. Sie sah ihn auch nicht an. Trottel hatte sie ihn genannt. Ein kühles Lächeln spielte um Pauls Mundwinkel. Diesmal blieb er aufrecht stehen.

Felix führte den Klon die Rampe hinunter. BN2 tastete sich mit kurzen, nervösen Schritten rückwärts. Es wirkte gehetzt und Paul sah das Weiß seiner Augäpfel. Sobald der Rappe auf ebenem Boden stand, drehte er den Kopf in seine Richtung und brummelte.

Er erkennt mich, dachte Paul und spürte ein warmes Ziehen im Bauch. »Ich mach das schon.« Er nahm Felix den Strick aus der Hand und strich dem Tier über den Hals. Als er ihn in den Stall führte, murmelte er: »Denen werden wir es zeigen. Ich werde nicht zulassen, dass die Ackermann dich wieder holt. Das verspreche ich dir.« Er warf BN2 eine Portion frisches Heu in die Box.

Als er wieder aus dem Stall trat, war das Auto verschwunden. Er atmete auf und setzte sich auf die blaue Hausbank. Rinco kuschelte sich an seine Beine. Paul lebte in vierter Generation auf diesem Fachwerk-Gehöft und war außer den paar Jahren bei *GenDouble* noch nie wirklich weg gewesen. Er brauchte keine Urlaube. Er brauchte nur eine Heimat. Seine Heimat.

Seine Ex-Frau hatte das nie verstanden. Sie wollte ständig in exotische Länder fliegen und Abenteuer erleben. Je weiter weg, desto besser. Aber er hatte überhaupt kein Bedürfnis danach, anstrengende Reisen zu unternehmen, an viel zu heißen Stränden herumzuliegen und sich zu langweilen, schlecht zu schlafen oder ekliges Essen herunterzuwürgen.

Genau dieses Leben hier, in seinem Haus und mit seinen Pferden, mitten in der Mecklenburgischen Schweiz, das war es, was er wollte. Er war hier zufrieden. Warum also sollte er einen Haufen Geld ausgeben, um Dinge zu tun, die ihm unangenehm waren? Aber das hatte sie nie akzeptiert. Ihre Unzufriedenheit hatte sie rastlos gemacht. Vielleicht war es besser, dass sie weg war. Eigentlich hatten sie gar nicht wirklich zusammengepasst. Aber das begriff man eben manchmal viel zu spät.

Er blickte über die Pferdeweide hinunter bis zum Fluss und beobachtete zwei Reiher, die in der Wiese herumstakten. Ein Reh kam mit seinen beiden Kitzen aus dem Gebüsch, witterte und wagte sich dann mit zaghaften Schritten hinaus auf die

Weide. Paul lächelte. Im Juni wurde es erst gegen elf Uhr dunkel und um vier Uhr begannen die Vögel wieder zu zwitschern. Es war die Zeit der kurzen Nächte und der langen Gedanken.

Nein, er würde sich das alles nicht nehmen lassen. Und schon gar nicht von so einer.

23. Kapitel

Anne

»Ich stehe mit dem Auto vorne an der Straße«, sagte Anne in ihr Handy. »Kommst du?«

»Was machst du hier?«

»Dich abholen.«

»Ich kann doch mit Klara ...«

»Komm jetzt. Ich erkläre es dir dann.«

Charlie schnaufte genervt. »Na gut.«

Kurz darauf kam sie die Straße entlang. So ein Strahlen hatte Anne schon lange nicht mehr auf ihrem Gesicht gesehen. Sie öffnete die Autotür und ließ sich auf den Beifahrersitz fallen. Ihre neuen Reitsachen waren voller Flecken und sie roch durchdringend nach Pferd und Schweiß. Anne dachte an die Rechnung für die Klamotten, die höher gewesen war, als das Geld für drei Monate Exklusiv-Reitunterricht. Aber sie wollte ja nicht knausern. Sie ließ den Motor an und fuhr los.

»Ich habe Neuigkeiten«, sprudelte es aus Charlie heraus. »Stell dir vor, Carlos ist der Liebhaber von Cindy. Nicht Felix. Also war er nicht, er ist ja tot. Ach, du weißt schon.«

»Was?«, fragte Anne. »Woher weißt du das?«

»Ich habe die beiden gesehen. Sie haben hinter den Ställen rumgeknutscht. Kein Zweifel.« Charlie grinste. »Ziemlich heiß sogar, der Typ ist nicht ohne, ein südländisches Sahneschnittchen. Der würde dir gefallen.«

169

Anne stieg nicht auf das Thema ein, sondern fragte nur: »Und woher weißt du, dass Felix nicht auch ihr Liebhaber war?«

Charlie stutzte. »Meinst du, sie ist so krass drauf?«

Anne zuckte die Schultern. »Du weißt es also nicht sicher?«

»Nein, Frau Kommissarin«, grinste Charlie. »Mein normaler Menschenverstand sagt mir, dass man nur einen Liebhaber neben seinem Ehemann hat.«

Anne lachte. »Vom normalen Menschenverstand darf man als gute Polizistin nie ausgehen. Schon gar nicht, wenn es um Mord geht.«

Charlie horchte auf. »Mord?«

»Ja, der Bereiter wurde umgebracht. Erst mit einem Schlag bewusstlos gemacht, dann mit einem Betäubungsmittel für Pferde vollends ausgeknockt, und schließlich in den Peene-Sümpfen versenkt.«

Charlie starrte ihre Mutter mit offenem Mund an. »Wow«, wisperte sie. »Das ist ja wie in einem Krimi. Und du glaubst wirklich, es war Cindy?«

»Keine Ahnung. Das müssen wir jetzt herausfinden.«

»Du hast wir gesagt«, stelle Charlie fest und reckte den Daumen ihrer rechten Hand nach oben. »Dann verdienst du auch weitere Informationen.« Sie grinste. »Also. Carlos ist Kater Carlo, der immer die Ackermann-Pferde filmt. Er hat das Video von dem verpatzten Ritt am Sonntag hochgeladen und dann wieder gelöscht.«

»Und wie hast du das schon wieder herausgefunden?«

170

Charlie grinste. »Kommissarinnen-Gene. Ich hab Klara unauffällig gefragt, wer eigentlich die Turnierstarts filmt und sie
ins Internet stellt. Ich hab gesagt, dass die immer so verwackelt
sind und ich es bestimmt besser könnte. Vielleicht bekomme
ich dann auch kostenlos Unterricht, wenn ich für die Ackermann arbeite.«

»Bitte was?«

»Wär doch super.«

»Also Charlie, weißt du ...«

Aber ihre Tochter hörte ihr gar nicht mehr zu. »Und jetzt
kommt's: Der Doppelgänger von Black Night ist weg. Auf dem
Weg zur Sattelkammer sind wir an seiner Box vorbeigegangen.
Sie war leer. Ich hab Klara gefragt, ob das Pferd auf der Koppel ist, aber auf Gestüt Ackermann gibt es gar keine Koppeln.
Das ist nämlich viel zu gefährlich. Stell dir nur mal vor, was
los ist, wenn sich so ein Dressurpferd verletzt. Weißt du, was
die wert sind?«

Anne schüttelte den Kopf.

»Jedenfalls hat Klara gesagt, dass das Pferd vielleicht verkauft wurde. Da ist immer sehr viel Wechsel. Ausbildungspfer-
de, Verkaufspferde, die kommen und gehen.«

Anne nickte. Sie hatten das mysteriöse Pferd also verschwinden lassen. Irgendwas musste es mit dem Mord an Felix
Reuther zu tun haben.

»Weißt du, was Klara noch gesagt hat? Wer sich richtig
reinhängt und talentiert genug ist, darf auch auf Turnieren starten und manchmal sogar Black Night reiten. Der geht jetzt

171

auch im Reitunterricht mit, aber nur für ganz spezielle Talente. Kostet halt ein bisschen mehr. Wow, ich würde alles dafür bezahlen, den mal reiten zu dürfen«, sagte Charlie.

Anne war sich sicher, dass der Täter im Umfeld des Gestüts zu suchen war. Diesen Carlos musste sie sich unbedingt näher ansehen. Charlie durfte auf keinen Fall mehr dort hin. Sie konnte ihre Tochter doch nicht auf einem Hof reiten lassen, auf dem sich ein Mörder herumtrieb.

»Und, was sagst du?« Charlie sah sie mit original Bernhardiner-Augen an.

»Vielen Dank für Deine Hilfe«, antwortete Anne. »Das sind echt wichtige Infos.« Das Mädchen strahlte. »Aber ich hab kein gutes Gefühl dabei, wenn du auf dem Gestüt unterwegs bist. Da treibt ein Mörder sein Unwesen. Deshalb habe ich dich auch abgeholt. Du kannst nicht mehr ...«

»Das kannst du jetzt echt nicht bringen!« Charlies Gesicht entgleiste. »Der Unterricht war sooo super. Und er ist schon für die ganzen Ferien im Voraus bezahlt ... Da lerne ich in einer Stunde so viel, wie vorher in drei Jahren nicht. Samantha ging von Anfang an am Zügel. Das ist bei den Ponys in Lüdow ganz anders. Da ist es das Stundenziel, dass sie überhaupt mal im Genick nachgeben. Weiter bin ich mit denen bisher nicht gekommen. Aber hier, nur eine mini Schenkelhilfe und eine kleine Gewichtsverlagerung, und die Pferde reagieren. Ich konnte sofort Schenkelweichen und Vorhandwendungen reiten, Schlangenlinien, Volten ... Und das mit so wenig Aufwand, dass ich mich die ganze Zeit auf meinen Sitz konzentrieren konnte. Ich habe immer davon geträumt, ein Pferd so fein reiten zu können, ganz ohne Kraftaufwand. Das ist ein total anderes Gefühl als auf den Ponys. So gut habe ich mich noch nie auf einem Pferd gefühlt. Und Cindy hat gesagt, ich habe Talent. Wenn ich regelmäßig bei ihr trainiere, darf ich vielleicht sogar auf Turnieren starten.« Ihre Stimme wurde immer lauter. »Vielleicht darf ich irgendwann sogar mal Black Night reiten. Weißt du, was das für mich bedeutet?«

»Die Ackermann kann aber manchmal ganz schön fies sein, oder?«, fragte Anne.

Charlie zuckte die Schultern. »Das darf man nicht persönlich nehmen. Das ist eben Leistungssport.«

Na bravo, dachte Anne. Worauf hatte sie sich da bloß eingelassen? Und wie sollte sie den Karren, den sie in den Dreck gefahren hatte, wieder herausziehen? »Und wenn wir sagen, du bist krank und holst die Stunden später nach? Wenn der Fall gelöst ist?«, schlug sie vor.

»Du bist so gemein!«, schrie Charlie. »Halt an!«

»Blödsinn, wir sind doch gleich zuhause.«

»Ich will hier raus!« Charlie machte sich an der Tür zu schaffen und Anne trat auf die Bremse.

»Spinnst du?«

Charlie öffnete die Tür, sprang aus dem Auto und ging die Straße entlang. Sie waren am Ortseingang von Lüdow.

Anne stieg ebenfalls aus und lief ihr hinterher. »Komm zurück ins Auto. Ich bin deine Mutter. Ich kann doch nicht zulassen, dass du in Gefahr gerätst.«

»Eine gute Mutter würde ihrer Tochter so eine Chance nicht versauen. Lass mich in Ruhe. Ich gehe zu Fuß nach Hause. Und ich will zurück zu Papa.«

Anne blieb stehen. Sie ging zurück zum Auto, stieg ein und fuhr im Schritttempo an Charlie vorbei. »Steig ein!«

»Verpiss dich!«

Anne stieg aufs Gas. Jetzt reichte es ihr. Es waren eh nur noch ein paar hundert Meter bis nach Hause.

Anne nahm eine Tafel Schokolade aus dem Küchenschrank, ging in ihr Schlafzimmer und setzte sich auf ihr Bett. Sie holte das Fotoalbum mit den Babyfotos heraus und Tränen liefen über ihr Gesicht. Charlie war früher so süß gewesen. Wo war ihr lachendes Kind hinverschwunden? Charlie hatte immer den Kopf in den Nacken gelegt und gekichert, bis sie alle Leute damit angesteckt hatte.

Anne hörte, wie die Haustür klapperte und Charlie durch den Flur stampfte. Sie wünschte sich, dass sie zu ihr ins Zimmer käme, dass sie noch einmal miteinander reden und nicht den Streit mit in den Schlaf nehmen würden. Aber sie hörte die Tür zu Charlies Zimmer zufallen.

Manchmal fehlte es ihr, dass Charlie nachts zu ihr ins Bett gekrochen kam. Oder morgens, kurz vor dem Aufstehen, wenn die Temperatur unter der Bettdecke perfekt war und es so lecker nach Zuhause roch. Wenn sich dann noch der Duft ihres warmen, schlafenden Kindes dazu mischte, war das für Anne der Inbegriff von Geborgenheit. Dann hatte sie das Gefühl, sie könnte alle Herausforderungen des Lebens meistern. Aber diese Zeiten waren vorbei. Je mehr sie versuchte, ihre Tochter festzuhalten, desto fester trat Charlie nach ihr, um loszukommen. Anne wusste das.

Sie steckte sich noch ein Stück Schokolade in den Mund. Das mit Bernd war eigentlich keine schlechte Idee. Nur für die Pfingstferien natürlich. Aber wenn Charlie dann wirklich nicht mehr zurückkäme? Sie schüttelte den Kopf. Das konnte sie sich nicht vorstellen.

Anne strich über ein Foto. Vielleicht musste sie Charlie auch einfach nur ziehen lassen, damit sie freiwillig zu ihr und in ihr neues Leben zurückkehrte? Sie seufzte, packte das Fotoalbum weg und schaltete den Fernseher ein. Eine Schmonzette. Das war jetzt genau das Richtige für ihre Stimmung.

Und morgen würde sie sich diesen Carlos vornehmen und Jobst Ackermann befragen. Als betrogener Ehemann hätte er ein Motiv. Genau genommen das einzige Motiv, das sie bisher hatte erkennen können.

24. Kapitel

Paul

1 Tag nach dem Dressur-Derby

Wenn er aus dem Experiment aussteigen und trotzdem seinen Hof behalten wollte, brauchte er mehr Geld. Viel mehr. Paul lief mit Rinco durch den Wald und sah dabei vor sich auf den Boden. Die Steine und Grasbüschel ergaben Muster, die sich in der Bewegung ständig veränderten. Die einen nannten so etwas meditativ. Er nannte es, den Kopf freibekommen.

Das Versprechen, das er BN2 gegeben hatte, war ernst gemeint. Nach allem, was passiert war, fühlte er eine tiefe Verbundenheit zu dem Rappen. Ob das daran lag, dass er ihn erschaffen hatte? Eher nicht, denn er hatte auch die anderen Klone kreiert, die auf seinem Hof lebten, aber zu keinem hatte er eine so starke Bindung wie zu diesem Pferd.

Schon beim Zähneputzen hatte er sich heute gefreut, in den Stall zu gehen. Und jetzt sinnierte er darüber nach, was er in nächster Zeit alles mit ihm unternehmen könnte. Spaziergänge, Ausritte, Bodenarbeit ... Das Wichtigste war, dass das Pferd wieder Vertrauen zu Menschen fasste.

Rinco brach mit lautem Krachen durchs Unterholz und bellte los. »Hierher!«, rief ihn Paul zurück. Was hatte der Hund nur? Waren Rehe oder Wildschweine unterwegs? Vorsichtshalber nahm er ihn an die Leine.

176

Wie sollte er also an Geld kommen? Eine Zeitlang würde der letzte Scheck noch reichen, den ihm die Ackermann ausgehändigt hatte. In der Zwischenzeit könnte er eine kleine Pferdepension eröffnen oder Fohlen zur Aufzucht nehmen. Platz hatte er ja. Er spürte ein Kribbeln im Bauch und holte beim Gehen weiter aus. So einen Tatendrang hatte er seit Jahren nicht mehr gespürt. Genau genommen seit dem Tag nicht mehr, an dem seine Frau ihn verlassen hatte.

Damals hatte er seinen besten Freund angerufen, um sich bei ihm auszuheulen. Dabei erfuhr er, dass das ganze Dorf über ihre Affäre Bescheid wusste. Und das schon seit längerer Zeit. Was für eine Demütigung. Nicht einmal sein Freund hatte ihn informiert. Was für ein scheiß bester Freund war denn das? Er wollte sich nicht einmischen, hatte er sich gerechtfertigt. Nicht seine Ehe zerstören. Ha! Die Ehe hatte sich dann ja von ganz alleine aufgelöst, aber die feinen Dorfbewohner hatten zusätzlich noch dafür gesorgt, dass er niemandem mehr vertrauen konnte. Er konnte ihre mitleidigen Blicke nicht ertragen und mied das Dorf seitdem. Diese Heuchler.

Jetzt schreckte ihn die Vorstellung, ständig mit Kunden und Einstellern zu tun zu haben, die sich auf seinem Hof aufhielten, plötzlich gar nicht mehr so sehr. Die Frage, die ihn viel stärker beschäftigte war, ob er ein Leben ohne Forschung aushalten würde. Er seufzte. Aber damit war es wohl sowieso vorbei, egal wie die Sache ausgehen würde.

Als er am Grab der Baronin und ihrem Pferd vorbeikam, fiel ihm etwas ein. Sein Großvater hatte einmal gesagt, dass

177

Tiere eine Aufgabe auf der Welt haben. Nämlich die, ihren Menschen etwas zu zeigen. Ihnen weiterzuhelfen, indem sie die ureigensten Muster, Schwächen und Ängste ihrer Besitzer offenbaren. Manchmal hatte man ja so ein Herzenstier, mit dem man tiefer verbunden war, als mit allen anderen. »So ein Pferd hast nicht du dir ausgesucht«, hatte Großvater gesagt, »sondern es hat dich ausgesucht. Es ist hier, um dir etwas über dich selbst beizubringen.«

Paul hatte das damals für Spinnerei gehalten, doch jetzt waren ihm die Worte seines Opas wieder eingefallen und berührten ihn irgendwo tief drinnen. Sie gingen ihm nicht mehr aus dem Kopf. Was wollte BN2 ihm zeigen? Was hatte das Pferd mit ihm gemacht?

Paul stolperte über eine Wurzel, fing sich aber wieder. Genau, das war's. Durch den Klon hatte er endlich den Mut gefunden, sich gegen die Ackermann aufzulehnen. Und ja, gerade holte das Pferd ihn zurück ins Leben. Paul war wieder bereit, mit anderen Menschen zu tun zu haben.

Er hatte schon viel zu lange still ausgeharrt. Wer weiß, was Cindy Ackermann mit ihm vorhatte, wenn ihr Experiment aufflog. Was Felix Reuther gestern über die Journalistin erzählt hatte, die der ganzen Sache auf der Spur war, beunruhigte ihn. Er musste sich rechtzeitig auf die richtige Seite schlagen, bevor das Experiment aufflog. War es besser, die Presse zu informieren oder die Polizei einzuschalten?

Rinco zerrte an der Leine. Paul war schon fast wieder zuhause angekommen. Er musste nur noch an der schmalen Stelle über die Peene springen und dann die Weide bis zu seinem Hof hochgehen. Er machte Rinco los, der wie ein Torpedo den Hügel hinaufschoss.

Paul hörte Schritte. Wer war das? Er verbarg sich hinter einem dicken Baumstamm. Es war schon dämmerig, und die Frau, die da anspaziert kam, sah ihn nicht. Sie war völlig in ihren Gedanken versunken und blickte auf den Weg vor sich.

Mist, er war auf einen Ast getreten, der laut knackte. Die Frau schreckte zusammen und sah sich um. Paul machte sich stocksteif, um hinter dem Baumstamm keine Geräusche mehr zu verursachen. Er würde ja dastehen wie ein Triebtäter, wenn sie ihn in seinem Versteck entdeckte. Dabei war er nur automatisch seinem alten Impuls gefolgt und hatte sich vor einer Begegnung mit anderen Menschen gedrückt.

Ein Reh sprang durchs Unterholz. Offensichtlich dachte die Frau, das Tier hätte das Geräusch verursacht, denn sie entspannte sich wieder.

Er bereute seine Kurzschlusshandlung. Sie sah richtig gut aus. Vielleicht wäre es sogar nett gewesen, sich kurz mit ihr zu unterhalten? Sie hatte ein sympathisches Gesicht, soweit er das in der Dämmerung erkennen konnte, und lange, stufig geschnittene Locken. Sie trug eine enge Jeans und Cowboystiefel. Er schätzte sie auf Anfang vierzig. Vielleicht sogar Ende dreißig. Eine Abgesandte aus seiner Jugendzeit. Er grinste. Die wilden Achtzigerjahre.

Schade, dass Rinco schon nach Hause gelaufen war. Der Hund hätte ihm ein Alibi geben können, warum er hier im dunklen Wald herumlief. Außerdem waren Hunde immer ein guter Grund, ins Gespräch zu kommen. Aber wenn er jetzt allein hinter seinem Baum hervorkäme, würde er sie zu Tode erschrecken.

Sie betrachtete den Weidezaun und stieg in seine Pferdekoppel ein. Ganz schön dreist, dachte er. Die Frau hatte Mut. Irgendwie kam sie ihm bekannt vor.

Jetzt fiel es ihm wieder ein. Er hatte sie gestern kurz durch ein Fenster gesehen, als er mit Rinco spazieren war. Nachdem er lange auf seiner Hausbank gesessen war, hatte ihn spät noch das Bedürfnis überkommen, zu laufen. Am anderen Waldrand war Rinco plötzlich in die Dunkelheit davongestürmt und hatte wie irrsinnig gebellt. Als er ihn gesucht hatte, war er an diesem Haus vorbei gekommen, in dem Mutter und Tochter in einer hell erleuchteten Küche am Tisch saßen und redeten. Das war ein schönes Bild gewesen und ihn hatte wieder die schmerzhafte Sehnsucht nach einer Familie gepackt. Sie war also auch eine Waldläuferin. Es gab tatsächlich noch jemanden, der alleine hier draußen herumstromerte.

Mist! Er hatte sich etwas zu weit nach links gelehnt, verlor das Gleichgewicht und taumelte gegen einen Busch, der raschelte. Bestimmt hatte sie ihn gehört. Nichts wie weg hier. Er duckte sich und huschte durchs Unterholz davon.

25. Kapitel

Der Mann

Am Tag des Dressur-Derbys

»Ich will aus dem Experiment aussteigen«, sagte Felix Reuther. Er stand dem Mann auf der Stallgasse gegenüber. »Das hat doch alles keinen Sinn. Ein Klon wird niemals genau so sein wie sein Vorbild.« Er schüttelte den Kopf. »Und ich werde sicher nicht noch einmal mit Cindy untergehen. Dafür habe ich nach dem letzten Skandal zu lange daran gearbeitet, meinen Ruf wieder herzustellen.«

Felix hatte noch immer seine Turnierhose und die Stiefel an, fiel dem Mann auf. Er war still, wartete einfach ab. Damit hätte er nicht gerechnet. Dass ausgerechnet Felix das schwächste Glied in der Kette war. Er war so besessen davon, erfolgreich zu sein und im Rampenlicht zu stehen. Der Mann hätte gedacht, dass er alles dafür tun würde. Aber offensichtlich hatte er sich in ihm getäuscht.

»Ich habe vorhin mit Cindy gestritten und ihr gesagt, dass ich doppelt so viel Geld will«, redete Felix weiter. »Dann verschwinde ich und halte dicht.«

Merkte er denn nicht, dass er sich gerade um Kopf und Kragen redete? Aussteigen! Pah! Als ob das so einfach wäre. Er war sich wohl nicht im Klaren darüber, um wie viel Geld es hier ging und zu was die Männer von *GenDouble* alles fähig waren.

»Willst du mitmachen?«, fragte Felix. Der Idiot hatte noch immer nicht verstanden, wer hier wirklich die Strippen zog. »Steigst du mit mir aus? Dann teilen wir uns das ganze Geld.« Er machte eine kurze Pause, aber weil der Mann ihm immer noch nicht antwortete und ihn nur mit ausdrucksloser Miene anschaute, versuchte er ihn weiter zu überzeugen. »Du wirst sehen, die Ackermann gibt nach. Wenn ich das Geld nicht bekomme, informiere ich die Presse. Dann fliegt alles auf.«

Was? Die Beine des Mannes fühlten sich plötzlich kalt an und der Schreck kroch an ihnen hinauf wie eine Lähmung. Felix wollte das Experiment auffliegen lassen? Was war denn mit dem los? Dann würde herauskommen, dass *er* hinter allem steckte. Das durfte nicht passieren.

»Ich habe die Informationen bei ...«

Der Mann fuhr herum, griff nach der Mistschaufel, riss sie mit aller Kraft hoch und ließ sie auf den Kopf des Bereiters knallen. Felix starrte ihn verwundert an, eine Sekunde, zwei Sekunden lang, öffnete den Mund, als wollte er etwas fragen. Dann verdrehte er die Augen nach oben, so dass er das Weiß darin sah, und brach in die Knie. Er versuchte, wieder hochzukommen. Der war vielleicht zäh. Der Mann griff zu der Spritze, die für die Sedierung eines Pferdes bereit lag, setzte Felix Reuther ein Knie auf die Brust, stach in seine Halsvene und injizierte ihm das gesamte Betäubungsmittel. Endlich wurde Felix' Körper schlaff. Wurde ja auch Zeit. Der Mann strich sich über die Stirn, stand wieder auf und blickte auf den bewusstlosen Reiter hinab.

Was nun? Die Gedanken ratterten durch seinen Kopf wie bei einem Spielautomaten, einem einarmigen Banditen, der nicht mehr stehen bleibt. Er konnte einfach keine vernünftige Lösung zu fassen bekommen.

Die Stalltür ging auf. Er fuhr herum. Verdammt.

»Was ist hier los?« Cindy Ackermann stand auf der Stallgasse wie versteinert. Dann rannte sie zu Felix und beugte sich zu ihm hinunter. »Was hast du getan?«, schrie sie den Mann an. »Ist er tot?«

Der Schrei riss ihn aus seiner Starre. Auch er kniete sich neben Felix auf den Boden und fühlte seinen Puls. Er schüttelte den Kopf. Da war kein Herzschlag mehr. »Er wollte aus dem Experiment aussteigen, alles auffliegen lassen, dich erpressen und die Presse informieren. Daran musste ich ihn doch hindern.«

»Aber du hättest ihn doch nicht gleich umbringen müssen.« Cindy Ackermann kaute auf ihrer Backe herum. »Er hat die Informationen über das Experiment bei seinem Notat deponiert und der gibt sie an die Presse weiter, wenn ihm etwas zustößt. Du Vollidiot!«

»Ach was, der hat doch nur geblufft.«

»Keine Ahnung. Aber Felix ist nicht dumm.«

Da hatte sie leider recht. Außerdem kannte er Cindy und wusste, zu was sie fähig war. An Felix' Stelle hätte er sich auch abgesichert. Verdammt, wenn er das doch nur gewusst hätte.

Cindy warf ihm einen kalten Blick zu. »Los, wir müssen ihn wegschaffen, bevor jemand kommt. Keiner darf die Leiche finden. Hol dein Auto und fahr rückwärts an die Stalltür ran.«

Der Mann nickte. Die Ackermann war wirklich ein kalter Knochen. Andere Frauen würden in einer solchen Situation zusammenbrechen. Und sie organisierte nur kaltblütig das Verschwinden der Leiche. Mehr noch, der Leiche ihres Ex-Lovers.

Trotzdem. Auch sie hatte nicht begriffen, dass *er* der eigentliche Drahtzieher war. Sie hielt ihn immer noch für ihren dienstbeflissenen, kleinen Helfer. Er ging zu seinem Auto und zog den Schlüssel aus der Tasche.

Es war gar nicht schwer gewesen, dafür zu sorgen, dass Cindy Ackermann das Klon-Experiment für ihr eigenes Projekt hielt. Er hatte sie nur auf die Idee gebracht und ihr die nötigen Mittel zur Verfügung gestellt. Das dachte sie jedenfalls. Welch ausgeklügelter Plan und was für mächtige Leute tatsächlich dahintersteckten, ahnte sie nicht.

Seine Idee war einfach genial gewesen. Wenn das Pferd nur auf dem Dressur-Derby nicht ausgetickt wäre. Bei der Erinnerung an den verpatzten Auftritt zog er die Augenbrauen zusammen. Blöder Bock. Genauso stur wie seine Genvorlage.

Er fuhr den schwarzen Pick-up mit der Ladefläche rückwärts an die Stalltür und öffnete die Klappe. Dann schleifte er zusammen mit Cindy die Leiche von Felix Reuther über die Stallgasse. Sie hievten den leblosen Körper ins Auto.

»Und jetzt?«, fragte Cindy. »Er muss weg. So lange er nicht als tot gilt, gehen auch keine Informationen an die Presse.«

»Ich versenke ihn im Polder. Da findet ihn keiner«, sagte der Mann. Danach würde er verschwinden. Und wenn die Leiche eines Tages auftauchen würde, wäre er weit weg.

26. Kapitel

Anne

Das Atelier von Jobst Ackermann lag im ausgebauten Dachgeschoss des Gutshauses. Erste Sahne, dachte Anne. Sie konnte gut verstehen, dass er sich lieber hier oben aufhielt, als sich draußen mit Cindy und dem Pferdemist herumzuschlagen. Er war schlaksig und stand gebeugt zwischen seinen Staffeleien.

»Wann haben Sie Felix Reuther zuletzt gesehen?«, fragte Anne und sah aus dem Fenster über den Wald. Toller Blick.

Er zuckte die Schultern. »Felix Reuther? Ich weiß gar nicht, wer das ist.«

Anne zog die Augenbrauen hoch. »Das ist der Bereiter Ihrer Pferde.«

»Ach so. Die Pferde gehören mir nur auf dem Papier. Meine Frau kümmert sich um das Gestüt, mit denen habe ich gar nichts zu tun. Dazu müssen Sie Cindy befragen.«

»Es geht hier aber um Herrn Reuther. Und dummerweise wurde er ermordet.«

Jobst Ackermann wiegte den Kopf hin und her. »Ach der. Warum haben Sie das nicht gleich gesagt? Ja, davon habe ich gehört. Tragische Sache.«

»Ungünstigerweise haben Sie ein Motiv.«

»Ich?« Jobst Ackermann straffte die Schultern und Anne sah, wie groß er eigentlich war. »Und welches soll das sein? Ich kenne die Angestellten meiner Frau doch gar nicht.«

»Na ja, er war nicht nur ein Angestellter ...«

Jobst Ackermann lächelte dünn. »Ach so.«

»Genau. Also?«

Er seufzte. »War er einer der Günstlinge meiner Frau?«

Anne hustete. »Einer der was?«

»Na ja, einer ihrer Hausfreunde eben.«

»Meinen sie Liebhaber?«

»Ja.« Er wurde rot. »Aber diesen Felix Reuther kenne ich wirklich nicht.«

»Aber sie wussten von Cindys Affären?«

Jobst Ackermann zuckte die Schultern.

»Und das hat sie nicht gestört?«

»Ach wissen Sie, unsere Ehe hat nur noch auf dem Papier existiert.«

Anne zog die Augenbrauen hoch. »So wie auch die Pferde nur auf dem Papier Ihnen gehören?«

Er zuckte die Schultern.

»Unsere äh ... Liebe war nicht von Dauer. Darf ich ganz ehrlich sein? Cindy will das Gestüt haben und ich brauche jemanden, der es führt.«

Anne nickte. Es hätte sie auch gewundert, wenn dieser verklemmte Typ irgendetwas mit der Ackermann hätte anfangen können und umgekehrt. Trotzdem kam er ihr bei weitem nicht so berechnend vor wie seine Ehefrau. »Aber das war doch sicher nicht immer so? Ich meine, man heiratet ja nicht nur aus geschäftlichem Interesse? Sie hätten Cindy doch auch einfach als Gestütsleiterin anstellen können.«

Jobst Ackermann sah aus dem Fenster. »Sie war früher anders. Bevor ...«

»Bevor was?«

Er sah Anne an und seine Augen waren dunkel und traurig. »Bevor sie unser Kind verloren hat.«

»Oh, das tut mir leid.«

»Ich habe ihr gesagt, dass sie nicht schwanger reiten soll, aber sie hat es trotzdem getan. Dann ist sie schwer gestürzt. Sie war im fünften Monat.« Er brach ab und sah wieder aus dem Fenster. »Als sie aus dem Krankenhaus zurückkam, war sie ein anderer Mensch. Unsere Ehe hat das nicht verkraftet.«

»Das tut mir wirklich leid«, wiederholte Anne. Was sollte sie auch anderes sagen?

»Schon gut. Ist lange her.«

»Herr Ackermann, ich muss Sie das jetzt fragen. Nur der Vollständigkeit halber. Wo waren Sie am Sonntagnachmittag?«

»Auf einer Vernissage in Lelkendorf. Das können etwa fünfzig Gäste bezeugen. Hier ...« Er zog sein Handy heraus, tippte darauf herum und hielt es Anne unter die Nase. »Das ist die Nummer des Veranstalters.«

Anne notierte sich die Nummer. »Dann war's das schon. Vielen Dank.«

Sie stieg die Treppe hinunter und setzte innerlich einen Haken hinter seinen Namen. Die Ackermann war also nicht immer so gewesen. Kein Mensch kam so auf die Welt. Das hatte sie in ihrem Beruf gelernt. Sie blinzelte in die Sonne, als sie wieder auf dem Gutshof stand.

»Das war doch keine Volte, das war ein Ei!«, schrillte die Stimme von Cindy Ackermann aus der Reithalle. »Jetzt setz dich mal am inneren Schenkel durch, stich ihn mit den Sporen an, dafür hast du die Dinger schließlich. Außen gegenhalten! Nochmal!« Und das sollte Spaß machen? Anne schüttelte den Kopf. Die armen Viecher.

»Angaloppieren! Nein, das musst du besser vorbereiten. Lass ihn nicht so reinlaufen. Aufwärtsparade! Und Bein! Jetzt hau ihm halt mal eine drauf, wenn er nicht reagiert.«

Anne hatte gedacht, dass das Schöne am Reiten der Umgang mit dem Pferd sei. Sich um ein Tier zu kümmern, mit ihm gemeinsam etwas zu erleben, durch die Natur zu streifen. Softskills eben. Da war sie wohl ziemlich naiv gewesen.

»Charlie, jetzt reiß dich doch mal zusammen! Du musst dich durchsetzen, sonst hat er gewonnen.«

Anne erstarrte. Charlie? Sie ging zur Reithalle und lugte durch den Torspalt. Tatsächlich. Sie sah ihre Tochter mit rotem Kopf auf einem schwarzen Pferd sitzen. Der Schweiß lief unter dem Helm hervor und an ihren Wangen entlang. Das neue Polo-Shirt klebte an ihrem Rücken. Anne schnappte nach Luft. Das war ja wohl die Höhe! Sie hatte ihr doch ausdrücklich verboten, hierher zu kommen.

»Das darfst du Black Night nicht durchgehen lassen«, schrie Cindy Ackermann weiter.

Was? Black Night? Anne schnappte nach Luft. Ihre Tochter ritt dieses Pferd, das der Ackermann die Hüfte gebrochen hatte? Ihr wurde schwindelig.

»Zügel mehr aufnehmen, angaloppieren!«, kommandierte Cindy. Sie hielt eine Gerte in der Hand, mit der sie auf ihren Stiefel klopfte. »Sonst mache ich euch Beine.«

Anne stellte erleichtert fest, dass der Rappe gar nicht wild war, sondern völlig fertig und verschwitzt. Seine Augen waren in sich gekehrt. Sie kannte sich nicht mit Reitsport aus, aber dass es diesem Tier nicht gut ging, sah sogar sie.

Am liebsten würde Anne in die Halle marschieren, ihre Tochter vom Pferd zerren und beiden, Charlie und der Ackermann, je eine schallende Ohrfeige verpassen. Was fiel Charlie ein, heimlich ins Gestüt zu fahren? Und was nahm sich die Ackermann heraus, ihre Tochter so runterzumachen?

Sie presste die Zähne aufeinander und atmete tief durch. Ruhig bleiben. Das Wichtigste war, dass Charlie auf diesem schwarzen Teufel nichts passierte. Und am zweitwichtigsten, dass Cindy nicht merkte, dass sie, die Kommissarin, Charlies Mutter war. Das würde ihre Tochter womöglich erst recht in Gefahr bringen.

»*Hola*, schöne Frau, kann ich Ihnen helfen?«

Sie fuhr zusammen, drehte sich um und sah in zwei große, dunkelbraune Augen mit den längsten Wimpern, die ihr je untergekommen waren. Carlos.

»Äh ...«, stammelte sie. »Ich bin ... äh ... ich suche Sie.« Annes Gesicht wurde heiß.

Er lächelte belustigt und Grübchen bildeten sich in seinen Wangen, welche von dunklen Bartstoppeln überzogen waren. »Mich? Was für eine Ehre«, sagt er mit rauer Stimme.

Eigentlich wollte Anne hier weg, bevor die Ackermann sie bemerkte, doch der Stallbursche stand genau vor ihr und versperrte ihr den Weg.

»Carlos, was ist?«, rief die Ackermann.

Verdammt. Anne riss ihren Blick von dem Mann los, drehte sich um und starrte mitten in die erschrockenen Augen ihrer Tochter. »Mama? Was machst du hier?«, stammelte Charlie.

»So so, die Frau Kommissarin.« Cindy Ackermann musterte sie von oben bis unten. »Die Ähnlichkeit hätte mir gleich auffallen müssen.«

Es war sinnlos, zu leugnen. Anne rang sich ein Lächeln ab. »Ich habe Ihren Mann befragt.«

»Was wollen sie denn von dem?«

»Immerhin hat er ein Motiv.«

Cindy Ackermann lachte auf. »Jobst? Der kann nicht mal eine Glühbirne auswechseln, geschweige denn jemanden ermorden.«

»Jedenfalls wollte ich bei der Gelegenheit mal sehen, wie sich meine Tochter so im Sattel macht.«

»Inkonsequent und verweichlicht.« Cindy marschierte aus der Halle. »In den Stall und absatteln«, rief sie über die Schulter. »Und: Weitere Reitstunden auf Black Night kannst du dir abschminken. Ich habe dich überschätzt.«

Charlies Augen füllten sich mit Tränen.

»Carlos!«, rief die Ackermann nach ihrem Stallburschen. »Wo ist Feuerstern? Ich muss ihn reiten, bevor die Sedierung nachlässt.«

»Moment!« Anne hatte sich wieder gefasst und zückte ihren Dienstausweis. »*Ich* muss mit Carlos reden.« In Charlies Richtung rief sie: »Und wir beide haben später auch noch ein Hühnchen miteinander zu rupfen.«

Das Mädchen führte Black Night aus der Halle und zeigte ihrer Mutter den erhobenen Mittelfinger.

Anne schnappte nach Luft.

»Ich liebe temperamentvolle Frauen«, sagte Carlos und zwinkerte ihr zu. »Ihr beiden könntet Schwestern sein.« Er sah ihr tief in die Augen. »Was wollen Sie? Sie wissen doch, dass ich ein Alibi habe.«

Anne wurde schwummerig. Der Typ wollte sie um den Finger wickeln. So eine schmierige Masche. Und sie wäre fast darauf reingefallen. Sie räusperte sich, setzte ihren professionellen Ton auf und schaute knapp an seinem Gesicht vorbei, um nicht wieder aus dem Konzept zu geraten. »Was für Tätigkeiten führen Sie hier auf dem Gestüt genau aus?«

»Ich bin Stallbursche, Hausmeister und – Sie verstehen – der Mann für alle Fälle«, antwortete er und grinste sie an. Dabei stand er einen Tick zu nahe bei ihr und sie konnte seinen Schweiß riechen. Wie eklig war das denn.

Anne trat einen Schritt zurück und fragte kühl: »Wann haben Sie Felix Reuther zum letzten Mal gesehen?«

»Am Sonntag nach dem Dressur-Derby«, sagte der Spanier. »Er hat gegen Mittag zusammen mit der Chefin die Pferde zurückgebracht. Ich habe beim Ausladen geholfen und die Tiere versorgt. Danach habe ich ihn nicht mehr gesehen.«

»Welche Pferde waren denn auf dem Turnier?«

»Aurora, Sunlight, Black Night und Feuerstern.«

»Sie filmen die Ritte und stellen sie auf YouTube?«

»Ja, das stimmt.«

»Und warum haben Sie den Film von Black Night wieder gelöscht?«

Carlos klappte den Mund auf und wieder zu.

Erwischt, dachte Anne. »Also?«

»Na ja, der Auftritt war doch total verpatzt, die Chefin wollte nicht, dass das mehr Leute sehen als unbedingt nötig.«

»Aber Sie haben den Film noch?«

Der Stallbursche zögerte.

»Haben Sie ihn noch? Ich kann übrigens auch Ihr Handy beschlagnahmen, wenn Sie die Ermittlungen behindern.« Jetzt hatte Anne wieder zu ihrer alten Form zurückgefunden.

»Schon«, murmelte Carlos. »Aber die Chefin will nicht, dass ihn irgendwer sieht.«

»Warum nicht?«

»Keine Ahnung.«

»Schicken Sie den Film per WhatsApp an diese Nummer«, schlug Anne vor und hielt ihm ihr Diensthandy unter die Nase. »Dann bleibt das unter uns. Ich behaupte einfach, ich habe das Video auf meinem Computer gespeichert, als es noch im Internet zu sehen war.«

Carlos machte keinerlei Anstalten, sein Handy aus der Tasche zu ziehen. »Über Ihre private Telefonnummer würde ich mich mehr freuen.«

»Dann muss ich Sie mit aufs Kommissariat nehmen, das Handy beschlagnahmen und ihre Wohnung durchsuchen lassen«, drohte Anne. Das war natürlich völliger Schwachsinn, das durfte sie ohne staatsanwaltliche Ansage alles nicht, und die würde sie nie bekommen. Aber einen Versuch war es wert. Carlos kannte sich bestimmt nicht mit deutschem Recht aus. Sie brauchte den Film unbedingt, wenn sie beweisen wollte, dass das Pferd auf dem Turnier nicht Black Night gewesen war.

»Na gut.« Carlos tippte die Nummer in sein Handy und drückte auf *Senden.* »Aber sagen Sie der Chefin nichts.«

Wahrscheinlich musste er sie auch beim Sex *Chefin* nennen, dachte Anne. Es schüttelte sie bei der Vorstellung. Ihr Telefon piepte. Der Film war da. Sie triumphierte innerlich. »Und jetzt noch eine Frage. War Felix Reuther wirklich der Liebhaber von Cindy?«

Carlos musste husten. »Was? Felix und Cindy?« Die Grübchen waren plötzlich verschwunden und sein Blick verdüsterte sich. »Also doch«, murmelte er.

Nochmal hundert Punkte. Anne hatte voll ins Schwarze getroffen. Carlos hatte gar nichts von der Affäre gewusst. Sein Stolz war verletzt und seine Eifersucht würde in ihm arbeiten. Und zwar gegen Cindy Ackermann.

»Vielen Dank, das war's.« Anne hob die Hand zum Gruß und ging Richtung Stall.

»Adios, schöne Frau«, rief ihr Carlos nach, aber sie drehte sich nicht um.

Charlie saß völlig verschwitzt auf einer Bank und schaute auf ihre Schuhspitzen. »Mitkommen!«, herrschte Anne sie an. »Ich glaube, bei dir hakt's. Das wird Konsequenzen haben, das sage ich dir.«

Charlie murmelte: »Tut mir leid.«

»Was tut dir leid?«

»Der Stinkefinger.«

»Und? Was noch viel schlimmer ist?«

»Jaaa.« Ihre Tochter verdrehte die Augen. »Das mit der heimlichen Reitstunde auch. Aber das war halt so eine tolle Chance für mich.«

»Wirklich sehr toll, sich von einer wie der Ackermann an-schreien zu lassen und dabei ein Tier zu quälen. Ich dachte, du liebst Pferde.«

»Tu ich ja auch.«

»Dass dieses Pferd nicht glücklich ist, sehe sogar ich.«

Charlie zuckte die Schultern. »Das ist eben Leistungssport, da braucht man manchmal einen Tritt in den Hintern. Aber das verstehst du nicht.«

»Du kriegst gleich von mir einen Tritt in den Hintern.« Anne stiefelte los Richtung Auto und Charlie schlurfte hinter ihr her. Sie ließ sich auf den Beifahrersitz fallen und zog ihr Handy aus der Tasche.

Anne schnappte es sich vom Fahrersitz aus. »Konfisziert.«

»Spinnst du?«

»Nein. Ich will nur mit dir kommunizieren.«

Charlie schnaufte und verdrehte die Augen.

Anne fuhr los. Als sie von der Allee auf die Landstraße einbog, hatte sie sich wieder etwas beruhigt. »Du kannst dir ja in den Ferien überlegen, ob du nicht doch lieber wieder im Offenstall in Lüdow reiten willst.«

»Das ist halt nur Wald- und Wiesen-Reiterei. Da lernt man nichts.«

»Aber das hat dir doch immer gefallen.«

Charlie schwieg.

»Du hast mir vor ein paar Tagen noch erklärt, wie man Pferde richtig ausbildet und dass Cindy Ackermann eine Tierquälerin ist. Willst du wirklich bei so jemandem Unterricht nehmen?«

Ihre Tochter wandte ihr weiter den Hinterkopf zu und starrte aus dem Fenster.

»Es muss doch irgendeinen Mittelweg zwischen Ponyreiten und so einem Leistungsdruck geben«, redete Anne weiter. »Einen Stall, in dem man guten Unterricht bekommt, und wo es den Pferden trotzdem gut geht.«

Charlie hielt ihr Schweigen ein paar Minuten durch, dann gab sie irgendwann leise zu: »Du hast recht.« Zwar immer noch, ohne ihre Mutter anzusehen, aber immerhin. »Das Gestüt Ackermann ist vielleicht doch nicht der richtige Stall für mich.«

Anne atmete auf.

»Black Night würde ich schon gerne noch mal reiten. Aber die Pferde auf Gestüt Ackermann darf man nicht mal loben. Man darf sie nicht putzen und nicht selbst satteln. Es ist, als würde man sich auf eine Maschine setzen, die funktionieren muss.« Jetzt sprudelte es aus ihr heraus: »Sie dürfen nicht mal auf die Koppel. Cindy hat Angst, dass sie sich die Beine verletzen. Das ist doch furchtbar. Pferde sind Lauftiere, Herdentiere, die müssen raus an die Luft, in die Weite blicken und frei sein.«

Anne lächelte. So kannte sie ihre Tochter.

»Das ist wie im Gedicht *Der Panther* von Rilke«, sagte Charlie. »Das hatten wir gerade in der Schule.« Sie breitete theatralisch die Arme aus. »*Ihm ist, als ob es tausend Stäbe gäbe, und hinter tausend Stäben keine Welt.*«

»Das ist mein Lieblingsgedicht«, sagte Anne.

»Meins auch.«

»Friede?«

Charlie nickte und sah ihre Mutter endlich an. »Friede.«

Als sie am Ortseingang von Lüdow waren, klingelte Annes Handy. »Schau mal, wer es ist.«

Ihre Tochter sah auf das Display. »Mario.«

»Ach ne, der war bestimmt wieder mit diesem Markus auf Hüttenwochenende und will mir davon erzählen.«

»Ich hab den Anruf übrigens schon angenommen.« Charlie schwenkte das Handy und grinste.

»Was? Aber ...«

Charlie hielt ihr das Telefon ans Ohr.

»Was hast du eigentlich gegen Markus?« Marios Stimme klang beleidigt.

»Gar nichts, sorry, war nur ein Spaß.«

»Du findest das albern, oder? Aber für mich gibt es eben nichts Schöneres, als zu wandern, die Natur zu beobachten und gemeinsam zu singen.«

»Ist ja gut.«

»Echt jetzt?«, flüsterte Charlie. »Mario singt?«

Anne zuckte die Schultern.

»Was hast du für ein Problem damit?«

»Gar keins. Es ist nur ... Ich dachte nur ... Ich meine, du so mit Lederjacke und Rockmusik ...«

»Ja und? Markus ist echt ein netter Typ. Er will jetzt als Natur- und Lifecoach arbeiten. Also Menschen in der Natur begleiten, Fragen klären, zur Ruhe kommen, Perspektiven entwickeln ... Das wäre doch auch was für dich.«

Um Himmels Willen. Irgendwie musste sie das Thema wechseln. »Und was hast du gerade so für Fragen und Perspektiven?«

»Was?«

»In Bezug auf unseren Fall?«

»Wie bitte?«

»Warum hast du mich angerufen?«

»Ach so! Felix' Handy ist aufgetaucht«, rief Mario. »Spaziergänger haben es im Polder gefunden.«

Anne horchte auf. »Sofort den Technikern geben.«

»Hab ich schon gemacht. Zum ungefähren Todeszeitpunkt hat vier Mal dieselbe Nummer angerufen.« Mario verstummte. Bestimmt wippte er gerade vor und zurück.

»Mach´s nicht so spannend.«

»Die Nummer ist von einem gewissen Paul Becker. Ich hab dir die Adresse rausgesucht.«

»Du Streber.« Anne lachte. »Nein, Spaß.« Nicht, dass er gleich wieder beleidigt war. »Super, Mario. Ich muss nur schnell Charlie daheim absetzen, dann fahre ich da hin.«

»Du musst aber erst den Dienstwagen abholen. Und mich. Immerhin bist du meine Ausbilderin und ich muss was lernen.«

Anne seufzte. »Alles klar. Ich komme, so schnell ich kann.«

27. Kapitel

Paul

2 Tage nach dem Dressur-Derby

Dressurreiter tot aufgefunden, stand im *Ostseeblatt*. Pauls Magen krampfte sich zusammen und sein Kopf war wie in Watte gepackt. Felix war tot? Ihm wurde schlecht. Seine Augen flogen über die Buchstaben. *Nach einem Turnierstart verschwunden ... stellte seit mehreren Jahren die Pferde von Gestüt Ackermann vor .... war bereits in einen Skandal verwickelt ...* Der letzte Satz zog ihm den Boden unter den Füßen weg: *Wie der Redaktion aus zuverlässigen Kreisen zugespielt wurde, soll der Bereiter von Gestüt Ackermann in ein zwielichtiges Experiment verstrickt gewesen sein.*

Paul begann zu schwitzen. *Zwielichtiges Experiment.* Hatte Felix seine Drohung wahr gemacht und der Journalistin vor seinem Tod noch etwas erzählt? Sicher hatte ihn die Ackermann auf dem Gewissen, damit er nicht noch mehr ausplauderte. Diese Frau mit ihren kalten Glitzeraugen war wahnsinnig. Und Paul steckte bis zum Hals in der Sache mit drin. Er wusste viel zu viel und diese skrupellose Schlange würde alle aus dem Weg schaffen, die Informationen über das Experiment hatten. Felix war schon tot. Der einfältige Stallbursche würde der

Nächste sein. Und dann gab es nur noch ihn, den Schöpfer von Black Nights Klonen, der alles wusste.

Paul war überrascht, wie viel Angst plötzlich in ihm aufbrandete. So oft hatte er sich gewünscht, dass alles vorbei wäre. Dass er morgens nicht mehr aufwachen müsste, um immer aufs Neue die Einsamkeit in seinem viel zu großen Bett zu spüren. Dass er diese ziehende und würgende Leere nicht mehr fühlen müsste. Dass ihm nicht mehr dieses müde Gesicht aus dem Spiegel entgegenblicken würde. Eigentlich könnte er jetzt ganz ruhig abwarten, was geschehen würde.

Doch irgendetwas hatte sich verändert.

Er hatte sich verändert.

Und jetzt musste er handeln, bevor es zu spät war. Es gab zwei Möglichkeiten. Er könnte sich mit der Presse in Verbindung setzen, doch das war riskant. Denn sollte Cindy Ackermann nicht verhaftet werden, war es ein Leichtes für sie herauszufinden, wer die Journalistin informiert hatte. Dann war er dran, genau wie Felix.

Blieb noch die andere Möglichkeit.

Er hatte ein Déjà-vu, denn er stand wieder in seinem Schlafzimmer, griff zum Telefon und wählte die Nummer der Polizeistation in Lüdow. Kaum hatte er die letzte Zahl eingetippt, hörte er ein Auto und legte wieder auf.

Ein Polizeiwagen bretterte viel zu schnell auf seinen Hof, bremste und blieb in einer Staubwolke stehen. Das war ja ein merkwürdiger Zufall. In dem Moment, als er die Polizei anrufen wollte, stand sie vor seiner Tür? Was wollten die von ihm?

Hatte Cindy ihn etwa hingehängt, kurz bevor er gestehen wollte? Paul schluckte.

Ein Mann mit roten Haaren und Lederjacke stieg aus. Aus der Beifahrertür kam eine Frau und sah sich um. Er erkannte sie sofort. Es war die Frau, die er im Wald gesehen hatte und die in seine Pferdeweide eingestiegen war. Die war Polizistin?

Paul ging die Treppe hinunter und trat aus der Tür. »Ja bitte? Was wollen Sie?«

Die Frau zog einen Dienstausweis aus ihrer Jackentasche. »Kriminalhauptkommissarin Anne Moll. Das ist mein Kollege Mario Michalski. Sie sind Paul Becker?«

Er nickte.

»Wir hätten ein paar Fragen an Sie.«

Rinco lief auf sie zu, schnupperte an ihrer Hand und wedelte mit dem Schwanz. Das war ein gutes Zeichen. Sie lächelte und tätschelte dem Hund den Kopf.

Paul räusperte sich. Sollte er gleich von dem Experiment erzählen und die Ackermann auffliegen lassen? Nein, besser erstmal abwarten, was sie überhaupt von ihm wollten. Paul steckte die Hände in die Hosentaschen, damit sie nicht sahen, wie sehr sie zitterten. »Ja?«

»Es geht um den Mord an Felix Reuther.« Die Kommissarin sah ihn prüfend an.

Paul versuchte, möglichst beiläufig zu klingen. »Ich habe gerade davon in der Zeitung gelesen.«

Die Polizistin zog die Augenbrauen hoch und sah ihren Kollegen fragend an, doch der zuckte die Schultern. Sie schienen beide noch nichts von dem Artikel zu wissen. »Kannten Sie Herrn Reuther?«, fragte die Kommissarin.

Was sollte er sagen? Sie waren hier, also wussten sie etwas. Wenn er leugnete, machte er sich nur verdächtig. Paul nickte. »Ja. Er war Bereiter auf Gestüt Ackermann. Ich betreue hier ein paar Pferde von denen.« Er zeigte auf die Weide. »Wenn sie Turnierpause brauchen und so.«

»Und so.« Die Kommissarin sah sich um und Paul glaubte, ein Erkennen auf ihrem Gesicht zu sehen. Bestimmt war ihr gerade aufgefallen, dass sie vor ein paar Tagen in seinen Hof eingestiegen war. »Warum haben Sie Felix Reuther am Sonntagnachmittag angerufen?«

»Äh ...« Mist, das hatte er völlig vergessen. Sie hatten seine Anrufe auf Felix' Handy gesehen. Natürlich. Deshalb waren sie hier. »Er sollte mir nach dem Dressur-Derby ein Pferd bringen und ist nicht gekommen. Ich wollte wissen, wo er bleibt.«

»Vier Mal? Kurz vor seinem Tod?« Die Kommissarin musterte ihn aus zusammengekniffenen Augen.

Paul wurde heiß. Stand er etwa unter Verdacht?

»Wo waren Sie denn überhaupt am Sonntagnachmittag?«, fragte diese Anne Moll weiter.

»Hier. Ich habe auf Felix gewartet.«

»Kann das jemand bezeugen?«

Paul schüttelte den Kopf.

Anne sah Mario an. »Telefonierst du mal?«

Der junge Mann mit der Lederjacke nickte und ging zum Auto. Er setzte sich hinein und knallte die Tür hinter sich zu.

Pauls Herz raste. Er hatte Felix kurz vor seinem Tod mehrmals angerufen und hatte kein Alibi. Stand er jetzt unter Mordverdacht? Der Polizist rief bestimmt gerade die Staatsanwaltschaft an, um einen Haftbefehl gegen ihn zu erwirken. Was könnte er nur sagen, um aus der Sache rauszukommen? Sollte er alles gestehen? Das ganze Experiment auffliegen lassen, bevor sie ihn wegen Mordes an Felix Reuther verhaften würden? Er holte Luft, um etwas zu sagen.

»Schön haben Sie's hier.« Die Kommissarin streichelte Rinco den Kopf.

Paul atmete wieder aus, nickte und versuchte, zu lächeln. Wenn sie so entspannt war, konnte es gar nicht so schlimm sein. Jetzt nichts überstürzen. Er brauchte noch Bedenkzeit.

Der Mann mit den roten Haaren stieg wieder aus dem Auto und kam auf die beiden zu. Paul krallte seine Hände in den Stoff seiner Hosentaschen. Der Polizist sah seine Kollegin an und schüttelte den Kopf.

»Okay. Das war's, danke Ihnen.« Die Kommissarin nickte ihm zu und die beiden gingen zum Auto.

Paul atmete erleichtert auf. Das war ja gerade nochmal gut gegangen.

Die Polizistin hatte schon den Türgriff in der Hand, als sie sich noch einmal umdrehte. »Eine Frage noch. Es gibt da ein Video von Felix Reuters letztem Ritt.« Wie pathetisch sich das anhörte, dachte Paul. Sein letzter Ritt. »Es wurde hochgeladen und dann gleich wieder gelöscht. Angeblich zeigt es, dass das Pferd ein Abzeichen hat, das der echte Black Night nicht hat.«

Paul sagte sich im Kopf das ABC auf und versuchte, ausdruckslos zu schauen.

»Wissen Sie etwas darüber?«

Er schüttelte den Kopf. »Nein.«

Sie sah ihn prüfend an. »Sagen Sie mal, könnte ich vielleicht kurz diesen Artikel sehen?«

»Klar. Ich hole ihn.« Paul war froh, dass er sich umdrehen und ins Haus gehen konnte. Er spürte, wie seine Gesichtszüge entgleisten. Verdammt, verdammt, verdammt!

Als er mit der Zeitung in der Hand zurück in den Hof trat, hatte er sich wieder gefasst. Er reichte sie der Kommissarin.

»Mario?« Sie hielt ihrem Kollegen den Artikel hin. »Hier steht etwas von einem zwielichtigen Experiment.«

ABCDEFG.

Die beiden Polizisten starrten Paul an. »Was soll das heißen? Wissen Sie etwas?«

HIJKLMN. Er zuckte die Schultern. »Keine Ahnung. Vielleicht bezieht sich die Zeitung auf den Rollkur-Skandal?«

»Aber der ist doch schon länger her.«

»Ich weiß es wirklich nicht. Die bringen mir nur die Pferde und holen sie wieder, sonst habe ich mit dem Gestüt nichts zu tun.« OPQURST.

»So so. Na gut. Bitte halten Sie sich zur Verfügung.«

»Klar.« UVWXYZ. Als der Polizeiwagen vom Hof gefahren war, ließ Paul sich auf die Bank fallen und rieb sich übers Gesicht. Was sollte er bloß tun?

28. Kapitel

Anne

»Dieser Paul Becker verheimlicht uns was«, sagte Anne. »Das hab ich im Gefühl. Hast du gesehen, wie der geschwitzt hat? Und wie er sich konzentriert hat?«

»Aber Cindy hat am Telefon die Aussage von Paul Becker bestätigt. Der Reuther sollte ihm ein Pferd bringen. Da ist es plausibel, dass er ihn deswegen anruft. Etwas anderes als dein Gefühl haben wir nicht, und das reicht leider nicht für einen Haftbefehl.«

»Deine Ironie kannst du dir sparen.«

Mario schob beleidigt eine CD in die Stereoanlage. *It's the eye of the tiger* dröhnte aus den Boxen. Der Dienstwagen gab eindeutig mehr her, als das Autoradio in ihrem alten Saab.

»Mach das wieder aus, ich rufe jetzt beim *Ostseeblatt* an.« Anne zog ihr Handy aus der Tasche, googelte die Nummer der Redaktion und drückte auf *Wählen*.

»Anita Cordoba, Ostseeblatt«, meldete sich eine Frau.

»Guten Tag, hier ist Hauptkommissarin Anne Moll. Ich hätte eine Frage zu dem Artikel über den toten Dressurreiter. Könnte ich bitte mit dem Journalisten sprechen, der ihn geschrieben hat? Das Kürzel war glaube ich AC.«

»Es ist eine Journalistin. Nicht alle spannenden Themen werden von Männern geschrieben.«

Anne musste grinsen. »Sorry. Das kenne ich. Ich bin Kommissarin und Männer schauen grundsätzlich auch immer erst mal meinen Kollegen an, wenn es ernst wird. Also, dann bitte mit der Journalistin.«

»Das bin ich.«

»Super. Also, Frau Cordoba, wir ermitteln gerade in diesem Fall und ...«

»War es Mord?«

»Zu laufenden Ermittlungen darf ich leider nichts sagen, aber wir geben sicher demnächst eine Pressekonferenz. Sie schreiben da was über ein zwielichtiges Experiment. Um was geht es denn da?«

»Zu meinen Insiderinfos darf ich leider nichts sagen.«

»Und woher haben Sie die Information?«

»Zu meinen Informanten darf ich leider nichts sagen.«

»Ach kommen Sie, das ist doch albern.«

»Tja. Information gegen Information. So läuft das eben.«

»Sie bluffen.« Anne spürte, wie Zorn in ihr aufstieg. So eine blöde Kuh. »Und sie behindern die Ermittlungen.«

»In einem Mordfall?«

»Vielen Dank für ihre Hilfe.« Anne legte auf. Na toll. Sie haute auf das Armaturenbrett und Mario zuckte zusammen. »Wenn man diese Paparazzi einmal brauchen würde! Aus der bekommen wir nur etwas raus, wenn wir sie offiziell in einem Mordfall befragen, und dann steht das morgen in der Zeitung.«

»Meinst du, sie weiß etwas?«

»Nein. Sonst hätte sie es auch geschrieben.«

»Soll ich dich heimfahren?«

»Ja, bitte.« Anne seufzte. Heute war nicht ihr Tag. Und jetzt musste sie auch noch Bernd anrufen, das würde ihn gewiss nicht besser machen.

Anne schob das Telefonat schon seit gestern vor sich her. Wenn sie mit ihrem Ex-Mann kommunizieren musste, tat sie das am liebsten per Mail, so viel Distanz wie möglich. Doch nun ging es nicht anders. Sie musste anrufen und persönlich mit ihm sprechen. Am besten, sie brachte es gleich hinter sich. Sie wählte seine Nummer.

»Hallo Anne, wie geht's dir?«

Sie sparte sich eine lange Begrüßung, sondern kam gleich auf den Punkt. »Hallo Bernd, du musst Charlie für die Ferien zu dir nehmen. Ich ermittle hier in einem Mordfall. Der Täter treibt sich aller Wahrscheinlichkeit nach auf Charlies Reiterhof herum. Sie ist heute heimlich hingegangen, obwohl ich es ihr ausdrücklich verboten hatte. Das macht mir Sorgen. Ich will sie von hier weghaben.«

Es war still in der Leitung und Anne stellte sich schon auf eine lahme Entschuldigung ein.

»Das geht. Gerne. Ich vermisse sie.«

Anne wusste einen Moment lang nicht, was sie sagen sollte. »Echt?«

»Klar.«

»Am liebsten würde ich sie noch heute Abend mit dem Zug schicken. Die Pfingstferien fangen zwar erst am Freitag an, aber für morgen kann ich ihr eine Entschuldigung schreiben.«

»Warte mal. Ich habe einen Bekannten im Reisebüro, vielleicht kann der noch ein Last-Minute-Flugticket organisieren oder so. Ich rufe dich gleich zurück.«

Anne schaute den Telefonhörer in ihrer Hand an. Sieh mal einer an. Vielleicht war er ja wirklich froh, Charlie zu sehen? Ihre Tochter würde sich sicher riesig freuen, ihren Vater und ihre alten Freundinnen zu treffen.

»Charlie?«, rief sie durch den Flur. »Kommst du mal?«

»Was ist?« Das Mädchen schlurfte in ihrem Ostwind-Kinder-Schlafanzug ins Wohnzimmer, der ihr viel zu klein war.

»Ich habe eine Überraschung für dich.«

»Hast du einen neuen Stall für mich gefunden?«

»Nein, besser. Du darfst in den Pfingstferien zu deinem Vater nach München.«

Charlies Gesicht fiel auseinander. »Und was soll ich da?«

»Hallo? Bei jedem Streit sagst du mir, dass du zurück zu Papa willst und dein früheres Leben vermisst.«

»Ja schon, aber ...« Charlie rieb sich die Nase.

»Was?« Jetzt verstand Anne gar nichts mehr. »Ich dachte, du freust dich.«

»Ich will lieber hier bleiben und dir bei deinem Fall helfen.« Wärme durchflutete Annes Brust. Am liebsten hätte sie ihre Tochter umarmt, aber sie wollte sie nicht gleich wieder in die Flucht schlagen. Außerdem musste sie Charlie jetzt wirklich aus der Gefahrenzone bringen. Und konsequent bleiben. »Das geht nicht. Viel zu gefährlich.«

»Ich hab mich doch entschuldigt.«

»Trotzdem. Du warst heimlich auf einem Gestüt, auf dem sich ein Mörder herumtreibt«, sagte Anne. »Ich habe dir verboten, dort hinzugehen. Das geht nicht. Du verbringst die Pfingstferien bei deinem Vater und basta.«

»Du bist so eine blöde Kuh«, fauchte Charlie. Sie stapfte in den Flur und knallte die Tür zu ihrem Zimmer. »Vielleicht bleibe ich dann wirklich für immer in München«, hörte Anne ihre Stimme dumpf durch das Holz.

Dieser Satz hallte immer noch in ihrem Kopf nach, als sie am nächsten Tag auf dem Weg zum Flughafen waren. Der weinrote Saab ratterte über den einspurigen Plattenweg, dessen Mittelstreifen aus Gras war, und der sich unendlich durch die wellige Landschaft schlängelte. Sie waren auf dem Weg zum Flughafen. Charlies Vater hatte gestern tatsächlich noch per Mail ein Ticket geschickt.

»Schau doch mal«, sagte sie, als ein Fuchs von der Straße in den Graben huschte, nur um irgendetwas Unverfängliches zu sagen. Aus dem Augenwinkel beobachtete sie ihre Tochter. »Schön, dass die Kühe hier alle draußen auf der Weide stehen«, versuchte Anne es weiter. Sie wusste, dass sich Charlie sehr dafür interessierte, unter welchen Bedingungen die Tiere, von denen ihr Essen kam, lebten.

Ihre Tochter verdrehte die Augen. »Oh schau mal, die tolle Schweinemastanlage«, äffte sie ihre Mutter nach.

»Meine Güte, jetzt hör doch mal auf.« Anne schlug mit der flachen Hand auf das Lenkrad. »Lass uns bitte nicht im Streit auseinandergehen.«

Charlie drehte den Kopf weg und blickte aus dem Fenster. Mit einer Wut in der Stimme, vor der Anne erschrak, sagte sie: »Das hättest du dir früher überlegen müssen.«

»Es ist doch nur eine Woche.«

Ihre Tochter zuckte die Schultern. »Wer weiß.«

An der Kreuzung, an der sie die nächste normale Teerstraße erreichten, stand ein Schild mit der Aufschrift *Achtung Otter-Wechsel,* doch heute konnte Anne nicht darüber lächeln. Sie war diese ewigen Streitereien so leid. Sie glaubte nicht, dass Charlie wirklich in München bleiben würde. Vielleicht wäre es am Anfang verlockend, in der Großstadt um die Häuser zu ziehen. Doch sie würde sicher bald merken, dass sie nur deshalb so viele Freiheiten hatte, weil ihr Vater einfach keine Lust hatte, sich um sie zu kümmern.

Aber wenn doch?

Charlie selbst sah ihrem München-Besuch offensichtlich mit gemischten Gefühlen entgegen. Anne konnte nur schwer einschätzen, was in ihrer Tochter vorging. Sie tat ziemlich desinteressiert, doch das hatte nichts zu sagen. Sie machte die Dinge oft mit sich selbst aus.

»Jetzt freu dich halt einfach auf deinen Papa, deine Freundinnen, auf die Großstadt«, sagte Anne. »Genieß deine Ferien. Wenn du zurückkommst, ist der Fall bestimmt gelöst. Und dann sehen wir wegen deinem Reitunterricht weiter. Wir finden bestimmt einen neuen Stall.«

Charlie starrte weiter aus dem Fenster. »Was soll ich denn in München?«

»Was? Ich dachte du willst für immer dort bleiben?«

Charlie zuckte die Schultern. »Das hab ich nur so gesagt. In Wirklichkeit interessiert sich Papa kein Stück für mich.«

»Aber ihr telefoniert doch oft.«

»Ja klar, wenn ich ihn anrufe, ist er nett und tut so, als würde er sich freuen. Aber von sich aus meldet er sich nie. Wenn er wirklich wollen würde, dass ich ihn besuche, hätte er mich doch schon längst mal eingeladen.« Ihre Stimme klang traurig.

»Er hat zu mir gesagt, dass er dich vermisst.«

Charlie lachte bitter auf. »Er wird bestimmt die ganze Zeit arbeiten. Genau wie du. Ich dachte, du freust dich, weil ich dir bei deinem Fall helfe ...«

»Tu ich doch auch. Du hast mir total viel geholfen. Ohne dich hätte ich das mit den Pferden alles nicht rausgefunden.«

»Zum ersten Mal in meinem Leben hast du mich ernst genommen. Und jetzt schiebst du mich einfach ab. Das ist so typisch. Du bist so egoistisch. Immer geht es nur um dich. Die Trennung, der Umzug ... Hauptsache, du kannst Karriere machen und dich verwirklichen. Jetzt schickst du mich wieder zurück, weil ich dir im Weg bin. Du willst mich genauso wenig wie Papa. Wie es mir dabei geht, ist dir doch scheißegal.«

Anne krallte ihre Finger um das Lenkrad und atmete tief durch. »Charlie, das stimmt nicht und das weißt du auch. Ich schicke dich nur zu deinem Vater, weil es hier zu gefährlich für dich ist. Um dich zu beschützen. Und du wirst bestimmt die ganze Woche mit deinen alten Freundinnen um die Häuser ziehen und dich freuen, alle wiederzusehen.«

Charlie schüttelte den Kopf. »Gestern Abend hab ich noch ein paar WhatsApps verschickt, dass ich komme. Aber die haben nicht mal geantwortet. Die haben mich doch alle schon vergessen.«

»Blödsinn. Vielleicht hatten sie nur noch keine Zeit zu antworten. Die freuen sich bestimmt auf dich.«

»Das werden die schrecklichsten Ferien meines Lebens. Hier könnte ich bei Klara übernachten und mit ihr auf die Waldparty gehen. In München werde ich die ganze Woche alleine sein. Keiner will mich haben.« Charlie wischte sich mit dem Ärmel übers Gesicht.

Anne griff nach ihrer Hand. »Ach mein Küken! Das stimmt doch nicht.«

»Nenn mich nicht Küken!« Charlie entwand sich ihr.

Anne schluckte. Warum hatte Charlie ihr nichts davon gesagt, wie es wirklich in ihr aussah?

Als ihre Tochter am Flughafen Rostock-Laage durch den Sicherheitscheck ging, hob Anne die Hand und rief ihr hinterher: »Ich hab dich lieb.«

Charlie drehte sich nicht mehr nach ihr um.

Anne würgte ein paar Tränen hinunter und verließ die Abflughalle. Es war ja nur eine Woche. Und diese kurze Zeit über würde sich Bernd sicher um seine Tochter kümmern, allein schon, weil er als Supervater punkten wollte. Dieser Gedanke beruhigte sie ein wenig. Charlie hatte Angst vor einer Enttäuschung, das war ja klar. Deshalb war sie so schlecht drauf. Aber sie würde bestimmt Spaß haben.

Anne atmete tief durch. Ja, jetzt freute sie sich auch ein bisschen darauf, eine Woche lang nach ihrer eigenen Uhr zu leben, ohne sich Gedanken um eine Jugendliche machen zu müssen. Im Büro bleiben, so lange sie wollte, nicht jeden Tag ein warmes Essen kochen müssen und einfach mal keine dummen Kommentare hören, keine Auseinandersetzungen haben.

Anne stieg ins Auto. Jetzt musste sie erstmal ins Büro. Sie hatte Cindy Ackermann vorgeladen, um sie mit dem falschen Black Night auf dem Video und dem Zeitungsartikel zu konfrontieren und die Gestütschefin damit endlich aus der Reserve zu locken.

Anne drückte ihre Lieblingskassette in die Stereoanlage, kuschelte sich in den Fahrersitz und summte mit. »Ich geh mit dir, wohin du willst ...« Mit dem Zeigefinger klopfte sie viermal auf das Lenkrad. »Auch bis ans Ende dieser Welt«, *tock tock tock tock*, »am Meer, am Strand, wo Sonne scheint, will ich mit dir alleine sein.«

Nena. Das Idol ihrer Jugend. Als Anne von München weggezogen war, hatte sie beim Packen ihre alten Kassetten wieder gefunden. So waren die Songs zwanzig Jahre nach ihrem Konzert-Ausflug zum Symbol für einen Neuanfang geworden. Sie konnte alle auswendig. »Aaaah aaaah aaaah«, sang sie aus vollem Hals mit.

Als sie auf den Parkplatz der Polizeiwache fuhr, sah sie auf die Uhr. Mist, sie war schon eine Viertelstunde zu spät dran. Doch das war egal. Denn Cindy Ackermann war gar nicht da.

29. Kapitel

Anne

Auf dem Weg zum Gestüt Ackermann nahm Anne sich vor, mehr Informationen aus diesem Spanier herauszubekommen. Er wusste mehr, als er bisher gesagt hatte, da war sie sich sicher. Und er war rein intelligenztechnisch das schwächste Glied in der Kette. Als sie auf den Hof fuhr, kam er ihr mit einer Schubkarre entgegen. Anne stieg aus. »Hallo. Wo ist die Chefin? Ich muss dringend mit ihr sprechen.«

»Sie ist nicht da.« Carlos stellte die Schubkarre ab. »Das ist komisch. Sie reitet vormittags immer vier bis fünf Pferde. Ich habe sie geputzt und gesattelt, aber Cindy ist nicht gekommen.« Er war heute ungekämmt und Grübchen waren auch keine zu sehen. »Ihr Handy ist aus.«

»Hattet ihr Streit?«

»Nein, im Gegenteil.« Er zwinkerte und ein Lächeln umspielte seinen Mundwinkel. Oh Gott, war der schmierig. Dann wurde er zum Glück wieder ernst. »Hoffentlich ist ihr nichts passiert.«

Das hoffte Anne allerdings auch. Eine Leiche reichte ihr völlig. »Weiß ihr Mann etwas?«, fragte sie den Stallburschen.

»Ach der!« Carlos winkte ab. »Der weiß gar nichts. Nie.«

Das glaubte Anne sofort. »Und du? Weißt du etwas?« Sie war fast automatisch zum Du übergegangen.

»Ich? Nein! Ich habe Ihnen doch schon gesagt, dass heute Nacht alles normal war ...«

Es war an der Zeit, ein bisschen Druck aufzubauen. »Willst du mich nicht duzen?« Anne lächelte Carlos ins Gesicht.

Der Spanier blickte auf. »Ja, *claro*.«

»Carlos«, sagte Anne und legte ihre Hand auf seinen Unterarm. »Ich sehe doch, dass dich etwas bedrückt.«

Carlos sah sie an wie ein Kind, dem man sein Spielzeug weggenommen hatte. Er rieb sich das stoppelige Kinn.

»Weißt du wirklich nicht, wo Cindy stecken könnte?«

Carlos seufzte auf. »Ich liebe sie.« Seine Unterlippe zitterte.

Fang jetzt bloß nicht an zu heulen, dachte Anne. Wie konnte so ein attraktiver Mann nur so doof sein? »Wenn du mit mir redest, kann ich dir helfen, sie zu finden.«

Carlos zog die Stirn in Falten. »Stimmt das mit Felix? Das kann doch nicht sein. Sie liebt mich.«

»Doch, tut mir leid, das stimmt.« Anne verstärkte den Druck auf seinen Arm. »Sorry.«

Carlos Augen blitzten. »So ein *hijo de puta*. Wenn er nicht schon tot wäre, dann würde ich ...«

»Also, was weißt du über Felix' Tod? Hat Cindy etwas damit zu tun? Oder warst du etwa eifersüchtig und hast erst Felix umgebracht und dann Cindy?«

»Was? Ich?« Carlos wurde blass. »Cindy ist auch tot?«

»Das wissen wir nicht. Aber du stehst unter Verdacht. Du hast ein Motiv. Eifersucht ist ein verdammt starkes Motiv.«

Carlos starrte sie an. »Ich weiß nichts. Ehrlich.«

»Aber wenn du doch etwas weißt, musst du es mir sagen. Sonst bist du dran. Als Mörder oder zumindest als Mittäter.«

Der Stallbursche schwieg, aber seine Augäpfel gingen nervös hin und her.

»Was war das für ein Pferd, das anstelle von Black Night gestartet ist? Was hat es mit dem Mord an Felix Reuther zu tun? Auf deinem Video sieht man, dass es eine Flocke hat. Deshalb solltest du den Film wieder löschen, stimmt's?«

Carlos schaute auf den Boden.

»Was treibt Cindy für ein Spiel?«

Der Spanier schüttelte stur den Kopf. »Ich weiß wirklich nichts. *Nada*.«

Das sollte reichen, dachte Anne. Sie nickte. »Also gut. Ich fahre jetzt. Aber ruf mich bitte an, sobald du etwas von Cindy hörst.«

Carlos nickte und trollte sich Richtung Stall.

Anne fuhr vom Hof, doch sie nahm nicht die Kastanien-Allee, sondern versteckte ihr Auto in dem kleinen Waldstück, das ihr Charlie gezeigt hatte. Dann tippte sie die Nummer der Polizeiwache in ihr Handy. »Mario, du musst sofort Cindy Ackermann zur Fahndung ausschreiben«, sagte sie in den Hörer. »Sie ist verschwunden.«

»Cindy ist auch weg? Was ist passiert?«

»Ich kann jetzt nicht telefonieren, Mario. Fahndung ausschreiben, und zwar zackig.« Dann legte sie auf und wartete.

Etwa eine Viertelstunde später fuhr ein dunkelblauer Fiat Punto vom Hof. Am Steuer saß Carlos. Yes! Ihre Rechnung war aufgegangen. Anne ließ den Motor an. Sobald Carlos die Allee heruntergefahren und auf die Teerstraße abgebogen war, verließ Anne ihr Versteck und nahm die Verfolgung auf.

30. Kapitel

Der Mann

4 Tage nach dem Dressur-Derby

Verdammt, war die schwer. Der Mann zog und zerrte an den Schultern von Cindy Ackermann, bis ihre Beine endlich nachrutschten und von der Ladefläche seines Pick-ups fielen. Ihre Augen flatterten. Sie war nicht tot. Diesmal hatte er das Betäubungsmittel vorsichtiger dosiert, denn er brauchte die Frau lebend. Es war einfacher gewesen als gedacht, sie zu überwältigen. Sie hatte nicht damit gerechnet, dass er ihr von hinten die Spritze in den Hals rammen würde. Wie auch.

Er schleifte sie über den Bootssteg. Schweiß trat auf seine Stirn. Sie war zwar schlank, aber schlaffe Körper waren kaum zu bewegen. Ihnen fehlte jegliche Spannung, da kam es gar nicht auf das Gewicht an. Es war jedenfalls nicht sehr viel schwieriger gewesen, die Leiche von Felix verschwinden zu lassen, obwohl der deutlich mehr wog.

Er wuchtete Cindy Ackermanns schlaffen Körper in das gelbe Tretboot, das am Steg festgemacht war. Dann breitete er eine Decke über seine brisante Fracht. Es regnete zwar und es war eine einsame Gegend, aber man wusste ja nie. Außerdem war schon so viel schief gegangen. Ihm durfte kein Fehler mehr unterlaufen.

Er ging noch mal zurück zum Auto, um die Ladeklappe zu schließen. Dann sprang er ins Boot, machte das Seil los und stieß sich ab. Die Pedale quietschten, als er zu treten begann und das Boot glitt über die Peene, vorbei an einigen bunt bemalten Bootshäusern. Dann wurde das Schilf am Ufer höher, das Wasser schwärzer und das Froschkonzert lauter. Nach der nächsten Flusswindung tauchten die Baumgerippe auf. Er war im Polder angekommen.

Diesmal würde er den Körper nicht versenken, sondern in ein einsames Bootshaus am anderen Ufer des Sumpfes bringen. Hier im Naturschutzgebiet durften Spaziergänger die Wege nicht verlassen und die gab es ohnehin nur am hiesigen Ufer. Das Bootshaus befand sich in einem Teil des Polders, der nur mit Boot erreichbar war und in dem es überhaupt keine Wege gab. Da konnte die Ackermann so laut schreien, wie sie wollte. Keiner würde sie hören.

Vor vier Tagen hatte er zum ersten Mal einen schlaffen Körper mit dem gelben Tretboot in den Sumpf befördert. Jetzt lief das Ruderblatt wieder knirschend auf Grund. Er war fast am Bootshaus angekommen. Angeekelt verzog er das Gesicht, als er in das schwarze Wasser springen musste und sofort bis über die Knöchel im Schlamm einsank.

»Ist das eklig«, murmelte er, als er das Boot die letzten Meter schob. Er hatte es noch nicht ganz geschafft. Der schwierigste Part war, Cindy Ackermanns bewusstlosen Körper über die Leiter nach oben zu hieven. Er biss die Zähne zusammen und spannte alle Muskeln seines Körpers an, um sie mit einem

Ruck nach oben zu ziehen. Er war hager aber zäh. Und stark. Verdammt, war die schwer.

Nachdem die Leiche von Felix Reuther im Polder aufgetaucht war, hatte er keine andere Wahl gehabt, als die einzige Mitwisserin an seinem Mord auszuschalten. Sie war zwar kaltblütig, aber nicht kaltblütig genug für einen Mord. Ihre Idee, Felix gleich als vermisst zu melden und die besorgte Liebhaberin zu spielen, war gut gewesen. Zweifelsohne. Aber er hatte die Befragung durch die Kommissarin auf dem Gestüt belauscht. Cindy hatte sich verunsichern lassen und Fehler gemacht. Das war gar nicht gut. Sie stellte eine Gefahr für ihn dar. Die Männer von *GenDouble* wurden langsam nervös. Und jetzt war auch noch dieser Artikel über ein zwielichtiges Experiment erschienen.

Es war allerhöchste Zeit zu verschwinden. Cindy musste weg und er selbst musste auch abhauen, und zwar schnell. So lange es noch ging.

Er rollte die Frau in eine Ecke des Bootshauses, band ihr Hände und Füße zusammen und legte ihr einen Knebel an. Sie versuchte, die Augen zu öffnen, aber ihre Lider klappten wieder zu. Egal. Hauptsache sie lebte. Er setzte sie auf und lehnte ihren Rücken gegen die Wand. Ihr Kopf fiel nach vorne. Das war gut, so konnte sie nicht ersticken.

Jetzt musste er nur noch den blöden Gaul verschwinden lassen, dann konnte er fliehen – zur Not mit Cindy Ackermann als Geisel. Deshalb durfte sie ihm hier nicht abkratzen. Zumindest jetzt noch nicht. Sollte er sie letztlich doch nicht zur Flucht benötigen, würde ein kleiner Schubs genügen, um sie in die ewigen Jagdgründe unter dem Bootshaus zu verabschieden.

Von den anderen beiden Einfaltspinseln ging keine Gefahr aus. Weder der debile Stallbursche noch der Wissenschaftstrottel hatten eine Ahnung davon, dass *er* der Projektleiter war. Die glaubten noch immer, dass Cindy Ackermann die Strippen zog, und das würden sie auch der Polizei sagen. Bei dem Gedanken musste er lachen.

31. Kapitel

Paul

»Was willst du hier?« Pauls Stimme tönte über den Hof.

Dr. Antoine Petit blinzelte. »Ich soll den Klon abholen.«

»Wer sagt das?«

»Cindy Ackermann, wer sonst.«

Paul stemmte die Hände in die Hüften. »Das kann ich mir nicht vorstellen, sie hat ihn ja erst vor ein paar Tagen gebracht.« Der Tierarzt versuchte, an Paul vorbeizugehen, doch der stellte sich ihm in den Weg. »Warum hast du nasse Hosen? Da stimmt doch was nicht.«

»Lass mich durch. Du weißt ja, wie unangenehm Cindy werden kann.« Der Tierarzt ging auf den Stall zu, doch Paul packte ihn am Arm.

»Ich glaub dir kein Wort. Warte hier, ich rufe sie an.«

Der kleine Toni blieb stehen. »Kannst du gerne machen.«

Paul ging in den Hausflur, wo auf einer Kommode neben der Tür sein Handy lag. Als er die Nummer eintippte, nahm er eine Bewegung aus dem Augenwinkel wahr. Eine Eisenstange schwang auf ihn zu. Adrenalin überschwemmte Pauls Körper. Er duckte sich nach unten weg und konnte gerade noch ausweichen. Das Handy knallte auf den Fliesenboden.

Der Tierarzt strauchelte ins Leere und Paul rammte ihm den Kopf in den Bauch. Er stöhnte auf, klappte zusammen und schnappte nach Luft.

Paul riss ihm die Stange aus der Hand. »Bist du irre?«, schrie er und Spucketröpfchen flogen durch die Luft.

Dr. Petit versuchte, sich aufzurappeln, doch Paul schubste ihn wieder zurück auf den Boden und erhob drohend die Eisenstange. »Warum gehst du auf mich los? Und wohin willst du das Pferd bringen?«

Der Tierarzt hob beschwichtigend die Hände und setzte sich auf, aber er schwieg.

»Ich rufe sie jetzt an.« Paul griff nach seinem Handy. Quer über den Bildschirm zog sich ein Riss. »Scheiße.«

»Sie wird eh nicht drangehen.«

»Warum?«

»Gib mir das Pferd.«

»Nur wenn du mir erklärst, was hier läuft.« Paul versetzte dem kleinen Toni mit seinem grünen Gummistiefel einen Tritt gegen den Oberschenkel.

»Aua!« Er zog sein Bein an. »Komm schon, gib mir den Klon. Ich nehme ihn mit, verschwinde und du bist aus der ganzen Sache raus.«

»Du bekommst ihn niemals. Glaubst du, ich bin blöd? Die Ackermann würde mich sofort hinhängen.«

Der Tierarzt lachte auf. »Ach was, Cindy! Die ist nicht das Problem.«

Paul schloss seine Finger fester um die Stange. »Wie meinst du das?«

»Du solltest dir eher Sorgen wegen *GenDouble* machen.«

Paul stutzte. »Was hast du mit denen zu tun?«

224

Der Tierarzt lachte auf. »Ich arbeite für *GenDouble*, du Vollidiot. Wer, glaubst du wohl, hat das ganze Experiment eingefädelt? Wer hat die Ackermann auf dich gebracht, dein Labor eingerichtet und deine Arbeit jahrelang finanziert?«

Paul stand einfach nur da. Das gewohnte Klickern seiner Gedanken und das helle Klingen, wenn sich eine neue Erkenntnis auftat, blieben aus. Sein Kopf war dunkel und leer. »Aber wieso?«

»Weil wir deine Forschungsergebnisse über die epigenetischen Veränderungen brauchen. Keiner ist so genial wie du. Leider. Wenn wir die Lösung hätten, könnten wir endlich perfekte Ebenbilder schaffen. Cindy ging es nur um ihren schwarzen Gaul. Aber uns ging es um die gesamte Datenbank. Stell dir nur mal vor, perfekte Kopien der ganzen Turniercracks, deren Material wir schon in unserer Datenbank haben. Millionen könnten wir damit verdienen.«

Paul blinzelte. »Aber warum wurde ich dann gekündigt? Wäre es nicht viel einfacher gewesen, wenn ich weiter für *Gen-Double* gearbeitet hätte?«

Der Tierarzt nutzte Pauls Verwirrung und kam in die Hocke. »Das wäre auf legalem Weg nicht möglich gewesen. Wir hätten nicht mal in Frankreich die Genehmigung bekommen, so viele Klone nur wegen ihres Erscheinungsbildes zu produzieren. Das musste heimlich geschehen. Außerdem hatten wir noch ein zusätzliches Druckmittel, weil du Schulden hattest und ohne Job deine Kreditraten nicht mehr bezahlen konntest.«

»Ich dachte, das hat Cindy eingefädelt ...«

Der Tierarzt winkte ab. »Die war doch bloß ein Mittel zum Zweck. Geldgierig und kaltblütig, dazu ein bekannter Name in der Pferdeszene. Perfekt. Sie ist sofort auf das Projekt angesprungen. Ich musste ihr bloß ein paar Stichworte geben und ihr versichern, wie einfach es wäre, lauter Black Nights zu kreieren und zack, schon hat sie das Experiment zu ihrem eigenen gemacht.«

Langsam sickerte die Erkenntnis in Pauls Kopf ein, dass auch die Ackermann nur benutzt worden war. »Und wo ist sie jetzt?«

»An einem sicheren Ort. Gib mir das Pferd, dann sage ich dir wo.« Der Tierarzt war noch immer in der Hocke. Er blickte Paul lauernd an.

»Und was ist mit Felix passiert?«

»Der wollte alles auffliegen lassen. Der musste weg.«

»Du hast ihn umgebracht? Du warst das?« Paul riss die Augen auf.

Der kleine Toni taxierte ihn und setzte dann zu einem Sprung an, dessen Überraschungseffekt Paul umwarf, so dass er rückwärts aus der Haustür hinaus in den Matsch flog. Sein Rücken platschte auf den Boden, der Schlamm drang durch sein T-Shirt und ihm blieb die Luft weg, als der Tierarzt sich mit seinem ganzen Gewicht auf Pauls Brustkorb warf.

Paul wollte nach ihm treten, doch sein Bein kickte ins Leere. Er versuchte, den drahtigen Mann mit den Armen von sich zu schieben, aber er hing an ihm wie eine Zecke. Obwohl Paul viel größer und stärker war, bekam er ihn nicht los. Er war es nicht gewohnt, zu kämpfen. Stattdessen zappelte er herum wie ein Fisch an Land.

Der Tierarzt biss ihn ins Ohr. Paul brüllte, der Schmerz aktivierte alle seine Kräfte, er wälzte sich herum und wuchtete sich mit seinem ganzen Gewicht auf den kleinen Toni, drückte ihn mit dem Gesicht auf den Boden und setzte sich schnaufend auf seinen Rücken. »Du Ratte!«, zischte er. »Jetzt bist du dran.«

Diesmal überließ Paul nichts dem Zufall. Er fesselte die Handgelenke von Dr. Antoine Petit mit den Strohbändern, die er aus seiner Hosentasche fischte. Dann griff er nach seinem Handy. Zum Glück. Es funktionierte noch. Zum dritten Mal wählte Paul die Nummer der Polizeistation Lüdow.

32. Kapitel

Anne

Eigentlich ging Anne nicht ans Handy, wenn sie am Steuer saß. Sie musste sich darauf konzentrieren, den Punto nicht aus den Augen zu verlieren. Sie warf einen Blick auf das Handy, das auf dem Beifahrersitz blinkte. Mario. Das war ja klar. Er würde sie bestimmt wieder damit nerven, dass sie ihn nicht mitgenommen hatte.

Als die Nummer der Polizeiwache zum zweiten Mal auf ihrem Display erschien, seufzte sie. Vielleicht war es doch wichtig. Sie griff nach ihrem Handy und hielt es sich ans Ohr. »Was ist denn?«, rief sie.

»Anne, wo bist du?« Marios Stimme klang aufgeregt.

»Ich verfolge Carlos. Ich kann jetzt nicht telefonieren.«

»Nicht auflegen!« Marios Stimme überschlug sich. »Dieser Paul Becker hat gerade angerufen, du weißt schon, dieser Typ, der Felix vier Mal an seinem Todestag angerufen hat. Er behauptet, er hat einen Mörder überwältigt und muss dir etwas Wichtiges über ein geklontes Pferd mitteilen.«

»Geklontes Pferd? Willst du mich verscheißern?«

»Nein, wirklich.«

»Mist!« Anne sah die Abzweigung nach Lewitzow. »Da will Carlos offenbar auch gerade hin. Ich bin ihm auf den Fersen. Los, ich brauche Verstärkung.«

Als Anne hinter Carlos in die Einfahrt zu dem Fachwerk-Bauernhof fuhr, sah sie zwei völlig verschlammte Kerle, die verschiedener nicht hätten sein können. Einer klein und drahtig, auf dem Boden, mit auf dem Rücken zusammengebundenen Händen. Und Paul Becker, der groß aufgerichtet neben ihm stand. Er sah heute aus, als wäre er irgendeinem Abenteurer-Werbespot entsprungen. So ein Typ mit Dreitagebart, der gerade einen Köpfer vom Segelboot macht. Oder das Lagerfeuer anheizt. Dazu passte der Schlamm, mit dem er vollgeschmiert war, sogar ganz gut.

Ihr war schon letztes Mal aufgefallen, wie gut er aussah. Er hatte irgendetwas an sich, was sie zum Innehalten zwang. Insgeheim war sie froh darüber gewesen, dass sie ihn nicht hatte festnehmen müssen.

Jetzt sprang auch noch der Spanier gestikulierend hin und her. Anne musste grinsen. Männer! Doch sobald sie die Tür des Saab hinter sich zuschlug, setzte sie ihr Kommissarinnen-Gesicht auf. »Was ist hier los?«, rief sie und wedelte mit ihrem Ausweis. »Kriminalpolizei Lüdow.«

Carlos fuhr herum, als er ihre Stimme hörte. Er hatte noch gar nicht bemerkt, dass sie ihm gefolgt war. »Er hat Cindy!«, schrie er und zeigte auf den Tierarzt. »Er hat gesagt, ich soll ihm helfen, den Klon verschwinden zu lassen, dann sagt er mir, wo sie ist.«

»Das hat er mir auch gesagt«, bestätigte Paul. »Und er hat Felix Reuther umgebracht. Ich habe angerufen. Gut, dass Sie kommen.«

»Du hast die Polizei gerufen?« Carlos starrte ihn an. »Aber du steckst doch selbst mit drin.«

»Es ist vorbei«, sagte Paul. »Er hat Felix umgebracht. Mit einem Mord will ich nichts zu tun haben.«

Anne sah den Mann an, der im Matsch lag. »Also, wo ist Cindy Ackermann?«

Der Tierarzt presste die Lippen aufeinander.

»Ja, wo ist sie?« Carlos hob die Hände zum Himmel.

Jetzt fängt der schon wieder mit seiner Jammerei an, dachte Anne. Das wäre echt nicht hilfreich. Um ihn abzulenken, fragte sie ihn: »Wer ist denn das überhaupt?«

»Unser Tierarzt«, antwortete Carlos. »Dr. Antoine Petit. Aber wo ist Cindy?« Seine Stimme war weinerlich. Er schien sie wirklich zu mögen. Anne konnte es noch immer nicht fassen. Was hatte sie nur an ihm gefunden?

Mario bretterte auf den Hof. Er hatte mindestens fünfzig Sachen drauf und legte ein Bremsmanöver hin, dass der Matsch nur so spritzte. Er sprang aus dem Auto, fasste sich ans Pistolenhalfter und rief: »Die Verstärkung ist da! Die Kollegen sind auch schon unterwegs. Was ist hier los?« Als er sah, dass Anne die Situation unter Kontrolle hatte, ließ er die Hand enttäuscht sinken. »Alles klar?«

»Alles klar.« Anne nickte. Wie sollte sie ihren Azubi jetzt am besten beschäftigen, damit er den Superpolizisten-Modus wieder abstellte und ihr hier nicht in Quere kam? »Gut, dass du da bist«, sagte sie. »Du kannst den Mörder beaufsichtigen.«

»Mörder?« Mario wurde blass.

»So wie es aussieht, hat er Felix Reuther umgebracht. Und er hat Cindy Ackermann entführt. Wir müssen herausfinden, wo er sie versteckt hat.«

»Entführt?« Mario sah auf den Tierarzt hinab. »Versteckt?«

Anne nickte. »Bleib bei ihm, ich komme gleich.« Sie drehte sich zu Paul Becker um. »Und jetzt zu Ihnen. Was ist hier passiert? Warum haben Sie diesen Mann gefesselt und die Polizei gerufen? Und was haben Sie meinem Kollegen über ein geklontes Pferd erzählt?«

Paul holte tief Luft. »Ich muss etwas gestehen. Ich habe ohne Lizenz Pferde geklont.«

Anne schaute ihn verständnislos an. »Bitte was? Das müssen Sie mir jetzt schon etwas genauer erklären.«

»Kommen Sie«, sagte Paul und setzte sich auf die blaue Bank neben der Haustür. Anne ließ sich neben ihm nieder und schlug die Beine übereinander. Dann lauschte sie seiner unglaublichen Geschichte: Von einer französischen Firma, die Pferde klonte. Von seiner Frau, die ihn verlassen hatte, weil sie keine Kinder bekommen konnten. Von seinen Schulden, weil er arbeitslos geworden war und seine Exfrau auszahlen musste, um den Hof zu behalten. Und schließlich, wie ihn Cindy Ackermann unter Druck gesetzt hatte, damit er ihr Starpferd so oft klonte, wie es nur möglich war. Er erzählte von seiner Berufung als Wissenschaftler, von dem Moment, als er bemerkt hatte, was das hier für ein schmutziges Geschäft war, und davon, wie die Ackermann ihre Pferde behandelte. Nur die Sache mit der Papiertüte und dem Unfall ließ er weg. Dann berichtete

231

er von dem Streit zwischen Cindy und ihrem Bereiter und schließlich von der Schlägerei mit dem Tierarzt. Die Sätze flossen nur so aus ihm heraus. Als er fertig war, seufzte er einmal ganz tief.

»Und warum haben Sie das gestern alles verschwiegen?«, fragte Anne.

»Ich hatte Angst, dass ich verdächtigt werde.«

»Aber heute können Sie uns den Tierarzt als Mörder präsentieren.«

Paul nickte. Seine Miene sah gelöst aus, als hätte er sich alles von der Seele geredet. Er lächelte. »Das hat sich jetzt angefühlt, als hätte ich die letzten Jahre meines Lebens noch einmal durchschwimmen müssen, um sie endlich hinter mir zu lassen. So, als würde ich nach einer langen Kraulstrecke in der Ostsee den Toten Mann machen, und ein Strudel würde mich zu drehen beginnen. Verstehen Sie?«

Anne verstand ihn vollkommen. Sie sah ihn verwundert von der Seite an. Was war das nur für ein Mann? So völlig anders, als alle anderen, die sie je kennengelernt hatte. Irgendwie merkwürdig. Aber auch faszinierend.

Die Sonne war zwischen den Wolken hervorgebrochen, sie stand schon tief. »Es ist wirklich schön hier. Ich verstehe, dass Sie diesen Hof nicht aufgeben wollen.« Am First des Stallgebäudes war ein Holzkreuz mit zwei stilisierten Pferdeköpfen befestigt. Das war eine Windfeder, das wusste Anne. Sie verhinderte, dass der Wind unter das Reet-Dach hineinblasen konnte. *Windfeder*. Was für ein wunderschönes Wort. Sie war völlig ruhig, so als hätte jemand die Stopp-Taste gedrückt. Am liebsten würde sie einfach hier sitzen bleiben, aber sie musste los. »Jetzt müssen wir Frau Ackermann finden«, sagte sie. »Ich schaue mal nach den anderen.«

Sie stand auf und ging über den Hof zu Mario und dem Tierarzt. Als sie um die Ecke bog, traf sie fast der Schlag. Dr. Antoine Petit wand sich auf einem Ameisenhaufen hin und her. Er war mit Insekten übersäht und versuchte, sein Gesicht mit den zusammengebundenen Händen zu schützen.

»Wo ist Cindy?«, schrie Mario ihn an. »Sag es, sonst fressen dich die Viecher irgendwann auf. Ich lass dich da liegen, ich schwör's dir. Du hast eh keine Chance mehr, aus der Sache rauszukommen.«

»Cindy ist in einem Bootshaus im Polder«, rief der Tierarzt. »Sie lebt noch. Und jetzt hol mich aus diesem scheiß Ameisenhaufen raus oder ich zeig dich wegen Folter an!«

»Mario, bist du wahnsinnig?«, schrie Anne.

Er schaute sie beleidigt an. »Hallo? Ich habe gerade Cindys Leben gerettet. Du hast gesagt, wir müssen so schnell wie möglich herausfinden, wo sie ist. Und genau das habe ich getan. Gefahr im Verzug.«

»Aber ...« Anne winkte ab und seufzte. »Egal. Holt ihn jetzt da raus. Sofort.«

Mario und Carlos zerrten den kleinen Toni aus dem Ameisenhaufen und duschten ihn mit einem Gartenschlauch ab, um ihm Schlamm und Insekten abzuwaschen. Dann wickelten sie ihn in eine Pferdedecke.

»Wo ist denn eigentlich die Verstärkung?«, fragte Anne.

Mario sah zur Seite. »Keine Ahnung. Darf ich ihn jetzt festnehmen?«

Anne schüttelte den Kopf. »Du hast gar keine Verstärkung gerufen, stimmt's?«

Mario scharrte mit der Fußspitze in der Erde herum.

»Dabei nimmst du es doch sonst immer so genau mit den Vorschriften.«

»Also ... Ich dachte ... Wenn die Kollegen dabei wären, dürfte ich sicher nicht ... Ich würde so gerne ...«

Anne schmunzelte. Das hätte sie sich eigentlich denken können. »Ja dann, mach schon. Herzlichen Glückwunsch zu deiner ersten Festnahme.«

Mario strahlte, löste die Handschellen von seinem Gürtel und sagte: »Dr. Antoine Petit, hiermit nehme ich Sie wegen des Verdachts auf Freiheitsberaubung und Mord fest. Sie haben das Recht, einen Anwalt Ihrer Wahl zu beauftragen.« Dann legte er dem klatschnassen und stinkenden Tierarzt die Handschellen an, nahm ihn am Arm, verfrachtete ihn auf den Rücksitz des Polizeiwagens und schlug die Autotür hinter ihm zu.

»Und jetzt lässt du dir das Bootshaus zeigen und holst Cindy da raus«, sagte Anne.

»Ich fahre auch mit!« Carlos sprang in seinen Punto.

»Und du?«, fragte Mario.

»Ich komme gleich nach.« Anne wusste nicht, warum sie unbedingt hierbleiben wollte. »Ich muss noch ein paar Fragen klären.«

Mario riss die Augen auf. »Aber wir sind doch eine Gefahrengemeinschaft. Wir tragen Verantwortung füreinander. Du kannst mich doch nicht alleine ...«

Anne seufzte. »Der Mörder ist doch schon außer Gefecht. Und Carlos ist auch dabei. Los, du musst Cindy retten. Und ruf gleich einen Krankenwagen.«

»Aber du kommst nach.«

Carlos hupte und gestikulierte in seinem Punto.

»Los jetzt!«

Mario stieg in den Polizeiwagen. Als die Autos vom Hof gefahren waren, blieben der Wissenschaftler Paul Becker und Kriminalhauptkommissarin Anne Moll allein zurück.

Anne räusperte sich. »Sie haben es wirklich schön hier«, sagte sie noch einmal. Ihr fiel einfach nichts anderes ein. Irgendwie war ihr Kopf völlig leer.

»Sie sind neulich in meine Koppel eingestiegen«, sagte Paul. »Darf man das als Polizistin?« Er grinste sie an.

»Tut mir leid.« Anne zuckte die Schultern. »Dann waren Sie das im Wald?«

Paul nickte.

»Sie haben mir einen riesigen Schrecken eingejagt.«

»Tut mir leid. Ich hatte einfach keine Lust, auf Menschen zu treffen. Außerdem dachte ich, sie halten mich für einen Triebtäter, wenn ich nachts im dunklen Wald plötzlich vor Ihnen stehe. Deshalb bin ich davongeschlichen.«

Anne lachte. »Dann sind wir ja quitt.«

»Ich habe Sie auch schon mal in Ihrer Küche gesehen.«

»Haben Sie mich etwa beobachtet?« Anne zog die Augenbrauen hoch.

»Nein, ich bin mit Rinco spazieren gegangen und das Licht in Ihrer Küche war an ... Tut mir leid, ich wollte nicht ...«

»Schon gut. Ich muss unbedingt Vorhänge kaufen.« Anne sah über die Koppel. »Welches der Pferde ist denn der Klon, der auf dem Turnier gestartet ist?«

Paul zeigte auf die Weide. »Da steht er.«

»Sieht aus wie ein ganz normales Pferd.«

»Das ist er auch.« Paul zuckte die Schultern. »Ein Pferd ist ein Pferd. Es hat keine Ahnung, dass es ein Klon ist.«

»Das fände meine Tochter bestimmt total spannend. Sie ist eine richtige Pferdenärrin und hat mir bei dem Fall geholfen.« Plötzlich fehlte ihr Charlie. Es wäre schön, wenn sie jetzt auch hier sein könnte. »Und wie geht es dem Pferd jetzt?«

»Er hat viel durchgemacht. Denken Sie, ich kann ihn behalten? Ich mag ihn sehr.«

»Hm.« Anne hob die Hände. Sie hatte keine Ahnung, wie die Besitzverhältnisse von Klonen waren. Ob der Auftraggeber oder der Erschaffer der rechtmäßige Eigentümer war. Sie betrachtete die kleine Pferdegruppe, die friedlich graste. Da hob der Rappe den Kopf und blickte sie an. »Das hoffe ich«, sagte sie. »Man sieht, dass er sich hier wohl fühlt.« Das Pferd hielt im Kauen inne und ein Grasbüschel hing aus seinem Maulwinkel. Anne hatte das Gefühl, das Tier wüsste genau, wer sie war. Als könnte es tief in ihre Seele blicken. Quatsch, dachte sie. Das bilde ich mir ein.

»Jetzt braucht er aber dringend einen richtigen Namen«, sagte Paul. »Die Ackermann hat ihn BN2 genannt. Aber er ist nicht nur die Kopie von Black Night, sondern eine echte Persönlichkeit.«

Anne nickte. »Wie wäre es mit Nighty?«

Paul lächelte. »Klingt gut.«

»Wie sehr ähnelt er Black Night eigentlich?«

»Puh, das ist eine gute Frage. In manchen Dingen ist er ihm sehr ähnlich. Sie sind beide mutige und charakterstarke Pferde. Aber das Gesamtpaket ist anders. Black Night wehrt sich, wenn man ihn zu sehr unter Druck setzt. Nighty lässt viel zu viel mit sich machen. Er ist auch extrem klug und menschenbezogen. Er ist lustiger und gewitzter. Er ist eben ein anderes Pferd.«

»Und was haben Sie jetzt mit ihm vor? Ich meine, wenn Sie ihn behalten dürfen.«

»Er soll erstmal den Sommer über auf der Koppel stehen. Und dann fange ich mit ihm noch mal von vorne an. Ganz entspannt.«

Anne nickte und beobachtete das Pferd, das zufrieden vor sich hin wanderte und graste. Nur ab und zu hob es den Kopf, schüttelte ihn, schaute kurz in die Ferne und kaute dann weiter. »Charlie würde sich freuen, Nighty so entspannt zu sehen«, sagte sie.

»Ist das Ihre Tochter?«

Anne nickte.

»Vielleicht möchte Charlie ihn ja mal kennenlernen?«

Annes Herz begann zu klopfen. War das eine Einladung? »Das würde sie bestimmt riesig freuen.«

Paul lächelte. »Na dann. Besuchen Sie mich doch mal.«

Anne nickte und räusperte sich. »Gerne.«

»Was passiert jetzt eigentlich mit mir und den anderen, die in den Fall verwickelt sind?«, fragte Paul.

»Ich denke, der Tierarzt wird auf jeden Fall wegen Freiheitsberaubung angeklagt. Falls Cindy verletzt ist, kommt sogar noch gefährliche Körperverletzung dazu. Was Felix' Tod angeht, wird er sich wohl wegen Mordes verantworten müssen, das muss das Gericht klären. Die Ackermann war seine Mittäterin. Und Sie könnten Cindy wegen Nötigung anzeigen. Carlos kann man nicht viel vorwerfen, glaube ich. Außer, dass er von dem Klon-Experiment wusste. «

»Und *GenDouble?*«

»Inwieweit das Unternehmen belangt wird, wird sich zeigen. Das kommt auf die Aussage des Tierarztes an, und darauf, ob man denen irgendetwas nachweisen kann. Die sitzen ja auch im Ausland. Sie werden vermutlich mit einer Geldstrafe davonkommen.«

Paul nickte. Seine Karriere als Wissenschaftler war sicherlich auch für immer beendet. Aber Hauptsache, das Experiment war endlich vorbei.

»Ich muss los«, sagte Anne. »Mich um die Ackermann kümmern. Kommen Sie morgen Vormittag für das offizielle Verhör ins Kommissariat?«

Paul nickte. »Bis morgen.«

Anne ging zum Auto und sah aus dem Augenwinkel, dass er ihr nachblickte, mit den Händen in den Hosentaschen und einem Lächeln auf dem Gesicht.

Charlie würde sie jetzt damit aufziehen. Bei dem Gedanken an ihre Tochter seufzte sie. Wie es ihr wohl in München ging? Sie ließ die Kupplung kommen und fuhr vom Hof. Als sie außer Sichtweite war, hielt sie an, zog ihr Handy aus der Tasche und tippte eine Nachricht an Charlie: *Alles klar bei dir?* Sie ließ ihren Blick über die sanften Hügel gleiten. Ihr Handy piepte. Ein hochgereckter Daumen erschien auf dem Bildschirm. Sie tippte wieder: *Und deine Freundinnen?* Anne sah, dass Charlie schrieb. *Bff.*

Sie seufzte. Was hieß das? Sie googelte *Abkürzungen Handy bff.* Sofort erschien die Auflösung: *best friends forever.*

Das hörte sich doch gut an. Sie schrieb: *Wenn du zurückkommst, kannst du Black Nights Doppelgänger kennenlernen. Ich habe ihn gefunden und der Fall ist aufgeklärt.* Sie ließ ihren Zeigefinger über der Tastatur schweben. Dann tippte sie: *Ich vermisse dich.*

Sie fuhr wieder los, drehte das Autoradio auf und sang mit: »Im Sturz durch Raum und Zeit, Richtung Unendlichkeit, fliegen Motten in das Licht, genau wie du und ich. Irgendwie fängt irgendwann irgendwo die Zukunft an, ich warte nicht mehr lang.« Natürlich Nena. Ihr Lieblingssong.

Ihr Handy klingelte. Mario. Wer sonst. Sie seufzte.

»Wo bleibst du denn?«, rief er in den Hörer. »Wir haben die Ackermann gefunden. Sie war wirklich in einem Bootshaus. Es geht ihr einigermaßen gut. Wir haben sie mit dem Boot rübergeholt, der Krankenwagen ist schon da und die Spusi kommt auch gleich. Bist du noch dran?«

»Ja ja«, sagte Anne. »Ich bin auch gleich da.« Sie gab es nicht gerne zu, aber Mario leistete gute Arbeit.

Als sie im Polder ankam, wuselten schon alle möglichen Leute herum. Die Männer von der Spurensicherung liefen am anderen Ufer beim Bootshaus hin und her, Cindy saß im Krankenwagen und die Sanitäter kontrollierten gerade ihren Blutdruck. Carlos stand neben ihr.

»Tja, Frau Ackermann«, sagte Anne. »Ist wohl nicht alles nach Plan verlaufen, oder?«

Cindy warf ihr einen giftigen Blick zu.

»Wissen Sie, wer die Informationen über ihr Experiment an die Presse weitergegeben hat?«

»Das muss Felix gewesen sein, der Verräter.«

Carlos hustete.

»Aber dann hätte diese Journalistin mehr gewusst. Sie hat ja nur über ein zwielichtiges Experiment geschrieben. Wenn sie die Informationen von Felix bekommen hätte, wäre das ein dreiseitiger Leitartikel geworden. Mindestens.«

»Dann war es Paul.«

»Nein, bestimmt nicht. Der hat die Hintergründe gerade erst von eurem Tierarzt erfahren.«

»Ist doch egal, wer es war«, sagte Carlos und sah zur Seite.

Die Frauen starrten ihn fassungslos an.

»Du warst das?« Cindy wurde blass.

Carlos zog die Stirn in dramatische Falten. »Ich meine ... also ... Das war ein Versehen. Diese Frau ... Ich wusste doch gar nicht, dass sie Journalistin war. Sie sprach sogar Spanisch und war so interessiert an Black Night und dem Turnier und dem Video ...«

»Und dann hast du ihr mal eben von dem Experiment erzählt?« Cindys Stimme wurde schrill und Anne war froh, dass die Sanitäter ihr das Blutdruck-Messgerät schon abgenommen hatten.

»Nur, dass es ein Experiment ist. Sonst nichts. Von Klonen hab ich nicht gesagt.«

Cindy starrte Anne an. »Das heißt, Felix hat gar nichts ausgeplaudert? Er hat nur geblufft?«

»Ich fürchte, Sie haben ihn umsonst um die Ecke gebracht.« Das konnte Anne sich jetzt einfach nicht verkneifen.

Carlos nahm Cindys Hand. »Es wird alles gut, *mi amor*.«

Cindy zog ihre Hand zurück. »Nix *amor*. Verpiss dich.«

Carlos sah sie an wie ein geprügelter Hund. »Aber *te amo*.«

»Hau ab!«, keifte Cindy und Anne sah Tränen in ihren Augen glitzern. Waren irgendwo in dieser Frau etwa doch Gefühle versteckt?

Carlos trollte sich. Dem war wirklich nicht zu helfen.

Cindy sah ihm nach und schüttelte den Kopf. »Dass er *so* dumm ist, hätte ich nicht gedacht.«

Anne schaltete unauffällig die Audio-Funktion ihres Handys ein und ließ es wieder in die Jackentasche gleiten. Jetzt oder nie. »Eine Frage hätte ich noch.«

Cindy wandte sich ihr zu. Ihr Blick war leer.

»Was wird aus Ihren Pferden, wenn Sie ins Gefängnis gehen? Die gehören auf dem Papier doch alle Ihrem Mann, oder?«

Cindy schluckte. »Jobst wird sie verkaufen, da bin ich mir sicher. Dem waren sie schon immer egal. Für mich waren sie ein Lebensinhalt. Meine Existenzgrundlage. Aber er ...« Ihre Stimme wurde leise. »Er wird sie an die erstbesten Interessenten verscherbeln.«

»Außer die Klone, oder?«, fragte Anne. »Ich meine, die leben ja nicht mal auf dem Gestüt. Außerdem haben Sie die nur in Auftrag gegeben. Aber ihr Eigentümer ist wohl eher ihr Erschaffer und Besitzer, richtig?«

»Sie meinen Paul Becker?«

»Genau. Er hängt sehr an den Tieren. Außerdem könnten Sie jetzt ein bisschen was wieder gut machen.« Anne sah sie erwartungsvoll an.

Cindy winkte ab. »Ist mir egal. Von mir aus kann er seine Kreaturen behalten.«

Anne zog ihr Handy aus der Tasche und schaltete die Audio-Aufnahme ab. »Nur zur Sicherheit. Danke Frau Ackermann, jetzt haben Sie ein Mal etwas richtig gemacht.«

Sie lächelte. Das würde Paul Becker freuen. Sie ließ sich von einem Kollegen mit dem Boot zu Mario übersetzen, der beim Bootshaus stand und den Männern von der Spurensicherung irgendwas erzählte. Als er Anne sah, drückte er die Brust raus. »Hier war sie drin.«

Anne klopfte ihm auf die Schulter. »Gut gemacht, Mario. Diesmal hast du also wirklich Verstärkung gerufen.« Sie zwinkerte ihm zu.

Mario wurde rot. »Ich wollte halt so gerne ... Wenn die anderen da gewesen wären, hätten die doch ...«, stammelte er.

»Schon gut. Das bleibt unter uns«, sagte Anne. »Unter einer Bedingung.«

Mario sah sie mit großen Augen an. »Ja?«

»Kein Joghurt mehr im Büro.«

Er lachte. »Du bist blöd.«

»Und jetzt bringen wir den Tierarzt auf die Wache. Du fährst voraus.«

Mario führte den Konvoi an, die Verstärkung mit dem Tierarzt im Auto fuhr hinterher und Anne bildete das Schlusslicht.

Der Wegweiser zur Ostsee kam in ihr Blickfeld. Wie war das? Eine anstrengende Kraulstrecke und danach packt einen ein Strudel und beginnt, einen zu drehen? Genau so fühlte sie sich gerade. Dieser Paul Becker gefiel ihr. Der berührte irgendetwas tief in ihr drin, das sie selbst nicht beschreiben konnte.

Ach, scheiß doch auf den Tierarzt. Am liebsten würde sie abbiegen und einfach zum Strand fahren. Ihn in die Zelle zu sperren, würden die Kollegen auch ohne sie hinbekommen. Und verhören konnte sie ihn morgen noch. Sollte sie?

Der Wegweiser huschte vorbei. Ihr Pflichtgefühl hatte gesiegt. Aber sie würde Paul Becker besuchen. Ganz sicher. Sie drehte den Kassettenrekorder auf und öffnete das Fenster. Der Fahrtwind verwirbelte ihr Haar. »Liebe wird aus Mut gemacht, denk nicht lange nach, wir fahren auf Feuerrädern Richtung Zukunft durch die Nacht«, sang sie.

Sie waren schon fast in Lüdow, als ihr Handy piepte. Sie schielte auf den Beifahrersitz. Eine WhatsApp von Charlie. *Miss you too. Freue mich auf daheim.* Smiley mit Herzaugen und Kussmund.

33. Kapitel

Anne

Anne saß im Garten und trank ihren Frühstückskaffee. Der Fall war gelöst, morgen würde Charlie zurückkommen und sie genoss ihren letzten kinderfreien Tag. Mario war wieder auf Hüttenwochenende, der würde sie auch nicht stören.

Sie schloss die Augen und hielt das Gesicht in die Morgensonne. Wie schön es jetzt wäre, wenn Paul Becker hier mit ihr Kaffee trinken würde. Sie machte die Augen wieder auf. Was für ein absurder Gedanke. Seit dem Verhör gestern brachte sie den Wissenschaftler einfach nicht mehr aus ihrem Kopf. Er hatte sich gefreut wie ein kleiner Junge, als sie ihm die Audio von Cindy Ackermann vorgespielt hatte. Und als er ihr gegenüber gesessen hatte, um seine Aussage zu wiederholen, hatte sie sich dabei ertappt, dass sie ihm überhaupt nicht zuhörte, sondern seine Lippen betrachtete und sich vorstellte, wie es wäre, ihn zu küssen. Als er die Einladung für sie und Charlie wiederholt hatte, hatte sie herumgestottert wie ein Teenager.

Bei dem Gedanken daran, ihn wiederzusehen, legte ihr Herz einen Gang zu. Um sich abzulenken, faltete sie das *Ostseeblatt* auf. Waaas? Sie verbrannte sich die Lippen und kleckerte Kaffee auf die Titelseite. *Dressurreiter wegen Klon-Experiment kaltblütig ermordet*, stand da. Leitartikel. Drei Seiten lang. Natürlich von Anita Cordoba. Sie begann zu lesen. Wahnsinn. Da stand jedes Detail über die Ackermann und das Experiment drin. Das war wirklich heißer Stoff.

Paul Becker kam nicht vor, es ging nur um einen Wissenschaftler, dessen Namen nicht genannt wurde. Anne atmete auf. Er hätte es nicht verdient, jetzt in der Presse zerrissen zu werden. Sie wünschte ihm, dass er nach allem, was er durchgemacht hatte, einen Neustart mit seinem Hof hinbekäme. Und es freute sie, dass er die Klone behalten durfte. Anne nahm einen Schluck Kaffee und spürte dem Kribbeln in ihrem Magen nach.

Sie las weiter und ihr Gesicht wurde heiß. Da stand: *Dank der Ermittlungen durch Kriminalhauptkommissarin Anne Moll konnte der Mörder gefasst werden.* Ihr Name in der Zeitung? Na ja, ein bisschen geschmeichelt fühlte sie sich schon. Vielleicht war diese Cordoba doch nicht so arrogant, wie sie gedacht hatte.

In dem Artikel ging es auch darum, was wohl aus dem Gestüt werden würde. Jobst Ackermann kam zu Wort: »Ich will nichts mehr mit meiner Frau und dem Pferdesport zu tun haben. Die Tiere werden verkauft und das Gestüt wird von dem Erlös zu einem Kunst- und Kulturzentrum umgebaut.« Das konnte Anne sogar verstehen.

Der Schluss-Satz des Artikels lautete: *Der letzte Ritt von Felix Reuther hat ein skrupelloses Experiment aufgedeckt und seine Macher zur Strecke gebracht. R.I.P. Felix.*

Anne seufzte und klappte die Zeitung zu.

Felix hatte doch nicht geblufft.

- ENDE -

Anne Molls 2. Fall:

STUTENBLUT
Der Skandal

„Eines solltet ihr nie vergessen:
Es sind immer noch wir Bauern,
die euch satt machen."

Lothar Wägelein ist ein Feigling. Er weiß nicht, warum sein Chef ausgerechnet ihn nach Südamerika schickt. Er soll eine Stutenfarm überprüfen, die das Pharmaunternehmen mit Hormonen beliefert. Doch er vergisst ein wichtiges Detail und muss auf eigene Faust losziehen.

Kommissarin Anne Moll ist völlig durch den Wind. Ihre Tochter Charlie kommt im Punk-Look aus München zurück und Wissenschaftler Paul Becker scheint sich doch nicht für sie zu interessieren. Kurz darauf wird auch noch ein Schweinebauer tot aufgefunden. Annes Ermittlungen führen sie zu dem Pharmakonzern. Gibt es einen Zusammenhang?

In ihrem zweiten Fall ermittelt Anne Moll in Sachen Massentierhaltung und kommt dabei dunklen Machenschaften der Pharmaindustrie auf die Spur.

ISBN: 978-374-125-275-4

Taschenbuch 13,99 €; E-Book 3,99 € (Kindle Unlimited gratis)

Weitere Informationen: www.pferdekrimi.de

Wie wird ein Pferd geklont?

Die Geschichte von Black Night ist natürlich ausgedacht. Doch die Klon-Industrie gibt es wirklich. In Artikeln für verschiedene Pferdezeitschriften habe ich meine Recherchen zusammengefasst.

Aber wie funktioniert Klonen eigentlich? Um ein Pferd zu klonen, wird ihm ein fingernagelgroßes Stück Haut aus der Brust gestanzt. Die Zellen werden im Labor als Kultur angelegt und in flüssigem Stickstoff tiefgefroren. Zum Klonen wird die Konserve aufgetaut und mit einer entkernten Eizelle verschmolzen, sodass ein Embryo entsteht. Dieser wird dann einer Leihstute eingesetzt.

Das hört sich einfach an, doch die meisten Klon-Versuche scheitern. Der Embryo verkümmert oder es kommt zu Frühgeburten. Für diese hohe Fehlerquote werden sogenannte Imprinting-Defekte verantwortlich gemacht. Das heißt, dass die Prägung (imprinting) der Gene falsch abläuft. Denn ein Embryo, der im Reagenzglas erzeugt wird, ist anderen Bedingungen ausgesetzt, als einer, der in der Gebärmutter heranwächst.

Mehr dazu könnt ihr im nächsten Kapitel nachlesen, das die Ergebnisse meiner langjährigen Recherchen zusammenfasst.

Das Millionengeschäft mit den Klonen

Seit 2003 werden in Europa Pferde geklont. Damit sollte ursprünglich das Genmaterial kastrierter oder bereits verstorbener Tiere für die Zuchtwelt gesichert werden. Seitdem hat sich die Klonindustrie rasend schnell entwickelt. Mittlerweile produzieren Labore auf der ganzen Welt Top-Sportpferde vom Band und der weltbeste Polospieler erringt mit ihnen einen Sieg nach dem nächsten – ein Millionengeschäft.

Wie alles begann: Das Schaf Dolly

Mit Dolly fing alles an. Als schottische Wissenschaftler 1996 ein Schaf klonten, ging ein Aufschrei um die Welt. Besonders makaber war, dass das Spendertier bereits tot war – Dolly war also eine Art Zombie. Es folgten Mäuse, Kaninchen, Hunde, Ziegen, Mulis und irgendwann auch das erste Pferd. 2003 kam in Cremona/Italien das Haflingerfohlen Prometea zur Welt. Sie wurde ausgerechnet nach Prometheus benannt, der den Göttern das Feuer stahl, um es den Menschen zu geben. Die Stute, die das Fohlen austrug, war auch Lieferant für das Erbmaterial – sie trug also ihre eigene Zwillingsschwester aus. Prometeas Schöpfer waren hingegen die Wissenschaftler aus dem Team um den Italiener Dr. Cesare Galli vom Laboratorio di Tecnologia della Riproduzione (LTR). Sie entnahmen Tierkadavern in einem Schlachthaus Hunderte Eizellen, kultivierten sie und ersetzten das Erbgut durch die DNA aus Hautzellen erwachsener

Pferde. Die Ausbeute war mager: Aus 841 rekonstruierten Eizellen entstanden innerhalb einer Woche lediglich 22 Embryonen. Nur ein Fötus entwickelte sich schließlich zu einem Fohlen.

Prometea war eine x-beliebige Schöpfung, ein Tierversuch. Doch zwei Jahre später gelang es den italienischen Forschern in Zusammenarbeit mit dem französischen Gen-Labor Cryozootech, das erste Hochleistungspferd zu klonen: Den damals 20-jährigen Vollblut-Araber Pieraz, der in den 90er-Jahren zweimal Distanz-Weltmeister war. Hatte sich die Menschheit bei Dollys Geburt noch gefragt, welchen Sinn es hat, Tiere zu klonen, gab das Retortenfohlen mit dem Namen Pieraz-Cryozootech-Stallion den Experimenten eine Art züchterische Legitimierung: Pieraz war ein Spitzensportler, von dem die Pferdezucht profitiert hätte – wäre er nicht Wallach gewesen. Die Rechnung ging auf: Seit zehn Jahren ist der Pieraz-Klon selbst im Deckeinsatz und hat über 30 Nachkommen – die Gene des Wallachs Pieraz wurden also durch seinen Klon erfolgreich weitervererbt.

Ebenfalls 2005 kam der Klon des Ausnahmehengstes Quidam de Revel zur Welt. Er war das erste Pferd, dessen Klon von einer Privatperson in Auftrag gegeben wurde: Sein Besitzer Fleming Velin zahlte 250.000 Euro für den Klon.

Das erste Ziel: Wertvolles Erbgut retten

Das erklärte Ziel der Forscher lautete nun, das Erbgut von Ausnahmepferden, die früh starben oder kastriert wurden, an spätere Generationen weiterzugeben. Zu diesem Zweck legte Cryo-zootech eine Gendatenbank an und Dr. Eric Palmer, der das Unternehmen 2001 gründete, zog seitdem von Stall zu Stall, um den Besitzern von Top-Pferden deren Erbmaterial abzukaufen. »Schon als Dolly auf die Welt kam, sagte ich, das sollten wir auch mit Pferden machen«, erzählt er. »Doch ich fand keine Geldgeber, weil Klonen nicht politisch korrekt ist. Also wollte ich Champions klonen, um das Geld für den Klonierungsprozess möglichst schnell wieder einzuspielen.«

Das Prozedere für den Gen-Kauf ist relativ einfach: Ein Tierarzt stanzt den Pferden eine fingernagelgroße Hautprobe aus der Brust. Die darin enthaltenen Zellen werden dann im Labor kultiviert und tiefgefroren. Zum Klonen wird die Konserve wieder aufgetaut, mit einer entkernten Eizelle verschmolzen und einer Leihstute eingesetzt.

Palmer hatte mit seiner Shopping-Tour Erfolg: Bei Cryozootech konnten sich Züchter aus einem 56 Seiten starken Katalog für etwa 250.000 Euro ihren ganz persönlichen Klon aussuchen. Die Namensliste der Spender, die als Vorlage dienten, war beeindruckend: Quidam de Revel, E.T., Calvaro, Poetin, Ratina.

Für Aufsehen sorgte 2006 ein Klon von Hugo Simons Spitzenpferd E.T., der zu Lebzeiten 3,2 Millionen Euro zusammensprang. Im Sommer 2013 ging schließlich die Nachricht durch die Presse, dass zwei Klone von Rusty das Licht der Welt erblickt haben – Ulla Salzgeber war mit dem Lettischen Warmblut auf Olympischen Spielen erfolgreich.

Der Grund für die Klone: Beide Ausnahmepferde, E.T. und Rusty, waren Wallache und konnten sich nicht selbst fortpflanzen. In den Stallungen des Gen-Labors Cryozootech in Frankreich wuchsen nun jedoch die fruchtbaren Hengste E.T.-Cryozootech-Stallion und Rusty-Klon 1 heran, der zweite Rusty-Klon auf der Puntaci Farm in Texas.

Haben Klone gesundheitliche Probleme?

Der Versuch, Rusty zu klonen, dauerte insgesamt acht Jahre. »Beim Klonen kommen viele Abgänge und Frühgeburten vor«, erklärt Eric Palmer. »Das liegt an einer fehlerhaften Reprogrammierung des Genoms, auch epigenetische Abnormalitäten genannt. Defekte Embryonen gehen ab.« Die Entstehung der Rusty-Klone ist schwer in Zahlen zu fassen. »Tausende gesammelter Eizellen, Hunderte Zelltransfers, Dutzende Embryonen, über zehn fehlgeschlagene Trächtigkeiten ...«, resümiert der Wissenschaftler. »Die Embryonen, die nach drei Wochen gesund sind, entwickeln sich aber relativ normal.«

Prof. Dr. vet. med. Eckhard Wolf vom Genzentrum der LMU München hat allerdings eine gesundheitliche Beeinträchtigung bei Klonen beobachtet: „Tatsächlich treten Defekte an verschiedenen Organen bei Klontieren wesentlich häufiger auf als bei natürlich gezeugten Tieren. Dies kann natürlich mit schweren Leiden für das Tier verbunden sein." Die Forscher sind sich jedoch einig, dass eventuelle gesundheitliche Probleme nur die erste Klon-Generation betreffen. Die Nachzucht sei hingegen völlig normal, heißt es.

Auch das belgische Gestüt Zangersheide interessierte sich von Anfang an für die neue Reproduktionstechnologie – der erste Klon des Gestüts war Chellano Alpha Z, der 2008 auf die Welt kam und 2018 an einer Kolik einging. Zangersheide gab außerdem insgesamt vier Klone – oder Kloninnen? – der Stute Ratina Z in Auftrag, die als eines der besten Springpferde der Welt gilt.

Der mittlerweile verstorbene Gestütschef Léon Melchior war dafür bekannt, dass er neuen Techniken und Methoden offen gegenüberstand. Vor gut 30 Jahren wurde in Zangersheide mit künstlicher Besamung begonnen – gegen den Willen der deutschen Zuchtverbände. Heute gehört sie zur züchterischen Normalität. Auch beim Embryo-Transfer spielte Melchior eine Vorreiterrolle und schließlich war Zangersheide das erste Zuchtbuch, das Klone zuließ und den Klon-Hengsten somit ihre Zuchterlaubnis erteilte.

Der Belgier war allerdings nur an Springblut interessiert. Deshalb ließ Dr. Eric Palmer Rusty Klon 1 und Rusty Klon 2 ins britische Anglo European Studbook (AES) eintragen. »AES hat außerdem zwei Klone von Gem Twist und einen von Romulus 16 aufgenommen«, freute er sich. Auch das holländische KWPN-Stutbuch zog mit und nahm zwei Klone des Dressur-Hengstes Jazz auf, der jahrelang das Ranking der besten Vererber des Weltzuchtverbandes anführte.

Zunächst ging es beim Klonen also nur um Genmaterial für die Zucht. Doch nachdem der Weltreiterverband FEI im Juni 2012 auf dem FEI Sport Forum den lange umstrittenen Einsatz von Klonen im Sport diskutiert und anschließend offiziell erlaubt hat, stellte sich schnell die Frage, ob die natürliche Konkurrenz noch gewährleistet wäre, wenn man im Parcours gegen drei E.T.s und im Viereck gegen zwei Rustys antreten müsste?

Die neue Generation: Klone im Sport

Die amerikanische Tierärztin und Genforscherin Dr. Katrin Hinrichs, die an Quidam de Revels Klonprozess beteiligt war, beruhigte damals: »Klonen ist nicht dazu da, um Turniercracks hervorzubringen. Dazu sind die Bedingungen, denen ein geklontes Fohlen sowohl im Mutterleib als auch nach der Geburt ausgesetzt ist, zu unterschiedlich. Zwar hat ein Klon das gleiche Erbmaterial wie seine Vorlage, doch seine Wesensmerkmale sind vermutlich ganz anders. Denn Aufzuchtbedingungen, gute oder schlechte Erfahrungen und nicht zuletzt die Qualität der Ausbildung und des Reiters spielen eine entscheidende Rolle für den Charakter und die Qualität eines Sportpferdes.«

Das sah auch der Chef-Veterinär der FEI, Graeme Cooke, der beim FEI Sport Forum dabei war, ähnlich: »Es gibt mehrere Gründe, warum ein geklontes Pferd kaum dieselbe Leistungsfähigkeit erzielen wird, wie das Original-Pferd, zum Beispiel die Bedingungen in der Gebärmutter, Fütterung und Ausbildung. Klone unterscheiden sich beträchtlich vom Original«, sagte er. »Da die Nachzucht der geklonten Pferde durch konventionelle Methoden wie natürliche Bedeckung oder künstliche Besamung produziert wird, geht die FEI davon aus, dass das Fair Play aufrechterhalten bleibt. Deshalb wird die FEI die

Teilnahme von Klonen und deren Nachzucht an FEI-Veranstaltungen nicht verbieten.«

Den ersten großen Turniererfolg eines geklonten Pferdes konnten die Genforscher im August 2013 verbuchen. Levisto Alpha Z, der Klon des Holsteiners Levisto Z, wurde unter seinem Reiter Kris Christiaens nach vier Nullrunden Elite-Champion und Belgischer Meister der vierjährigen Springpferde. Und es folgten viele weitere.

So hat das Kheiron Biotech Labor in Buenos Aires in den letzten Jahren über 100 Klone gezeugt – und der beste Polospieler der Welt, Adolfo Cambiaso, reitet sie beherzt von Sieg zu Sieg.

Polosport ist in Argentinien ein Millionengeschäft und die Klone werden teuer gehandelt. »Es ist nur eine Frage der Zeit, bis auch in Europa Klone im Spring- und Dressursport erfolgreich sein werden«, ist Cambiaso überzeugt. »Es dauert etwa zehn Jahre, bis ein Pferd auf dem Höhepunkt seiner sportlichen Leistungsfähigkeit ist – die ersten Klonhengste kamen vor dreizehn Jahren auf die Welt, ihre ersten Nachkommen wiederum vor etwa neun Jahren. Dann wäre es jetzt ja bald so weit.«

Die Zukunft: Mit Klonen züchten

Dass Klone sich natürlich fortpflanzen können, ist seit 2008 bewiesen. Wieder waren die Italiener am schnellsten: Klon-Sensation Prometea brachte ein gesundes Hengstfohlen zur Welt. »Prometea hat gezeigt, dass sie ein ganz normales und gesundes Tier ist«, freute man sich in Cremona. »Der letzte Beweis für ihre Normalität ist die natürliche Geburt von Pegasos.«

Mittlerweile gibt es bereits mehrere Klon-Hengste, die im Deckeinsatz stehen. So bekam etwa der Klon von Hugo Simons Spitzenpferd E.T. im Jahr 2010 zum ersten Mal Nachwuchs und hat mittlerweile über 40 gesunde Nachkommen. Drei davon leben auf der Farm von Eric Palmer. Sein Ziel: Er will sie ausbilden und zu Champions machen, um zu beweisen, dass die Gewinner-Gene beim Klonen weitergegeben werden. »Dann wird meine Vision Realität«, sagte er damals.

Mittlerweile ist Eric Palmer in Rente gegangen und hat seitdem kein Pferd mehr geklont. »Ich konnte mit dem Klonen kein Geld verdienen, weil wir in Europa leben, mit alten Ideen und Menschen, die Angst vor Fortschritt und vor Biotechnologie haben«, sagte er.

Aber vielleicht wird sich sein Traum doch noch erfüllen. Denn Eric Palmers Tochter reitet den 2015 geborenen Sohn des E-T.-Klons namens Et Cetera, will ihn auf möglichst vielen Turnieren in Frankreich vorstellen und hofft auf ihren Durchbruch.

Palmer klont zwar nicht mehr, aber er züchtet noch: Er paarte zum Beispiel eine Tochter des E-T.-Klons mit einem Calvaro-Klon an. »Das ist die erste Kreuzung dieser hochinteressanten Gene«, sagte er dazu.

Auch Margit und Hugo Simon, die ihren Original-E.T. Anfang 2013 einschläfern lassen mussten, haben eine Stute mit dem Tiefgefriersperma seines Klons besamen lassen. »Damit seine Gene und sein Geist wieder hier her zu uns kommen«, sagte Margit Simon in einer WDR-Dokumentation Ende September 2013. »Damit E.T. wieder da ist.« 2015 erblickte schließlich die kleine Fuchsstute E.T.' s Girl im Stall von Hugo Simon das Licht der Welt. Mit ihr hat Simon nun ein Fohlen seines Wunderpferdes im Stall stehen und züchtet mit ihr weiter. Die Stute ist aktuell erfolgreich im Parcours unterwegs.

Kehrt nun also das Erbmaterial von Pferden in die Zucht ein, die vor vielen Jahren die Stars in Parcours und Viereck waren? Kritische Stimmen sagen dazu, dass in der Pferdezucht jede Generation gesünder, umgänglicher und leistungsfähiger ist, als die vorherige. Deshalb sei ein Pferd, das vor 20 Jahren top gewesen sei, heute zwar ganz gut, aber sicher nicht mehr Weltspitze.

Wie ähnlich ist ein Klon seinem Original?
Auch die Frage, ob ein Klon überhaupt ähnliche Wesensmerkmale wie das Original hat, beschäftigte die Wissenschaftler von Anfang an. Dr. Katrin Hinrichs führte an der A&M Texas University die erste Langzeitstudie zum Thema Pferdeklonen durch. Sechs Jahre lang beobachtete sie 14 Pferde, die sie selbst geklont hatte. Dabei interessierten sie vor allem zwei Fragen: Wie sehr ähneln die Klone ihren Vorbildern, und wie kann Klonen für die Pferdeindustrie genutzt werden?

»Wie stark die Ähnlichkeit zum Spendertier ist, hängt von mehreren Faktoren ab. Davon stehen zwei direkt mit dem Klonen in Verbindung«, erklärt die Genforscherin. »Das sind zum einen Veränderungen der Mitochondrien, die das Erbmaterial enthalten, und zum anderen epigenetische Veränderungen. Dadurch kann ein Klon z.B. etwas kleiner, größer, kräftiger oder zierlicher ausfallen als das Original.« Oder, wie im Falle von E.T.s Kopie, nicht genau dieselbe auffällige Blesse haben. Diese kleinen Veränderungen im Erscheinungsbild entstehen, da Chromosomen nicht nur eins zu eins vererbt werden, sondern auch durch Lebensumstände beeinflusst werden können. So ist ein Embryo, der im Reagenzglas erzeugt wird, anderen Bedingungen ausgesetzt als einer, der in der Gebärmutter heranwächst. »Das kommt auch beim Embryo-Transfer vor«, so Dr. Hinrichs, »aber beim Klonen fällt es mehr auf, weil man ein bestimmtes Aussehen erwartet.« So haben sowohl der E.T.-Klon wie auch die Rusty-Klone andere Abzeichen als ihre Vorbilder.

Diese Abweichungen sowie gesundheitliche Probleme, die bei vielen neugeborenen Klonen auftreten, machten es für Dr. Hinrichs von Beginn an unwahrscheinlich, dass die Klone genauso leistungsfähig sind wie ihre Vorbilder. Sie könnten aber eingesetzt werden, um leistungsfähige Nachkommen zu zeugen, sagte sie. »Klonen ist eine Möglichkeit des Gen-Bankings, ähnlich wie bei Tiefgefriersperma. Auf diese Weise können sich unfruchtbare oder tote Pferde weiter fortpflanzen.« Mittlerweile rudert Hinrichs zurück: »Es gibt keine Studie, die belegt, dass geklonte Pferde gesundheitliche Probleme haben.«

Von gesundheitlichen Problemen will auch Daniel Sammartino, Gründer und Geschäftsführer des Kheiron Biotech Labor in Buenos Aires, nichts wissen. Im Gegenteil: »Seit einigen Jahren haben wir den Standard erreicht, dass neugeborene Klone gesünder sind als normale Fohlen«, sagt er. »Eric Palmer hat zu einer Zeit Klone geliefert, zu der noch nicht klar war, ob sie Defekte haben könnten.« Nun sei die Technik viel ausgereifter und Sammartino ist sich sicher, dass sich die Wahrnehmung der Klone auch in Europa bald ändern wird.

Rechtliche Lage: Keine Klone aus Deutschland

Für Deutschland gilt das zunächst wohl nicht. Obwohl Klonen in der EU nicht verboten ist, weder zur Fleischproduktion noch zu Forschungszwecken, sind sich die Experten darüber einig, dass in Deutschland vorerst nicht geklont wird. Zu teuer, zu aufwändig, zu strenge Gesetze.

So hat Deutschland ein sehr strenges Tierschutzgesetz und Klon-Experimente mit Tieren gelten in Deutschland als genehmigungspflichtige Tierversuche. Um eine Genehmigung zu erhalten, müssen die Wissenschaftler nachweisen, dass potenzielle Leiden, Schmerzen oder Schäden beim Klonierungsprozess oder an den Klonen selbst im Gleichgewicht zum zu erwartenden Erkenntnisgewinn stehen. Deswegen brauchen Forscher in Deutschland einen triftigen Grund, um eine Genehmigung zu erhalten, z.B. die Aussicht auf neue Erkenntnisse zur Bekämpfung von Krankheiten. Dass in Deutschland das Klonen für die Pferdezucht zugelassen wird, ist deshalb kaum vorstellbar. Auch die FN spricht sich aus ethischen Gründen klar gegen das Klonen von Pferden aus.

Trotzdem kann man sein eigenes Pferd klonen lassen – das ist nur eine Frage des Geldes. Das Unternehmen ViaGen in Austin/Texas betreibt das Klonen von Haustieren und Pferden kommerziell. Mehrere hundert gesunde Pferdeklone habe die Firma bereits hervorgebracht und in die ganze Welt geliefert, berichtet Geschäftsführer Blake Russell.

Der Kunde muss dem Labor lediglich eine Hautprobe zur Verfügung stellen, um den Rest kümmern sich die Wissenschaftler. Für 85.000 US-Dollar fliegt schließlich das gesunde Fohlen mit seiner Leihmutter zum Auftraggeber, nach dem Absetzen reist die Mutterstute wieder zurück nach Texas. »Die Nachfrage nach geklonten Pferden steigt stetig an«, sagen die amerikanischen Forscher.

Wie viele Pferdeklone es heute gibt, lässt sich nicht mehr genau feststellen. Südamerikanische und asiatische Labore, die kaum Einschränkungen durch das Tierschutzgesetz haben, drängen auf den Markt. Ob Pferdeklone die Ausnahme bleiben oder sich diese Technologie irgendwann ebenso durchsetzen wird wie einst die künstliche Besamung, wird sich zeigen.

Für Prometheus ging die Sache mit dem Feuer jedenfalls nicht gut aus. Er versauerte, an einen Felsen gefesselt. Und den Menschen schickte Zeus die Büchse der Pandora.

Klone berühmter Pferde

Pieraz-Cryozootech-Stallion, geb. 2005, ist der Klon des Araber-Wallachs **Pieraz** (v. Pierscien/Farazdac), der in den 90ern zweimal Distanz-Weltmeister wurde. Pieraz 2 ist im Studbook Zangersheide eingetragen und deckt seit 2009 in Frankreich. Er hat über 30 Nachkommen.

Paris-Texas, geb. 2005, ist der Klon von **Quidam de Revel** (v. Jalisco B/Nankin), den dessen Besitzer Fleming Velin selbst für 250.000 Euro in Auftrag gegeben hat. Velin war die erste Privatperson, die einen Pferdeklon beauftragt hat. Paris-Texas ist 2012 in Belgien in den Deckeinsatz gegangen.

E.T.-Cryozootech-Stallion, geb. 2006, ist der Klon von Hugo Simons Spitzenpferd **E.T. FRH** (v. Espri/Garibaldi II). E.T. 2 ist ebenfalls im Studbook Zangersheide eingetragen und deckt seit 2008 in Frankreich. Sein Tiefgefriersperma ist seit 2012 weltweit erhältlich. Am 25. März 2010 erblickte sein erstes Fohlen das Licht der Welt, mittlerweile hat er über 40 Nachkommen.

Poetin 1 und Poetin 2, geb. 2007, sind zwei Klone der Dressur-Weltmeisterin **Poetin** (v. Sandro Hit/Brentano), die mit einem Auktionspreis von 2,5 Millionen Euro zum teuersten Dressurpferd aller Zeiten wurde. Da sie bereits im Alter von 8 Jahren wegen Hufrehe eingeschläfert werden musste, stand sie der Zucht nicht selbst zur Verfügung.

Chellano Alpha Z, geb. 2008, war der Klon vom Zangersheider Spitzenvererber **Chellano I** (v. Contender a.d. Fayence – Holsteiner Stamm 6879) und deckte auf Zangersheide, bis er 2019 an einer Kolik einging.

Gemini, geb. 2008, ist der Klon des Vollblüters **Gem-Twist** (v. Good Twist a.d. Coldly Noble), der sehr erfolgreich im Springsport eingesetzt wurde. Er war dreimal »Horse oft the Year« und gewann in Seoul Doppel-Silber. Mittlerweile kam noch ein zweiter Gem-Twist-Klon auf die Welt, beide sind im Anglo European Studbook (AES) eingetragen. Gemini steht im Deckeinsatz.

Calvaro-Cryozootech-Stallion, geb. 2008, ist der Klon von Willi Melligers »weißem Mythos« **Calvaro V** (v. Cantus/Merano). Bereits 2006 war ein Calvaro-Klon auf die Welt gekommen, hatte jedoch nicht überlebt. »Die Produktion dauerte fünf Jahre«, resümierte sein Erschaffer Dr. Eric Palmer. Der Calvaro-Klon war bei Geburt bereits zu 25 % an Investoren verkauft.

Levisto Alpha Z, geb. 2009, ist ein Klon des erfolgreichen Springhengstes **Levisto Z** (v. Leandro/Carolus I). Der Holsteiner ist unter Leon Melchiors Tochter Judy-Ann im Springsport erfolgreich und steht deshalb aktuell nicht im Zuchteinsatz.

Ratina Alpha Z, Ratina Beta Z und Ratina Gamma Z, geb. 2009, sind drei Klone von Ludger Beerbaums Superstute **Ratina Z** (Ramiro Z/Almè Z), die als erfolgreichstes Springpferd der Welt gilt. Beerbaum sprach sich öffentlich gegen das Klonen aus, doch Züchter der Hannoveraner Stute, die 2010 in Riesenbeck starb, war Leon Melchior. Er ließ ihre Kloninnen Ratina I und Ratina III erschaffen, die im Zuchteinsatz stehen. Ratina II starb bei einem Weideunfall – als Ersatz ließ das Gestüt einen weiteren Klon anfertigen: Ratina Gamma Z.

Air Jordan Alpha Z (geb. 2009) ist ein Klon des Oldenburgers **Air Jordan** (v. Argentinus/Matador), der Daniel Deußer im internationalen Springsport über Nacht bekannt machte. Der Hengst war im Besitz von Jan Tops und Gestüt Zangersheide und wurde nach Italien verkauft.

Grande Dame II ist ein Klon von **Grande Dame** (v. Grannus/Ramino). Die Stute war unter Jan Tops und Judy-Ann Melchior bis 2008 im Sport erfolgreich und in mehr als 60 internationalen Springen platziert.

Top Gun Cryozootech, geb. 2010, ist der Klon von **Top Gun La Silla**. Der Hannoveraner v. Grannus/Winnetou war ebenfalls unter Jan Tops erfolgreich. Mit dem holländischen Team sicherte sich das Paar EM- und Olympia-Gold. Der Hengst starb 2005 im Alter von 23 Jahren.

Romulus 17 ist der Klon von **Romulus 16** (KWPN v. Armstrong a.d. Warina), der unter Charles Damian von 1998 bis 2004 im britischen Spring-Team erfolgreich war und in die Vorauswahl für die Olympischen Spiele in Sidney kam. Seine jetzige Besitzerin Julia Harrison Lee ritt ihn erfolgreich im Amateur-Bereich. Sein Klon ist im Anglo European Studbook (AES) eingetragen.

Die holländische Deckstation Broere beauftragte 2011 Cryozootech mit Klonen des Niederländischen Warmbluts **Jazz**, das jahrelang das Ranking der besten Dressurvererber des Weltzuchtverbandes anführte. 2012 kamen zwei gesunde Fuchshengste zur Welt, die im KWPN-Stutbuch eingetragen sind.

Rusty Klon 1 und Rusty Klon 2, geb. 2012, sind die Reproduktionen von Ullas Salzgebers Olympia-Pferd **Rusty** (v. Rebuss/Akcents). Das Lettische Warmblut holte u.a. zweimal olympisches Mannschaftsgold sowie Einzel-Bronze und Einzel-Silber in Dressur.

Der Ausnahme-Springstar **Pacino** starb 2013 im Alter von 8 Jahren an einer Kolik. Als klar war, dass er den Kampf um sein Leben nicht gewinnen würde, spielte sein Reiter, der Ire McMahon, mit dem Gedanken, sein Once-in-a Lifetime-Pferd klonen zu lassen. Da kaum Gefriersperma des Hengstes verfügbar war, sah er darin die einzige Möglichkeit, dessen Gene für die Zukunft zu sichern. 2014 hatte er das nötige Geld zusammengekratzt, um den Plan in die Tat umzusetzen. Doch der Versuch schlug fehl. Auch ein weiterer Anlauf 2015 scheiterte. Für eine sechsstellige Summe machte sich vier Jahre später ein argentinischer Veterinär erneut daran, Pacino zu klonen. Und er hatte Erfolg. Optisch ähneln sich Pacino 1 und 2 bis auf die Abzeichen an Kopf und Beinen stark. Doch auch das Interieur soll nahezu identisch sein. Selbst Pacinos Unsicherheit, von draußen in eine Stallgasse einzutreten, hat sein Klon angeblich übernommen.

Wie viele Pferdeklone es heute gibt, lässt sich nicht mehr feststellen. Südamerikanische und asiatische Labore, die kaum Einschränkungen durch das Tierschutzgesetz haben, drängen auf den Markt und produzieren Klone vom Band. Auch in den USA kann man Haustiere kommerziell klonen lassen.

Danke an ...

... meine Testleserinnen Lisa Castronovo, Biggi Pickl, Karin Kisser-Cyran, Tanja Dylla, Bianca Kober, Beate Meyer, Ilka Knäbel, Gina de Münck, Christin Dominick, Sandra Stähli, Agnes Hofer und Sandra Will. Ihr habt mir so viele tolle Tipps und Anregungen gegeben und die Geschichte zu dem gemacht, was sie ist.

... Franz Riegel für das tolle Coverfoto und Iris Eberle für die Modernisierung des Covers für die Neuauflage.

Und natürlich Danke an mein erstes Pferd Delano, von dem ich so viel gelernt habe. Du wirst Deinen Platz in meinem Herzen immer behalten, mein Lieber.

Die Autorin

Anna Castronovo wurde 1977 in München geboren, wo sie mit ihrem Mann und ihren beiden Töchtern lebt. Sie reitet seit ihrer Kindheit und hat ein eigenes Pferd. Nach ihrem Studium zur Übersetzerin arbeitete sie sechs Jahre lang als Redakteurin, Korrektorin und Ressortleiterin in der Redaktion einer Pferdezeitschrift. 2013 machte sie sich selbständig und schreibt seitdem für verschiedene Magazine in ganz Deutschland.

Bei ihren Recherchen stößt sie immer wieder auf unglaubliche Geschichten – zum Beispiel auf das Klonen von Hochleistungspferden oder auf Stutenfarmen in Südamerika, die Hormone für die deutsche Massentierhaltung liefern. Diese brisanten Themen hat sie zum Thema ihrer Pferdekrimis gemacht. Sie schreibt auch Italienromane und hat mittlerweile sieben Bücher veröffentlicht.

Weitere Informationen und Kontakt:

www.anna-castronovo.de

www.pferdekrimi.de

Facebook: Anna Castronovo Autorin

Instagram: anna.castronovo.autorin

Weitere Titel der Autorin

FLUCH DER SALINE

**Würdest du deinen eigenen
Vater verraten, um frei zu sein?**

Sizilien 1968: Totò ist erst vierzehn Jahre alt und muss schon hart arbeiten. Sein Vater hat eine Saline gekauft, die nur schmutziges Salz erzeugt, und die Familie lebt in Armut. Als ausgerechnet Don Luigi, der mächtigste Mann im Dorf, die Saline kaufen will, wittert Totò seine Chance, dem Elend zu entfliehen. Doch sein Vater hält verbissen am Familienbesitz fest. Eine Seherin behauptet, dass ein Fluch auf dem alten Gemäuer liegt – und der Vater glaubt auch schon zu wissen, wer dahintersteckt. Als er mit seinem Gewehr loszieht, muss Totò sich entscheiden, auf wessen Seite er steht. Dabei stößt er auf ein dunkles Familiengeheimnis.

»Spannung pur. Ich hatte Kopfkino und konnte nicht mehr aufhören zu lesen – tolle Story, beste Unterhaltung und Suchtgefahr.« (Irina Gruber)

ISBN 978-375-193-823-5
Taschenbuch 10,99 €; E-Book 4,99 € (Kindle Unlimited gratis)

KAKTUSFEIGEN

Die eine glaubt ans Universum,
die andere an Tomatensoße.

Eigentlich sind die bodenständige Linda und ihre exzentrische Mutter ein gutes Team. Nur wenn es um Lindas sizilianische Wurzeln geht, fliegen die Fetzen. Um endlich Antworten auf ihre Fragen zu bekommen, fliegt Linda mit ihrer kleinen Tochter kurzerhand nach Sizilien. Dort lernt sie nicht nur den schönen Bademeister Silvo kennen, sondern auch ihre sizilianische Großfamilie. Doch Lindas Vater aufzuspüren, erweist sich als schwierig. Und auch um Lindas Zwillingsschwester, die angeblich bei der Geburt gestorben ist, ranken sich gruselige Geheimnisse. Linda ist überzeugt: Ihre Schwester lebt. Doch was ist damals mit ihr passiert? Auf einer sizilianischen Hochzeit geraten die Dinge endlich ins Rollen.

»Anna Castronovo schafft es, Mystery, Spannung und jede Menge Witz in einer fesselnden Geschichte zu vereinen – und das mit einer solchen Leichtigkeit, dass man trotz der ernsten Themen immer wieder schmunzeln muss.« (Sabine Müller)

ISBN 978-375-349-011-3
Taschenbuch 11,99 €; E-Book 4,99 €

DER PUPPENSPIELER
VON PALERMO

**Die Fortsetzung von Kaktusfeigen:
Zwischen Mafia und Leberkäs**

Endlich hat Linda ihren Vater gefunden. Sie reist nach Palermo, um ihn kennenzulernen und ihre Eltern nach sechsundzwanzig Jahren zu einer Aussprache zu bewegen. Doch als ihre Mutter – die exzentrische Bayerin Mitzi – auf den sizilianischen Puppenspieler Gaetano trifft, erweist sich das als ziemlich kompliziert. Und dann sind da auch noch Silvo und Mario, die Lindas Gefühle gehörig durcheinanderwirbeln.

Auf der Suche nach ihrer verschwundenen Zwillingsschwester gerät Linda ins Visier eines Mafia-Bosses und bringt damit nicht nur sich selbst, sondern auch ihre Familie in Gefahr – ein riskantes Spiel beginnt. Kann Linda ihre Schwester finden und die Familie vereinen?

»Dieser Roman nimmt die Leser mit auf eine authentische, spannende und witzige Reise von Bayern nach Sizilien. Wenn die Kulturen aufeinanderprallen, wird es turbulent – und aus Versehen habe ich meinen Horizont erweitert. Eine wunderbare Geschichte.« (Alexandra Demaria)

ISBN: 978-375-578-124-0
Taschenbuch: 11,99 €, E-Book: 4,99 €

KLOSTERKIND

Die siebenjährige Filomena ist verzweifelt. Ihre Mutter hat sie in ein Klosterinternat gebracht, in dem strenge Klausur herrscht. Um zu fliehen, macht sie sich auf die Suche nach einem unterirdischen Gang, der aus dem Kloster herausführen soll. Bei ihren heimlichen Streifzügen stößt sie auf die Spuren von Suor Maria Crocifissa della Concezione, die vor dreihundert Jahren im selben Kloster lebte und in den düsteren Gängen dem Teufel begegnete. Die Geschichte der Nonne zieht Filomena immer mehr in ihren Bann, bis sie eines Tages beginnt, von Madre Crocifissa zu träumen ...

Warum wurde Filomena ins Kloster gebracht? Wird sie ihre Mutter je wiedersehen? Und was hat es mit der geheimnisvollen Nonne auf sich?

Die Klostergeschichte und die Legenden um Madre Crocifissa beruhen auf wahren historischen Begebenheiten.

1. Platz Skoutz Award 2019,
Kategorie History

„Klosterkind ist eine faszinierende Geschichte.
Unglaublich stimmungsvoll und mitreißend hat die Autorin
fiktive Elemente mit historischen Begebenheiten verwoben und
daraus eine eindrückliche Story kreiert. Emotional, extrem
spannend und voller Geheimnisse! Dieser Roman geht unter
die Haut. Man fliegt über die Seiten, kann das Buch nicht mehr
weglegen, so hält es einen gefangen. Dass diese Geschichte auf
wahren Begebenheiten beruht, macht sie umso faszinierender."
(Andreas Otter, Juror Skoutz Award History)

ISBN 978-375-282-109-3
Taschenbuch: 11,99 €
E-Book: 4,99 €
Weitere Informationen: www.klosterkind.de

DARK WAY

Die Geschichte eines Suizids.
Erschütternd. Berührend. Echt.

Der 6. Oktober 2016 beginnt wie ein ganz normaler Tag, bis Pam Metzeler gegen 13 Uhr eine WhatsApp-Nachricht erhält: Wie geht's dir? Sie wundert sich, schreibt zurück: Alles wie immer, warum? Dann erfährt sie, dass im Dorf das Gerücht umgeht, ihr Sohn Timo hätte sich vor den Zug gelegt. Zwei Stunden später wird dieser Verdacht zur schrecklichen Gewissheit. Pams Welt bricht zusammen.

Wie schafft es eine Mutter, damit zurechtzukommen, dass ihr Kind sich das Leben genommen hat? Was geht in ihr vor? Wie kann sie weiterleben? Pam erzählt ihre Geschichte mit schonungsloser Ehrlichkeit und nimmt den Leser mit auf die dunkelste Reise ihres Lebens.

»Diese Geschichte geht ganz tief unter die Haut. Ich habe noch nie ein Suizid-Buch gelesen, das alle Facetten dieses Tabu-Themas so mitreißend und ehrlich darstellt, ohne etwas zu beschönigen.«
(Gela Kudela, Leiterin der AGUS-Selbsthilfegruppe)

ISBN: 978-3-748-12848-9
Taschenbuch: 7,99 €, E-Book: 2,99 € (Kindle Unlimited gratis)